CONFESS

COLLEEN
HOOVER

Première publication par Atria Paperback Edition, 2015
Atria Paperback est un label de Simon & Schuster, Inc
Titre original : Confess

Illustrations : © Danny O'Connor (aka DOC)
Design de couverture : © Laywan Kwan
Couverture : © Shutterstock et © Stocksy United

Collection New Romance® créée par Hugues de Saint Vincent
Dirigée par Arthur de Saint Vincent
Ouvrage dirigé par Sylvie Gand

Première publication en français par Hugo Publishing en avril 2016

Pour la présente édition :
© 2023, New Romance®, Département de Hugo Publishing
34-36 rue La Pérouse
75116 PARIS
www.hugopublishing.fr

ISBN : 9782755671605
Dépôt légal : mai 2023
Imprimé en France par Corlet
N° d'impression: 23030439 - Imprimé en mars 2023

CONFESS

COLLEEN
HOOVER

Traduit de l'anglais (États-Unis)
par Pauline Vidal

Hugo Roman

Les confessions que vous allez lire dans ce roman sont authentiques ; elles nous ont été soumises par des lecteurs anonymes. Ce livre est dédié à tous ceux d'entre vous qui trouveront le courage de les partager.

Première partie

Prologue

Auburn

Je franchis les portes de l'hôpital, bien consciente que c'est la dernière fois.

Dans l'ascenseur, j'appuie sur le numéro trois. Je regarde le chiffre s'illuminer pour la dernière fois.

La cabine s'ouvre au troisième et je souris à l'infirmière de garde, qui me suit d'un œil apitoyé pour la dernière fois.

Je passe devant la pharmacie, puis la chapelle, puis la salle de repos, toujours pour la dernière fois.

Je longe le couloir la tête relevée, le cœur serré, puis frappe à la porte, mais j'attends qu'Adam me réponde avant de l'ouvrir, pour la toute dernière fois.

– Entrez.

Sa voix semble emplie d'espoir, et je me demande d'où il peut encore le tirer.

Il est allongé sur son lit. Quand il me voit, il m'adresse un sourire réconfortant et soulève la couverture, m'invitant à le rejoindre. La traverse est abaissée, si bien que je peux me glisser auprès de lui, l'envelopper de mes bras. J'enfouis mon visage dans son cou, à la recherche de sa chaleur. Que je ne trouve pas.

Il est tout froid.

Il se place de sorte à ce que nous nous retrouvions dans notre position habituelle, son bras gauche sous moi, son bras droit sur moi, et moi tout contre lui. Il lui faut plus de temps que d'habitude pour s'installer et il s'essouffle au moindre de ses mouvements.

Je m'efforce de ne pas y prêter attention, mais c'est difficile. Comment ignorer sa faiblesse grandissante, son teint blême, la fragilité de sa voix ? Jour après jour, durant le temps qui m'était imparti, je l'ai vu s'éloigner sans rien pouvoir faire pour lui. Pas plus moi que quiconque. On ne peut que le regarder s'enfoncer…

Nous savons depuis six mois que ça doit se terminer ainsi. Bien sûr, nous avons prié pour obtenir un miracle, mais c'est le genre de miracle qui ne se produit pas dans la vraie vie.

Je ferme les yeux quand je sens ses lèvres glacées se poser sur mon front. Je m'étais juré de ne pas pleurer, sachant bien que ce serait impossible. Mais je peux au moins tenter de tout faire pour ravaler mes larmes.

– Je suis si triste, murmure-t-il.

Ces paroles ne ressemblent en rien à son flegme habituel pourtant, elles me rassurent. Bien sûr que je n'ai pas envie de le savoir triste mais là, j'ai besoin qu'il soit triste avec moi.

– Moi aussi.

Nos rencontres, ces dernières semaines, étaient empreintes de conversations futiles et de rires un peu forcés. Je n'ai aucune envie que celle-ci soit différente des autres seulement, sachant que c'est la dernière, j'ai du mal à trouver de quoi me réjouir. Ou parler. J'ai juste envie de pleurer avec lui et me lamenter sur l'injustice de ce qui nous arrive, sauf que ce serait faire affront à sa mémoire.

Quand les médecins de Portland nous ont annoncé qu'ils ne pouvaient rien de plus pour lui, ses parents ont décidé de l'envoyer dans un hôpital de Dallas. Pas parce qu'ils espéraient un miracle mais parce que toute sa famille habite au Texas. Ils estimaient que ce serait préférable de le rapprocher de son frère et de tous ceux qui l'aiment. Adam avait déménagé à Portland avec ses parents juste deux mois avant que nous ne commencions à sortir ensemble, il y a un an.

L'unique condition de ce retour au Texas, c'était qu'ils me prennent avec eux. On a livré bataille aussi bien contre ses parents que contre les miens, mais ils ont tous fini par accepter quand Adam leur a expliqué que lui seul allait mourir, qu'il devrait avoir au moins le droit de choisir en présence de qui et ce qu'il pourrait faire en attendant.

Voilà donc cinq semaines que je suis arrivée à Dallas, et on a tous les deux tellement profité de la situation que nos parents respectifs ont fini par exploser. J'ai reçu l'ordre de rentrer immédiatement à Portland, de peur que les miens ne soient poursuivis pour mon absentéisme à l'école.

Mon vol part aujourd'hui, et on a épuisé tous les recours possibles et imaginables pour le reporter encore. Je ne l'ai pas dit à Adam, et je ne le lui dirai pas, mais hier soir, après les avoir encore suppliés, je me suis fait rabrouer par sa mère, Lydia.

– Tu as quinze ans, Auburn. Tu crois que tes sentiments pour lui sont réels, mais tu l'auras oublié dans un mois. Tandis que nous, qui l'aimons depuis sa naissance, nous allons souffrir de sa disparition jusqu'à notre mort. C'est de nous qu'il a besoin, maintenant.

Ça fait drôle d'entendre les pires paroles qu'on puisse entendre de toute sa vie à seulement quinze ans. Je ne voyais même pas quoi répondre. Comment une fille de quinze ans peut-elle justifier un amour dénigré par tous ? Impossible de se défendre contre l'inexpérience de l'âge. D'ailleurs, ils ont sans doute raison. On ignore ce qu'est l'amour entre adultes, mais ça ne nous empêche pas d'en éprouver. Et c'est comme si notre cœur allait se briser.

– Ton vol est à quelle heure ? demande Adam en traçant des cercles délicats sur mon bras pour la dernière fois.

– Dans deux heures. Ta maman et Trey m'attendent en bas. Elle dit qu'on doit partir dans dix minutes si je ne veux pas arriver en retard.

– Dix minutes, répète-t-il doucement. Ça ne suffira pas pour te transmettre toute la sagesse que j'ai acquise sur mon lit de mort. Il me faudrait au moins un quart d'heure. Peut-être même vingt minutes.

J'éclate d'un rire lugubre, sans doute le plus lamentable dont je suis capable. On perçoit tous les deux ces notes désespérées et Adam me serre plus fort. Enfin, pas beaucoup plus fort. Il a encore perdu beaucoup de forces par rapport à hier. Sa main me caresse la tête et il pose ses lèvres sur mes cheveux.

– Je voudrais te remercier pour tant de choses, Auburn. Mais, avant tout, pour être aussi furax que moi.

Je ris encore. Il trouve toujours des plaisanteries, même quand il sait que ce seront les dernières.

– Sois plus précis, Adam, parce que, là, je suis furax contre pas mal de choses.

Il relâche son étreinte et fait un effort énorme pour rouler vers moi, de façon qu'on se retrouve l'un en face de l'autre. On pourrait dire qu'il a les yeux noisette, mais c'est faux. Ils sont composés de cercles verts et marron, qui se touchent sans jamais se mélanger, créant le plus intense des regards qui se soient jamais posés sur moi. Ces iris qui brillaient tant semblent maintenant éteints par une accablante destinée qui les vide peu à peu de leur couleur.

– Je veux surtout parler de la mort, cette espèce de salope goulue, mais je pense aussi à nos parents qui ne comprennent rien à rien. Ils vont me priver de la seule compagnie dont j'aie vraiment envie.

Il a raison, moi aussi, je suis furax contre ces deux choses. Mais on en a assez parlé, ces derniers jours, on sait qu'on a perdu et qu'ils ont gagné. Pour le moment, j'ai juste envie de me concentrer sur lui, d'absorber les ultimes miettes de sa présence, tant que je peux encore en profiter.

– Tu as dit que tu voulais me remercier pour un tas de choses. Quelle est la suivante ?

Le sourire aux lèvres, il me caresse le visage. Son pouce me parcourt les lèvres et j'ai l'impression que mon cœur bondit vers lui dans une tentative désespérée de rester là, alors que ma carcasse vide est forcée de repartir pour Portland.

– Je voudrais te remercier de m'avoir laissé être le premier. Et merci d'avoir été la première.

Brièvement, son sourire n'est plus celui d'un garçon de seize ans sur son lit de mort, mais celui d'un bel ado vibrant et plein de vie, qui évoque ses premières expériences sexuelles.

Ses paroles, sa propre réaction m'arrachent un soupir gêné alors que je repense à cette nuit-là. C'était avant d'apprendre qu'il allait retourner au Texas. On était au courant du diagnostic et on essayait encore de l'accepter. On a passé toute la soirée à discuter de ce qui aurait dû nous arriver pour peu qu'on ait eu un avenir. Voyages, mariage, enfants (on est allés jusqu'à leur trouver des noms), tous les endroits où on aurait voulu vivre, et, bien entendu, le sexe.

On se disait qu'on aurait connu une vie sexuelle phénoménale ensemble. Qui aurait suscité l'envie de tous nos amis. On aurait fait l'amour tous les matins avant de partir travailler et tous les soirs avant de nous coucher et, parfois, aussi après.

Ça nous faisait rire, mais la conversation a fini par s'apaiser et on a compris que c'était le dernier aspect de notre relation encore sous notre contrôle. Tout ce qui touchait à l'avenir nous échappait, mais on pouvait au moins s'offrir une chose que la mort ne saurait jamais nous prendre.

Pas besoin d'en discuter . Ça allait de soi. Dès qu'il m'a regardée, dès que j'ai vu mes propres pensées se refléter dans ses yeux, on n'a plus cessé de s'embrasser. On s'embrassait en se déshabillant, on s'embrassait en se caressant, on s'embrassait en criant. On s'est embrassés jusqu'au bout et plus loin encore, pour fêter cette petite victoire sur la vie, sur la mort, sur le temps. Et on s'embrassait encore alors qu'il me tenait dans ses bras pour me dire qu'il m'aimait.

Tout comme il me tient maintenant dans ses bras et m'embrasse.

Sa main me caresse le cou, ses lèvres ouvrent les miennes comme pour m'envoyer un dernier message.

– Auburn, je t'aime tant…

Je sens mes larmes se mêler à notre baiser et je m'en veux de gâcher ces adieux par ma faiblesse. Il se détache de ma bouche, appuie son front sur le mien. Le souffle court, je cherche de l'air mais la panique s'installe en moi, m'envahit l'esprit, au point que je ne puisse plus réfléchir. Une tiède tristesse se fraie un chemin dans ma poitrine, créant une insurmontable pression à mesure qu'elle s'approche de mon cœur.

– Dis-moi quelque chose sur toi, que personne d'autre ne connaît, articule-t-il d'une voix empreinte de son propre chagrin. Quelque chose que je serai le seul à savoir.

Il me demande ça tous les jours et, tous les jours, je lui confie une chose que je n'avais encore jamais exprimée à voix haute. Je crois que ça le rassure. Je ferme les yeux, réfléchis tandis que ses mains continuent à parcourir toutes les parties accessibles de ma peau.

– Je n'ai jamais dit à personne ce qui me passait par la tête quand je m'endors, la nuit.

Ses mains s'immobilisent sur mon épaule.

– Et qu'est-ce qui te passe par la tête ?

Je rouvre les yeux.

– Je pense à tous les gens que je souhaiterais voir mourir à ta place.

Il ne répond pas tout de suite mais sa main finit par reprendre son mouvement, descendant le long de mon bras, jusqu'à mes doigts, m'attrapant le poignet.

– Je parie que ça ne va pas très loin.

Je ris jaune, secoue la tête.

– Si, je t'assure. Parfois, je prononce tous les noms que je connais, alors je commence par ceux de gens que je n'ai jamais rencontrés. Il m'arrive même d'en inventer.

Adam sait que je lui raconte des histoires, mais on dirait que ça lui fait du bien. Ses pouces écartent des larmes de ma joue et ça m'énerve de ne pas pouvoir attendre dix petites minutes avant de me mettre à pleurer.

– Pardon, Adam. J'ai fait ce que je pouvais, mais…

– Si tu étais repartie aujourd'hui sans pleurer, ça m'aurait anéanti.

Je cesse de lutter avec les mots et plonge dans sa chemise pour mieux sangloter alors qu'il me tient encore dans ses bras. À travers mes soupirs, j'essaie d'entendre les battements de son cœur, et j'ai presque envie de m'en prendre à lui pour mon manque d'héroïsme.

– Je t'aime tellement, souffle-t-il d'un ton marqué par la peur. Je t'aimerai toujours, même quand je ne pourrai plus.

On s'accroche l'un à l'autre pour partager ce chagrin si fort qu'il coupe toute envie d'y survivre. Je lui dis que je l'aime, parce que je tiens à ce qu'il le sache. Je lui dis que je l'aime encore. Je n'arrête pas de le lui dire, plus que jamais. Et, chaque fois, il me le dit lui aussi. On se le dit tant que je ne sais plus qui le répète après l'autre, mais on continue, encore et encore, jusqu'à ce que son frère, Trey, me touche le bras pour m'annoncer qu'il est temps de partir.

On se le dit encore en s'embrassant pour la dernière fois.

On se le dit encore en s'étreignant.

On se le dit encore en s'embrassant de nouveau pour la dernière fois.

Je le dis encore…

Un

Auburn

Je sursaute sur ma chaise quand qu'il m'annonce le montant de ses honoraires. Ce n'est pas avec mes revenus que j'aurai les moyens d'y faire face. Je lui demande :

– Vous avez un barème progressif ?

Les rides autour de sa bouche se creusent alors qu'il s'efforce de ne pas froncer les sourcils. Il croise les bras sur le bureau en acajou, joint les paumes en pressant ses pouces l'un contre l'autre.

– Auburn, ce que vous me demandez va coûter de l'argent.

Sans blague !

Croisant les bras, il se penche sur son siège.

– Les avocats, c'est comme le mariage, on en a pour son argent.

Je préfère ne pas lui raconter ce que de telles paroles évoquent chez moi. Je jette encore un regard sur la carte de visite qu'il m'a donnée. On me l'a chaudement recommandé et je savais qu'il serait cher, mais pas à ce point-là. Je vais devoir prendre un autre boulot. Peut-être même un troisième. Si ce n'est cambrioler une banque.

– Et rien ne garantit que le juge statuera en ma faveur ?

– La seule promesse que je puisse vous faire, c'est que je m'emploierai à ce que le juge statue en votre faveur. D'après vos dossiers de Portland, vous vous êtes mise dans une situation difficile. Cela prendra du temps.

– Tout ce que j'ai, c'est du temps. Je reviendrai dès que j'aurai reçu mon premier chèque.

Il m'envoie fixer un rendez-vous avec sa secrétaire, puis je me retrouve dehors, dans la chaleur du Texas.

Voilà trois semaines que j'y vis et, jusque-là, tout se passe comme prévu : climat chaud et humide, solitude.

J'ai grandi à Portland, en Oregon, et croyais bien y passer toute ma vie. Je n'étais allée qu'une fois au Texas, à l'âge de quinze ans, et, malgré les circonstances pénibles de ce voyage, j'en avais apprécié chaque instant. Au contraire d'aujourd'hui où je ferais tout pour pouvoir revivre à Portland.

Je rabaisse mes lunettes de soleil sur mes yeux et reprends le chemin de mon immeuble. La vie à Dallas n'a rien à voir avec celle de Portland. Au moins, en Oregon, il me suffisait d'une bonne marche à pied pour avoir accès à presque tous les quartiers intéressants. Tandis que Dallas est une ville très étendue et très chère, sans parler de la chaleur qui y règne. Terrible ! Dire que j'ai dû vendre ma voiture pour pouvoir payer ce déménagement, si bien qu'il me reste le choix entre les transports publics et mes pieds ; encore que je vais devoir économiser chaque centime pour payer l'avocat que je viens de rencontrer.

Je n'arrive pas à croire que j'en sois là. Je ne me suis pas encore constitué de clientèle dans le salon où je travaille. Il va vraiment falloir que je me trouve un deuxième job. Sauf que je ne vois pas quand je trouverai le temps de m'y mettre, vu les horaires irréguliers de Lydia.

À propos de Lydia.

Je compose son numéro et attends qu'elle décroche. Je tombe sur le répondeur et j'hésite à laisser un message, je pourrais toujours rappeler plus tard. De toute façon, je suis sûre qu'elle efface ses messages sans les écouter, alors je raccroche et range le téléphone dans mon sac. Je sens mes joues et mon cou s'empourprer, mes yeux commencer à picoter. C'est la treizième fois que je rentre chez moi, dans cette ville peuplée d'inconnus, néanmoins, je me suis promis de ne plus pleurer en ouvrant ma porte. Mes voisins doivent me prendre pour une cinglée.

Le chemin est tellement long entre mon boulot et la maison que j'ai largement le temps de réfléchir à ma vie, et d'en pleurer…

Je m'arrête devant la baie vitrée d'un immeuble voisin pour vérifier dans mon reflet que mon mascara n'a pas coulé. Et je n'apprécie pas ce que je vois.

Une fille qui n'aime pas les choix qu'elle a faits.

Une fille qui déteste son métier.

Une fille qui voudrait retourner à Portland.

Une fille qui a désespérément besoin d'un autre travail, et, maintenant, une fille qui lit la pancarte OFFRE D'EMPLOI accrochée derrière la vitre.

OFFRE D'EMPLOI
Frapper pour en savoir plus.

Je recule pour examiner l'immeuble devant lequel je me trouve ; je suis passée devant tous les jours sans y prêter attention. Sans doute parce que je reste tous les matins collée à mon téléphone et que, l'après-midi, je circule les yeux tellement pleins de larmes que je ne vois plus rien autour de moi.

CONFESSION

C'est tout ce que précise l'annonce. Sur le coup, je me dis que ce pourrait être une église, mais je change d'avis en examinant de plus près les baies de la façade. Elles sont couvertes de morceaux de papier de toutes formes, qui empêchent de voir à l'intérieur. Tous ces papiers sont remplis d'inscriptions en plusieurs écritures. Je me rapproche, en lis quelques-uns.

Tous les jours je remercie le ciel que mon mari et son frère se ressemblent. Mon mari n'en a que moins de chances de découvrir que mon fils n'est pas le sien.

Je n'en reviens pas. Qu'est-ce que ça veut dire ? J'en lis un autre.

Je n'ai pas parlé à mes enfants depuis quatre mois. Ils me rendent visite pour les vacances et pour mon anniversaire, mais c'est tout. Je ne leur en veux pas. J'ai été un père abominable.

Encore un autre.

J'ai menti sur mon CV. Je n'ai aucun diplôme. Depuis cinq ans que je bosse dans cette entreprise, personne n'a jamais demandé à le voir.

Je reste bouche bée, les yeux écarquillés devant toutes ces confessions que je découvre les unes après les autres. Je ne sais pas encore à quoi correspond ce bâtiment, ni que penser de ces déclarations étalées au vu et au su de tout le monde. Si tout cela est vrai, alors ma vie n'est peut-être pas aussi lamentable que je le croyais.

Au bout d'un petit quart d'heure, je passe à la fenêtre suivante après avoir lu tous les messages à droite de l'entrée. C'est là que le portail s'ouvre. Je recule pour ne pas me trouver dans le passage, tout en m'interdisant d'entrer afin de voir ce qui se passe à l'intérieur.

Une main atteint l'annonce OFFRE D'EMPLOI. Coincée derrière le portail, j'entends un marqueur glisser dessus. Comme j'ai envie de voir qui possède ou dirige ce bâtiment, je contourne le portail à l'instant où la main remet la pancarte à sa place.

~~OFFRE D'EMPLOI~~
~~Frapper pour en savoir plus.~~
RECHERCHE DE TOUTE URGENCE !!!
FRAPPEZ BON SANG !!!

Ce changement de ton me fait éclater de rire. Il faut sans doute y voir un signe du destin. J'ai absolument besoin d'un deuxième emploi et cette personne a vraiment besoin d'un employé.

Je frappe. Le portail se rouvre et deux yeux se posent sur moi, des yeux sombres aux reflets plus verts que toutes les taches qui souillent sa chemise. Des deux mains, il chasse ses épais cheveux noirs de son front, et je vois mieux son expression, au début anxieuse. Mais, après m'avoir aperçue, il pousse un soupir. À croire qu'il sait exactement ce que je fais ici et qu'il est soulagé de me voir arriver.

Il me contemple d'un air tellement attentif que je me détourne ; non que je me sente gênée, au contraire, j'ai l'impression de servir à quelque chose. Ce doit être la première fois que je me sens la bienvenue depuis mon arrivée au Texas.

– Vous venez me sauver ? demande-t-il en retenant le portail du coude.

Il continue de me dévisager des pieds à la tête, au point que je ne peux m'empêcher de me demander s'il n'a pas d'arrière-pensée.

Je relis la pancarte tout en me posant un million de questions sur ce qui se passerait si je répondais oui et le suivais dans ce bâtiment.

Le pire serait évidemment que tout cela se termine par un meurtre. Ça ne m'arrête pas, étant donné le mois que je viens de passer, et je demande :

– C'est vous qui recherchez quelqu'un ?

– Si c'est vous qui posez votre candidature.

Son intonation semble des plus amicales, ce qui ne m'arrive pas souvent ; du coup je ne sais pas trop comment réagir.

– Avant d'aller plus loin, dis-je, j'ai quelques questions à vous poser.

Finalement, je suis moins suicidaire que je ne l'aurais cru.

Il attrape la pancarte, la jette à l'intérieur puis s'adosse au portail avant de me faire signe d'entrer.

– On n'a pas trop le temps, mais je promets de ne pas vous torturer, vous violer ni vous tuer si ça peut vous rassurer.

Malgré sa réponse, son attitude demeure très aimable, ainsi que son sourire qui découvre deux rangées de dents parfaitement alignées à part une incisive gauche légèrement de travers. Mais c'est justement ce petit défaut que j'apprécie le plus. Ça et le total désintérêt qu'il montre envers mes questions. Je déteste les questions. On leur accorde trop d'importance.

Je passe devant lui et pénètre dans cet étrange bâtiment en marmonnant :

– Dans quoi je vais me fourrer, là ?

– Dans une aventure d'où vous ne voudrez plus jamais revenir.

Le portail se ferme derrière nous, bloquant toute arrivée de lumière du jour. Cela irait encore si nous nous trouvions dans une salle bien éclairée, mais je n'aperçois qu'une faible lueur qui semble provenir d'un couloir à l'autre bout de la pièce.

Alors que les battements de mon cœur m'informent que je suis en train de commettre la bêtise de ma vie en pénétrant dans cet immeuble à la suite d'un inconnu, les lampes commencent à briller.

– Pardon.

Sa voix retentit si près de moi que je fais volte-face dès le premier éclat de lumière.

– Je ne travaille habituellement pas dans cette salle, poursuit-il, alors je laisse éteint.

Maintenant, au moins, je peux regarder autour de moi, ces murs d'un blanc immaculé, ornés de diverses toiles que je ne parviens pas à trop détailler de ma place.

– C'est une galerie d'art ?

Plutôt désarçonnée de l'entendre éclater de rire, je m'aperçois qu'il est toujours en train de m'examiner.

– Je n'irais pas jusqu'à prétendre ça, assure-t-il en bouclant le portail d'entrée. Quelle taille faites-vous ?

Il traverse la salle en direction du couloir. Je ne sais toujours pas ce que je fabrique là mais cette question ne fait qu'augmenter mon inquiétude. Et s'il cherchait à évaluer dans quelle sorte de cercueil me faire entrer ? Ou quelles menottes choisir ?

Bon, là je commence à trembler.

– Que voulez-vous dire ? Quelle taille de vêtements ?

Tout en se tournant vers moi, il continue vers le couloir à reculons.

– Oui, vous ne pourrez pas rester habillée comme ça ce soir, dit-il en désignant mon jean et mon t-shirt.

Il me fait signe de le suivre dans l'escalier, vers une autre salle qui surplombe la première. J'ai peut-être l'air d'une proie facile pour ce genre de beau parleur, mais je m'avise tout d'un coup qu'il vaudrait mieux ne pas le suivre davantage en territoire inconnu.

– Attendez ! dis-je en bas des marches.

Il s'arrête, se retourne, attend patiemment la suite.

– Pourriez-vous me dire brièvement de quoi il s'agit ? Parce que je commence à me demander ce que je fiche là en compagnie d'un inconnu.

Avec un regard exaspéré, il redescend, s'assied sur les marches et se penche en souriant vers moi.

– Je m'appelle Owen Gentry. Je suis artiste et ceci est ma galerie. J'ai une exposition dans moins d'une heure, or il me faut quelqu'un pour gérer toutes les transactions, et ma copine m'a plaqué la semaine dernière.

Artiste.

Expo.

Moins d'une heure ?

Une copine ? Il ne va pas m'entraîner sur ce terrain-là.

Je recommence à examiner la salle autour de moi, me retourne vers lui.

– J'ai droit à une formation ?

– Vous savez utiliser une calculette ?

Je lève les yeux au ciel.

– Oui.

– Alors vous êtes apte. Je n'ai besoin de vous que deux heures au maximum, je vous paie deux cents dollars et vous êtes libre.

Deux heures.

Deux cents dollars.

Il y a quelque chose qui cloche.

– Qu'est-ce que ça cache ?

– Rien du tout.

– Pourquoi cherchez-vous quelqu'un qui prend cent dollars de l'heure ? Il y a forcément une embrouille. Sinon vous devriez crouler sous les candidatures.

Owen se passe une main sur la mâchoire, d'un côté, puis de l'autre, comme s'il essayait de se calmer.

– Ma copine n'a pas précisé qu'elle laissait tomber son poste le jour où elle m'a quitté. Je lui ai téléphoné il y a deux heures, en voyant qu'elle n'arrivait pas. Disons que c'est une offre d'emploi de dernière minute. Et que vous êtes tombée à pic.

Il se relève, reprend sa montée. Je reste au pied de l'escalier.

– Vous employez votre copine ? C'est jamais un bon plan.

– Je suis sorti avec mon employée. C'est encore pire.

Arrivé en haut de l'escalier, il se retourne.

– Comment vous appelez-vous ?

– Auburn.

Il contemple mes cheveux, ce qui est compréhensible. Tout le monde croit que je porte ce nom à cause de la couleur de mes cheveux, mais ils sont plutôt blond vénitien, tirant un peu sur le roux.

– Et votre nom de famille, Auburn ?

– Mason Reed.

Penchant la tête en arrière, il laisse échapper un soupir. Je suis son regard, contemple le plafond à mon tour, mais n'y vois rien que des dalles blanches. De la main droite, il se touche le front, la poitrine puis l'épaule gauche et la droite. Un signe de croix.

Il prie, ou quoi ?

– Vous vous appelez donc Mason ? demande-t-il aimablement.

Je hoche la tête. Rien d'extraordinaire à ça. Mason fait souvent partie des noms composés, et je ne vois pas le rapport avec ces gestes religieux.

– Moi aussi, mon premier nom de famille est Mason.

Cette fois, je reste coite, le temps de saisir ce qu'il sous-entend.

– C'est vrai ?

Portant la main à sa poche arrière, il sort son portefeuille, redescend l'escalier et me tend son permis de conduire. Effectivement, il s'appelle aussi Mason. Owen Mason Gentry.

OMG. Oh My God…

J'ai un mal fou à ne pas éclater de rire en lui rendant la carte, alors je me couvre vite la bouche.

Il me jette un coup d'œil soupçonneux.

– Vous êtes toujours si rapide à la détente ?

Les épaules secouées d'hilarité, je me sens navrée. Pour lui.

Il lève les yeux au ciel et semble avoir du mal à réprimer un sourire, retourne vers l'escalier, mais moins vite que tout à l'heure.

– C'est pour ça que je ne le dis jamais à personne, maugrée-t-il.

Je m'en veux un peu de m'être esclaffée ainsi mais son humilité me donne finalement le courage de le rejoindre à l'étage.

– Alors vous avez vraiment OMG pour initiales ?

J'ai demandé ça en me mordant la joue pour m'empêcher de rire, ce serait malvenu.

Mais il m'a déjà tourné le dos et se dirige vers une commode, fouille dans un tiroir ; ce qui me laisse le temps d'examiner la gigantesque salle autour de nous. Au fond, dans un coin, se dresse un lit king size. À l'opposé, se trouve une grande cuisine flanquée de deux portes qui mènent à d'autres pièces.

Je suis dans son appartement.

Il se retourne et me lance un tissu noir que j'attrape et déplie : une jupe.

– Ça devrait vous aller. Vous semblez être de la même taille que cette traîtresse.

Dans un placard, il choisit un chemisier blanc sur un portemanteau.

– Voyez si ça convient. En revanche, vous pouvez garder vos chaussures.

Je désigne les deux portes du regard :

– La salle de bains ?

Il désigne celle de gauche. Tout à coup, je m'inquiète :

– Et si ça ne me va pas ?

Je vois déjà les deux cents dollars m'échapper.

– Si ça ne vous va pas, on les brûlera avec tout ce qu'elle a laissé d'autre.

J'entre en riant dans la salle de bains, où je me change sans trop faire attention à ce qui m'entoure.

Heureusement, ça me va à la perfection. Je me vois dans un grand miroir et ce sont maintenant mes cheveux qui me font grincer des dents. Dire que je veux jouer les esthéticiennes ! Je ne me suis pas recoiffée une fois depuis que je suis sortie de chez moi, ce matin. Alors je me hâte de les tirer un peu en arrière à l'aide d'un des peignes d'Owen, pour former un chignon sans prétention. Je plie les habits que je viens d'ôter, les dépose sur la tablette.

En sortant, je retrouve Owen dans la cuisine, en train de verser du vin dans deux verres. Dois-je lui dire que je suis encore à quelques semaines de l'âge légal pour boire de l'alcool ? Mais j'ai les nerfs en pelote et un verre me ferait le plus grand bien.

– Ça me va, annoncé-je en me dirigeant vers lui.

Il lève les yeux, contemple ma jupe beaucoup plus longtemps qu'il n'en faudrait pour vérifier si cette tenue est à ma taille ou non. Il s'éclaircit la gorge puis reporte son attention sur la bouteille qu'il vide.

– Ça vous va beaucoup mieux qu'à elle, commente-t-il.

Je m'installe au bar sur le tabouret, en m'efforçant à nouveau de masquer mon sourire. Voilà un moment qu'on ne m'avait plus fait de compliments et j'avais oublié que ça pouvait faire plaisir.

– Vous dites ça parce que vous lui en voulez encore d'avoir rompu.

Il pousse un verre dans ma direction.

– Je ne lui en veux pas, je suis soulagé et je maintiens que vous portez mieux cet ensemble.

Comme il lève son verre, j'en fais autant et nous trinquons.

– Aux ex-petites amies et aux nouvelles employées, lance-t-il.

– Ça vaut mieux que de dire aux ex-employées et aux nouvelles petites amies, dis-je en riant.

Il s'immobilise, le verre au bord des lèvres, attend que je goûte mon vin avant de commencer à boire, lui aussi.

À ce moment, je sens ma jambe effleurée par un doux mouvement. J'ai envie de pousser un cri et c'est finalement ce qui arrive, à moins qu'on ne puisse comparer cela plutôt à un glapissement. Toujours est-t-il que je décroise les jambes et aperçois alors un gros chat noir à poils longs, qui revient se frotter à moi. Je me penche pour le prendre dans mes bras. Sans trop savoir pourquoi, je me sens mieux en apprenant que ce type a un chat. Peut-être qu'il me paraît moins dangereux ainsi. Ce n'est certes pas une raison valable pour se retrouver dans l'appartement d'un inconnu, mais ça me plaît.

– Comment s'appelle votre chat ?

À son tour, Owen caresse l'épaisse fourrure.

– Owen.

Ce qui me fait encore éclater de rire. Mais il reste de marbre. Je me calme, attends qu'il se mette à rire lui aussi, sauf que rien ne vient.

– C'est vrai, vous avez appelé votre chat comme vous ?

Je devine une esquisse de sourire au coin de ses lèvres. Il hausse les épaules, l'air un peu gêné.

– Elle me faisait penser à moi.

– Elle ? Une chatte qui s'appelle Owen ?

Il baisse les yeux vers Chatte-Owen, continue à la caresser dans mes bras.

– Chut ! souffle-t-il. Elle comprend, vous savez. Vous allez la complexer.

Comme pour lui donner raison, l'air de se moquer de son prénom, Owen m'échappe et saute à terre. Elle disparaît derrière le bar tandis que je m'efforce de ne pas pouffer de rire. J'adore qu'il ait donné son nom à une chatte. Qui faut-il être pour faire une chose pareille ?

Je m'accoude au bar, pose mon menton dans une main.

– Alors, qu'attendez-vous de moi, ce soir, OMG ?

Secouant la tête, Owen attrape la bouteille de vin et la range dans le réfrigérateur.

– Pour commencer, ne m'appelez jamais par mes initiales. Dès que vous aurez accepté, je vous indiquerai brièvement le déroulement de la soirée.

Ça devrait me mettre mal à l'aise, mais au fond, je m'amuse.

– D'accord.

– Ensuite : quel âge avez-vous ?

– Pas encore celui de boire du vin, dis-je en avalant une gorgée.

– Oups ! Vous êtes encore à l'université ?

– En quoi cette question va-t-elle me préparer à la suite de la soirée ?

Là, j'ai droit à un sourire des plus chaleureux, sans doute aidé par les quelques gorgées de vin. Il se lève, récupère mon verre qu'il repose sur le bar.

– Suivez-moi, Auburn Mason Reed.

J'obtempère, parce qu'à cent dollars de l'heure, je ferais à peu près n'importe quoi.

À peu près.

Au rez-de-chaussée, il se dirige vers le centre de la salle qu'il me désigne d'un large geste circulaire. En suivant son mouvement, je prends encore plus conscience de l'immensité des lieux. Je repère d'abord la rampe de spots qui l'éclaire. Chaque lampe est dirigée sur une toile. Cette lumière ne sert qu'à souligner les œuvres d'art et rien d'autre. De toute façon, il n'y a rien d'autre, que ces murs blancs du sol au plafond, ce sol de béton ciré, et les toiles. C'est aussi simple qu'irrésistible.

– C'est ma galerie, explique-t-il.

Il tend le doigt vers un comptoir à l'entrée.

– C'est là que vous vous tiendrez la plupart du temps. Je m'occupe de la salle, vous des commandes. Voilà comment on peut résumer la chose.

Il explique ça avec un tel naturel qu'à l'entendre, on jurerait que tout le monde est capable de créations d'une telle ampleur. Les mains sur les hanches, il attend ma réaction.

Et moi de lui demander :

– Quel âge avez-vous ?

L'air un peu surpris, il baisse la tête, se détourne.

– Vingt et un ans.

À croire que ça le gêne d'être aussi jeune et à l'orée de ce qui s'annonce comme une brillante carrière.

Je l'aurais cru beaucoup plus âgé. Il n'a pas le regard d'un jeune de vingt et un ans, avec ces prunelles noires et profondes qui me donnent envie de les sonder pour voir tout ce qu'il voit.

De nouveau j'examine les tableaux, en commençant par le plus proche de moi. À mesure que je le découvre, le talent dont il fait la preuve m'éclate au visage. Une fois que je me retrouve plantée devant, je reste le souffle coupé.

C'est à la fois triste et prenant, d'une beauté renversante. Un portrait de femme qui semble exprimer autant l'amour que la honte, ainsi que toutes les émotions intermédiaires.

En me rapprochant encore, je demande :

– Qu'utilisez-vous en plus de l'acrylique ?

Comme je passe une main sur la toile, j'entends Owen qui vient vers moi. Il s'arrête à ma hauteur mais je ne parviens pas à détacher mes yeux du tableau pour les tourner vers lui.

– Beaucoup d'autres moyens, de l'acrylique à l'aérosol. Tout dépend du sujet.

J'ai le regard attiré par une inscription collée au mur à proximité, où je déchiffre ces mots :

Parfois, je me demande s'il ne serait pas plus facile d'être morte que d'être sa mère.

J'effleure le message puis reviens vers la toile.

– Une confession ?

Cette fois, il ne sourit plus du tout. Les bras croisés, le menton rentré, il me dévisage comme s'il appréhendait ma réaction.

– Oui, répond-il simplement.

Je jette un coup d'œil vers les fenêtres – sur tous ces morceaux de papier qui en obstruent les vitres. Puis j'examine chaque tableau de la salle. Ils sont tous accompagnés de ce genre de légende. Stupéfaite, je suis bien obligée de le constater :

– Ce sont donc des confessions. Qui proviennent de vraies personnes ? Des personnes que vous connaissez ?

D'un mouvement de la tête, il m'indique le portail d'entrée.

– Non, elles sont anonymes. Les gens les glissent dans la fente du courrier et je m'en inspire pour mes tableaux.

Je ne me suis jamais montrée à personne sans maquillage. Je suis affolée à l'idée de la tête que j'aurai à mon enterrement. Je vais sûrement exiger une crémation parce que mes anxiétés risquent de me poursuivre dans l'au-delà. Merci, maman.

Je regarde aussitôt la toile correspondante, l'examine sous tous ses angles.

– C'est incroyable.

Je retourne vers la fenêtre des confessions, en trouve une écrite en rouge et soulignée.

Je crains de ne jamais pouvoir cesser de comparer ma vie à ce qu'elle était avec lui.

Je ne sais pas trop ce qui me fascine le plus, ces toiles ou cette impression qu'elles se rapportent toutes plus ou moins à ma vie… Je suis quelqu'un de plutôt fermé. Je partage rarement mes pensées avec quiconque, que ça puisse m'aider ou non. Alors, en voyant tant de secrets ainsi étalés, et sans doute jamais avoués, je me sens proche de ces gens. Ça me donne comme un sentiment d'appartenance.

Dans un sens, cette galerie et ces confessions me rappellent Adam.

– Dis-moi quelque chose sur toi, que personne d'autre ne connaît. Quelque chose que je puisse garder pour moi.

Ça m'énerve de toujours le mêler à tout ce que je fais ; je ne sais pas quand ça s'arrêtera. Si ça s'arrête un jour. Voilà cinq ans que je l'ai vu pour la dernière fois. Cinq ans qu'il s'est éteint. Cinq ans, et moi je me demande si, comme dans cette confession que j'ai sous les yeux, je ne vais pas sans cesse comparer ma vie avec lui à ce qu'elle est devenue.

Et je me demande si je ne serai pas constamment déçue.

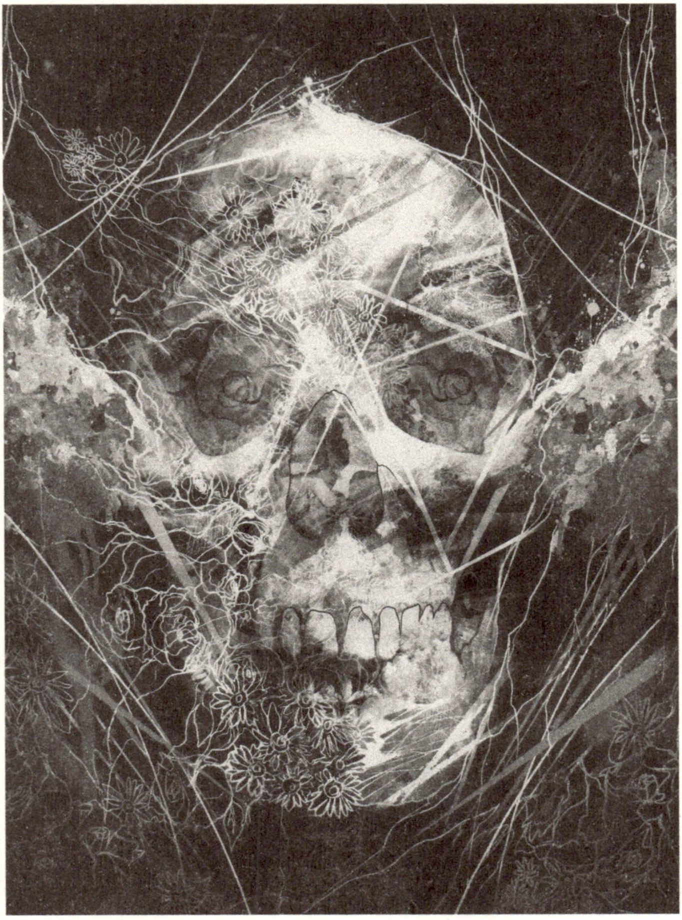

Deux

Owen

Elle est là. Bien là, debout au milieu de ma galerie, en train de contempler mes toiles. Je n'aurais jamais cru la revoir. J'étais convaincu que nos chemins ne risquaient plus de se croiser. Je ne me rappelle même plus quand j'ai pensé à elle pour la dernière fois.

Pourtant, la voici, devant moi. J'ai envie de lui demander si je lui rappelle quelqu'un mais je sais bien qu'elle dira non. Comment le pourrait-elle quand on n'a même pas échangé une parole ?

Pourtant, je me souviens d'elle, de son rire, de sa voix, de ses cheveux, qu'elle portait alors beaucoup plus courts. Déjà, à l'époque, il me semblait la connaître par cœur, alors que je n'avais jamais vraiment pu contempler son visage. Maintenant que je la vois de près, je dois prendre garde à l'examiner discrètement. Pas à cause de cette beauté naturelle dont elle ne tire aucune prétention, mais parce que c'était exactement ainsi que je l'imaginais. J'ai essayé de la peindre une fois, seulement il me manquait trop de détails pour la rendre ressemblante. Tandis que, maintenant, je pourrais m'y remettre dès ce soir. J'ai déjà appelé ce portrait *Plus d'une.*

Comme elle reporte son attention sur une autre toile, je me détourne de peur qu'elle ne me surprenne. Je ne veux pas qu'il semble trop évident que je cherche quelles couleurs mélanger pour obtenir le ton unique de son teint, ni si je vais la représenter avec un chignon ou les cheveux tombants.

J'ai tellement d'autres choses qui m'attendent avant de la regarder… *Quoi, au fait ?* Déjà prendre une douche. Me changer. Me préparer pour tous les gens qui vont arriver les deux prochaines heures.

– Il faut que je prenne une douche.

Elle fait volte-face, comme si je l'avais surprise.

– N'hésitez pas à examiner toutes ces peintures. Je vous dirai le reste dès que je serai prêt. Je n'en ai pas pour longtemps.

Comme elle hoche la tête et sourit, je pense tout d'un coup à Hannah. Hannah qui, au fait ?

La fille que j'avais engagée pour m'aider. Qui n'a pas supporté de rester au second plan dans ma vie. Hannah, la fille qui a rompu la semaine dernière.

J'espère qu'Auburn n'est pas comme Hannah.

Il y avait tant de choses que je n'appréciais pas chez Hannah. D'abord sa façon de parler, si bien qu'on restait parfois des heures dans un silence total. Et puis, elle passait son temps à me dire que son nom se lisait dans les deux sens…

– C'est un palindrome, ai-je lâché la première fois.

Elle m'a jeté un coup d'œil perplexe et là, j'ai compris que je ne pourrais jamais l'aimer. Dommage pour le palindrome.

En tout cas, je peux dire qu'Auburn ne lui ressemble pas. Je le vois déjà à la profondeur de son regard. Je le vois à la façon dont mon art l'émeut, au point qu'elle ne fait plus attention à rien d'autre. J'espère qu'elle n'est pas du tout comme Hannah. Déjà, elle a plus fière allure dans ses vêtements.

Je retourne dans la salle de bains pour examiner ceux qu'elle a laissés sur la tablette. J'ai envie de les lui redescendre. J'ai envie de lui dire que ce n'est pas grave, qu'elle peut porter sa propre tenue ce soir, pas celle d'Hannah. J'ai envie qu'elle se sente elle-même, à l'aise, mais j'ai des clients assez riches et d'une certaine élite, qui s'attendent à voir des jupes noires et des chemisiers blancs. Non un jean et ce t-shirt rose (rose ou rouge, au fait ?) qui me fait penser à Mme Dennis, mon prof de dessin au lycée.

Mme Dennis appréciait l'art, et les artistes. Un jour après avoir constaté combien, selon elle, j'étais doué en peinture, elle s'était mise à m'aimer. Ce jour-là, elle portait une blouse rouge ou rose, ou peut-être les deux, c'est pourquoi elle me revient à l'esprit alors que je contemple le t-shirt d'Auburn.

Elle trouvait que j'avais l'étoffe d'un grand artiste… Étoffe… Fauté… Bon, ce n'est pas un palindrome, mais c'est exactement ce que nous avons fait pendant une heure. Elle plus que moi.

Et, bien que ça n'ait pas été une confession, l'histoire a fini en peinture. L'une des premières que j'ai vendues. Je l'avais appelée *Elle a fauté avec moi. Alléluia.*

Mais je n'ai pas trop envie de penser au lycée, ni à Mme Dennis, ni à Hannah Palindrome, car tout ça est passé, tandis que je suis dans le présent et qu'Auburn… représente un peu les deux. Elle serait choquée si elle savait combien son passé a pu affecter mon présent, mais je ne le lui dirai jamais. Certains secrets sont faits pour êtres gardés. Je suis bien placé pour le savoir.

Je ne sais trop comment prendre le fait qu'elle se soit présentée sur le seuil de ma porte, curieuse et tranquille, parce que j'ignore ce qu'il faut croire au juste. Il y a une demi-heure, je croyais aux coïncidences et au hasard. Maintenant ? La simple idée qu'elle soit passée là par hasard me fait bien rire.

Quand je redescends, elle est toujours là, comme pétrifiée devant la toile que j'ai appelée *Tu n'existes pas, Dieu. Et si Tu existes, honte à Toi.*

Ce n'est pas moi qui ai trouvé cette légende, bien sûr. Comme toutes les autres, elle provient de confessions anonymes. Sans savoir pourquoi, en entendant celle-ci, j'ai eu envie de peindre ma mère. Non comme je me la rappelle, mais ainsi que je l'imaginais à mon âge. Et cette confession ne m'a pas inspiré pour son aspect religieux mais plutôt pour le souvenir des mois qui ont suivi la mort de ma mère.

Je ne sais pas vraiment si Auburn croit en Dieu, mais quelque chose dans cette toile se rapportait à elle. Une larme lui coule le long du visage, jusqu'à sa mâchoire.

Elle m'entend, ou peut-être me voit près d'elle, car elle s'essuie la joue du dos de la main, pousse un soupir. Elle paraît gênée de s'être à ce point connectée avec ce portrait. À moins qu'elle ne soit juste gênée d'avoir été surprise dans cet état.

Au lieu de lui demander ce qu'elle en pense, ou pourquoi elle pleure, je contemple la toile avec elle. Je l'ai exécutée il y a plus d'un an et c'est seulement hier que j'ai décidé de l'exposer parmi les autres. En général, je ne les garde pas si longtemps mais, pour je ne sais quelles raisons, je n'ai pas encore eu le courage de me séparer de celle-ci. C'est toujours difficile de leur dire adieu, et à certaines plus qu'à d'autres.

Je crains sans doute qu'une fois qu'elle aura quitté mes mains, on ne saura pas l'apprécier à sa valeur.

– C'était une douche rapide, observe Auburn.

Elle essaie de changer de sujet, bien qu'on n'en ait pas parlé à haute voix. Elle a très bien compris que je m'interrogeais sur ses larmes. *Pourquoi aimez-vous tant cette toile, Auburn ?*

– Je ne traîne jamais sous la douche.

D'accord, ma réponse n'a rien de convaincant. *Aussi pourquoi chercher à l'impressionner ?* Je me tourne pour lui faire face, elle en fait autant, mais les yeux baissés, toujours embarrassée que je l'aie vue communier avec mon œuvre. Ça me plaît de la découvrir aussi troublée. Ça prouve qu'elle attache de l'importance à l'opinion des autres.

Autrement dit, elle attache de l'importance à mon avis, au moins en partie. J'aime ça car ce qu'elle pense compte beaucoup pour moi, sinon je ne rêverais pas secrètement qu'elle ne dise ni ne fasse rien qui me rappelle Hannah Palindrome.

Elle se détourne lentement, alors je cherche quelque chose de plus impressionnant à lui dire. Seulement, elle ne m'en laisse pas le temps car ses yeux sont revenus sur moi, interrogateurs, comme si elle me croyait assez confiant pour parler le premier.

Ce que je ferai, effectivement, mais pas parce que je déborde d'assurance.

D'abord un coup d'œil à mon poignet pour vérifier l'heure – *je ne porte même pas de montre* – et je fais mine de me gratter, histoire de me donner un air assuré.

– On ouvre dans un quart d'heure, il est donc temps que je vous explique le déroulement des opérations.

Elle pousse un soupir de soulagement.

– Bonne idée, dit-elle.

Je m'approche du *Tu n'existes pas, Dieu* et désigne la confession accrochée à côté.

– Ces messages servent de titre à chaque tableau. Les prix sont inscrits derrière. Il ne vous reste qu'à enregistrer la vente, faire remplir à l'acheteur une fiche d'information pour l'envoi du tableau, y coller la confession, de façon que je sache où l'expédier.

Elle acquiesce et regarde la légende. Elle a envie de la voir, alors je décolle l'étiquette du mur pour la lui tendre ; elle la relit avant de retourner la carte.

– Vous croyez que les gens pourraient acheter leur propre confession ?

Je sais que oui. Je suis déjà tombé sur certaines personnes qui avaient avoué être les auteurs de certains messages.

– Oui, mais je préfère ne pas le savoir.

Elle me considère d'un œil à la fois abasourdi et fasciné, alors je n'insiste pas.

– Pourquoi préférez-vous ne pas le savoir ? demande-t-elle.

Je hausse les épaules et ses yeux se posent sur mon cou. Je me demande à quoi elle pense quand elle me dévisage ainsi.

– Rappelez-vous, lui dis-je, quand vous entendez un groupe à la radio et que vous commencez à vous les représenter. Or, le jour où vous les voyez en photo ou en vidéo, ils ne ressemblent en rien à ce que vous avez imaginé. Ils ne sont ni mieux ni pires que dans votre esprit, juste différents.

Elle fait oui de la tête.

– Eh bien, c'est ce qu'il m'arrive quand j'achève une toile et que quelqu'un me dit que je me suis inspiré de sa confession. En peignant, je me crée une histoire autour de ce qui a pu inspirer ce message et de celui dont elle provient. Mais, quand je découvre que le tableau que j'avais en tête ne correspond pas du tout à celui que j'ai représenté, ça me donne une idée des limites de l'art.

Elle sourit, regarde à nouveau ses pieds.

– Vous connaissez, dit-elle en rougissant légèrement, la chanson des Alabama Shakes qui s'appelle

« Hold On » ? Je l'ai écoutée pendant plus d'un mois avant de voir la vidéo et de découvrir que le chanteur était une femme. Comme quoi, les idées toutes faites…

Elle comprend exactement ce que je dis ; ça m'amuse d'autant plus que je connais ce groupe et que je ne vois pas du tout comment on pourrait prendre cette chanteuse pour un homme. J'objecte :

– Je crois qu'elle dit son nom dans les paroles de la chanson, non ?

– Je pensais qu'il faisait allusion à quelqu'un d'autre.

Encore maintenant, elle en parle comme d'un chanteur…

Détournant le regard, elle se dirige vers le comptoir. Elle tient toujours la confession dans la main et je la laisse faire.

– Vous avez déjà envisagé de laisser un client acheter une de vos œuvres anonymement ?

Je me rapproche un peu d'elle.

– Pas vraiment.

Passant les doigts sur la calculatrice, puis sur les formulaires d'information, elle finit par prendre une carte de visite entre ses mains.

– Vous devriez mettre des confessions au dos, observe-t-elle.

Aussitôt, elle serre les lèvres, comme si elle en avait dit trop. Mais ça ne me vexe pas du tout.

– En quoi ça m'aiderait si les achats sont anonymes ?

– Disons que si je faisais partie de ceux qui les ont rédigées, je serais trop gênée pour acheter une de ces toiles. J'aurais trop peur que vous ne découvriez qui je suis.

– Ça m'étonnerait que les auteurs de ces confessions viennent à mes expos.

Finalement, elle me rend celle qu'elle tenait à la main, croise les bras sur le comptoir.

– Même si ce n'était pas moi qui l'avais rédigé, je ne voudrais pas acheter la toile de peur que vous ne me preniez pour l'auteur de ce message.

Bien vu.

– Je crois que ces confessions ajoutent un élément de réalisme à vos toiles, qu'on ne trouve pas chez d'autres peintres. En entrant dans une galerie, la personne qui se sent tout de suite en communion avec une œuvre peut avoir envie de l'acheter. Tandis que chez vous, elle pourrait être rebutée par la confession qui s'y rapporte ; imaginez une mère qui avoue ne pas aimer son enfant… Jamais elle ne tendra la carte de cette confession à quelqu'un qui risquerait de comprendre pourquoi elle achète la toile, de peur d'avoir l'air de dire : « je suis en communion avec cette horrible déclaration de culpabilité. »

Là, je reste bouche bée et m'efforce seulement de ne pas trop laisser éclater mon approbation. Je me redresse sans parvenir à secouer le besoin immédiat de me réfugier dans son esprit, de me baigner dans ses pensées.

– Incontestablement…

Elle sourit.

– Qui voudrait me contester ?

Personne, c'est certain.

– C'est entendu, dis-je alors. On va juste placer un numéro sous chaque toile. Ainsi, les gens pourront vous présenter ce numéro au lieu de la carte de confession. Ça respectera leur anonymat.

Sans perdre un détail de ses réactions, je contourne le comptoir pour venir vers elle. La voilà qui se dresse et retient son souffle. J'attrape un morceau de papier près d'elle, puis les ciseaux, à côté. À ce moment-là, j'évite de la regarder, mais je la sens qui me fixe, comme si elle cherchait à attirer mon attention.

Pourtant, je parviens à m'orienter vers la salle afin d'y compter les toiles ; mais sa voix m'interrompt :

– Il y en a vingt-deux.

Aussitôt, elle semble se reprendre, se détourne, s'éclaircit la gorge.

– Je les ai comptées tout à l'heure… quand vous étiez sous la douche.

Là-dessus, elle me prend les ciseaux, se met à couper le papier.

– Vous avez un marqueur noir ?

J'en sors un, le pose sur le comptoir.

– Qu'est-ce qui vous fait dire que je devrais mettre des confessions sur mes cartes de visite ?

Tout en continuant de découper soigneusement des carrés, elle me répond :

– Parce que ces messages sont fascinants. Si vous en mettez sur vos cartes de visite, ça attirera tout de suite l'attention.

Évidemment, elle a encore raison. Je n'y avais pas pensé. Ce doit être une super femme d'affaires.

– Quel est votre métier, Auburn ?

– Je suis coiffeuse, dans un salon pas loin d'ici.

Sa réponse ne semble pas déborder d'enthousiasme et j'en suis navré pour elle.

– Je vous verrais plutôt en femme d'affaires.

Elle ne répond pas, et j'ai peur, tout d'un coup, de l'avoir rabaissée.

– Encore qu'il n'y ait pas à rougir de couper les cheveux et les coiffer, dis-je. Simplement, j'ai l'impression que vous avez le gène des affaires.

Je récupère le marqueur noir pour inscrire des numéros sur les carrés de papier, de un à vingt-deux, parce que je la crois sur parole. Inutile de recompter.

De son côté, elle ignore complètement mes insultes/compliments à propos de son métier.

– Vous faites souvent des expos ?

– Tous les premiers jeudis du mois.

Elle me jette un regard perplexe.

– Une seule fois par mois ?

– Je vous ai dit que ce n'était pas vraiment une galerie d'art. Je ne présente pas d'autres artistes, je suis rarement ouvert. J'ai commencé à faire ça il y a quelques années, et ça a marché, essentiellement grâce à la couverture du *Dallas Morning News*. Je gagne assez en un soir pour en vivre tout le mois.

– Bravo !

Elle semble sincèrement impressionnée. Ce n'était pas vraiment le résultat que je cherchais à obtenir, mais ça me rend fier de moi.

– Vous avez toujours assez de toiles à vendre ?

Elle paraît beaucoup s'intéresser à mon travail et ça me plaît.

– Non. Une fois, il y a environ trois mois, je n'ai ouvert que pour un seul tableau.

Surprise, elle se tourne vers moi.

– Un seul ? Pourquoi ?

Je hausse les épaules.

– Je n'étais pas très inspiré, à cette époque-là.

Ce n'est pas tout à fait vrai. En réalité, je commençais à fréquenter Hannah Palindrome et je passais le plus clair de mon temps à coucher avec elle, beaucoup plus intéressé par son corps que par son esprit. Mais ceci ne regarde pas Auburn.

– Quelle en était la confession ?

Je ne vois pas trop où elle veut en venir.

– Celle qui correspondait à ce seul tableau ? précise-t-elle. De quelle confession s'inspirait-il ?

Je repense à cette époque, au seul sujet qui m'absorbait vraiment ; bien que la confession en question ne soit pas de moi, j'ai l'impression qu'Auburn me demande ce qui pouvait à ce point me préoccuper un mois durant.

– La toile s'appelait *Quand je suis avec toi, je pense à tout ce que je ferais d'extraordinaire loin de toi.*

Elle fronce les sourcils, comme si elle essayait de mieux comprendre ce qui avait pu m'arriver.

Et puis son expression vire à la consternation.

– C'est vraiment triste, murmure-t-elle.

Après quoi, elle détourne les yeux, pour cacher que cet aveu l'a troublée, ou alors qu'elle essaie encore de me décrypter à travers cette confession. Elle examine les toiles les plus proches de nous, ce qui lui évite de me regarder. Nous jouons en quelque sorte à cache-cache autour de mes peintures.

– Vous devez avoir été très inspiré, ce mois-ci, parce que vingt-deux, ça fait beaucoup. Presque une toile par jour.

J'ai envie de répondre « vous verrez le mois prochain », mais je me tais.

– Il y a des anciennes, dis-je. Je ne les ai pas toutes faites ce mois-ci.

Je me rapproche encore d'elle, cette fois pour prendre le dévidoir de ruban adhésif, mais sans le faire exprès, je lui effleure le bras. Je ne l'avais pas touchée, jusque-là. Maintenant que nous avons eu ce contact, je peux assurer qu'elle est bien réelle, et j'aimerais prolonger cet instant unique.

J'ai envie de lui demander : « Vous avez senti la même chose ? » mais c'est inutile car je vois son bras frémir.

Elle s'éclaircit la gorge et recule vers le milieu de la salle, comme pour mieux se détacher de moi.

Moi-même soulagé par l'espace qui nous sépare de nouveau, je pousse un soupir. Elle semble mal à l'aise et, franchement, cela commençait à être mon cas aussi car j'essaie toujours de me faire à l'idée qu'elle est bien là.

Si on me posait la question, je dirais que c'est une introvertie. Quelqu'un qui n'a pas l'habitude de vivre au milieu d'autres gens, à plus forte raison des inconnus. Ce en quoi elle me ressemble beaucoup. C'est une solitaire, une contemplative, une artiste.

Apparemment, elle redoute que je ne perturbe son mode de vie si elle me laisse trop l'approcher.

Qu'elle ne s'inquiète pas. C'est un sentiment partagé.

*

*   *

Nous passons les quinze minutes suivantes à accrocher les numéros sous les toiles. Je la regarde inscrire le nom de chaque confession sur un morceau de papier qu'elle accole ensuite au chiffre correspondant. On diraitqu'elle a fait ça toute sa vie. Ce doit être une de ces personnes qui réussissent dans tout ce qu'elles entreprennent.

– Il y a toujours beaucoup de monde à vos expos ? s'enquiert-elle en retournant vers le comptoir.

Je suis enchanté qu'elle n'ait aucune idée de ce que représente mon art.

– Venez ici, dis-je en me dirigeant vers le portail d'entrée.

Son innocence et sa curiosité me ramènent au premier soir où j'ai ouvert, voilà trois ans ; au souvenir de l'enthousiasme qui m'habitait alors, je regrette que ça ne soit plus toujours la même chose.

Arrivé à hauteur de la porte, je détache une des confessions afin qu'elle puisse jeter un regard dehors. Et je la vois écarquiller les yeux en découvrant la file d'attente qui s'est formée dans la rue. Là non plus, ça n'a pas toujours été ainsi. Mais depuis ma page de couverture, l'année dernière, le bouche à oreille a fonctionné, j'ai eu de la chance.

– L'exclusivité, murmure-t-elle en reculant.

Je raccroche la confession à la vitre.

– Que voulez-vous dire ?

– C'est pour ça que vous vendez si bien. Parce que vous restreignez vos jours d'ouverture et que vous ne pouvez exécuter qu'un certain nombre de peintures par mois. Cela n'en donne que plus de prix à votre art.

– Dois-je comprendre que ce n'est pas dû à mon seul talent ? je lance avec un sourire malicieux.

Elle me heurte gentiment l'épaule.

– Vous comprenez ce que je veux dire.

J'aimerais bien qu'elle refasse ce geste, accompagné du même sourire, au lieu de quoi, elle se retourne vers la galerie, pousse un lent soupir. La vue de tous ces gens qui attendent l'aurait-elle perturbée ?

– Vous êtes prête ?

– Oui, assure-t-elle en hochant la tête.

J'ouvre le portail d'entrée et la foule se rue à l'intérieur. J'ai l'impression qu'elle est encore plus dense que d'habitude et cela me fait un peu peur pour Auburn.

Pourtant, dès la première demi-heure, Auburn se mêle aux visiteurs, discute peinture et, parfois, commente les confessions. Si je repère quelques visages, je n'ai jamais vu la plupart de ces gens. Tandis qu'elle se conduit comme si elle les connaissait tous. Tout d'un coup, elle file vers le comptoir parce qu'elle a repéré quelqu'un qui prenait le numéro cinq. Il correspond à la toile intitulée *J'ai passé deux semaines en Chine sans le dire à personne. En rentrant j'ai vu que mon absence était passée complètement inaperçue.*

De l'autre bout de la salle, elle m'adresse un clin d'œil tout en enregistrant sa première transaction. Au milieu des exclamations et des discussions, je la surveille du coin de l'œil. Ce soir, tout le monde est venu voir mes œuvres et moi je ne vois qu'elle.

– Votre père va-t-il passer, Owen ?

Je me détourne le temps de répondre à la question du juge Corley :

– Malheureusement, il est retenu ailleurs.

Pieux mensonge. Si j'occupais un tant soit peu de place dans sa vie, il serait venu.

– Quel dommage ! répond le juge. Je suis en train de faire redécorer mon cabinet et c'est lui qui m'a conseillé de venir voir vos tableaux.

Le juge Corley ne doit pas mesurer plus d'un mètre soixante-dix mais son ego en fait le double. Mon père est avocat ; il passe son temps à la cour où siège le juge. Je le sais parce qu'il ne le porte pas trop dans son cœur et, malgré cette amabilité du juge, je ne suis pas certain que celui-ci aime beaucoup mon père lui non plus.

Disons qu'ils sont « amis en surface ». Que cette amitié n'est qu'une façade derrière laquelle se pressent des ennemis. Mon père a beaucoup d'amis en surface. Je suppose qu'il le doit à son métier d'avocat.

Je n'en ai pas, et je n'en veux pas.

– Vous possédez un talent exceptionnel, bien qu'il ne soit pas vraiment de mon goût, continue le juge en passant à la toile suivante.

Une heure a vite fait de passer. Auburn m'a semblé constamment occupée. De toute façon, elle ne reste jamais assise derrière son comptoir, l'air de s'ennuyer, comme c'était le cas d'Hannah Palindrome ; celle-ci poussait l'art de l'apathie à une sorte de perfection, et se limait si souvent les ongles que je me demande comment il pouvait encore lui en rester.

Auburn ne semble pas s'ennuyer. On dirait plutôt qu'elle s'amuse. Quand il n'y a plus personne près du comptoir, elle se lève et se mêle à l'assistance, bavarde, rit aux blagues qu'on lui balance, même si elle les trouve éculées.

Elle voit le juge Corley s'approcher armé d'un numéro, et lui sourit ; elle dit quelque chose, à quoi il répond par un grognement. Quand elle regarde le numéro, je la vois se rembrunir mais elle reprend vite sa jovialité. Son regard se porte brièvement sur la toile *Tu n'existes pas, Dieu…* et je comprends aussitôt pourquoi elle a tiqué. Le juge ne mérite pas une telle œuvre. Je me dirige en hâte vers le comptoir.

– Il y a un malentendu.

Auburn lève des yeux surpris tandis que le juge se tourne vers moi, l'air agacé. Je récupère le numéro qu'elle vient de poser devant elle.

– Cette toile n'est pas à vendre.

Le juge semble nettement s'irriter.

– Enfin, elle est accrochée au mur. Ça veut dire qu'elle est à vendre oui ou non ?

Je fourre le papier dans ma poche.

– Elle a été vendue juste avant l'ouverture. Pardon d'avoir oublié d'enlever le numéro. Mais si vous désirez en choisir une autre…

L'air excédé, il rempoche son portefeuille.

– Non, marmonne-t-il. J'aimais bien les touches d'orange dans celle-ci. Elles étaient assorties à la couleur du canapé dans mon bureau.

Il l'aime pour les touches d'orange… Heureusement que je ne la lui ai pas vendue !

Adressant un signe à une femme qui se tient à quelques pas de nous, il part la rejoindre.

– Ruth, lance-t-il, on n'a qu'à faire un saut chez Pottery Barn, demain. Rien ne m'intéresse, ici.

Je les suis des yeux avant de me retourner vers une Auburn à l'expression réjouie.

– Vous n'alliez pas le laisser emporter votre bébé, n'est-ce pas ?

– Je ne me le serais jamais pardonné, dis-je dans un soupir.

D'un regard par-dessus mon épaule, elle me fait comprendre que quelqu'un d'autre arrive.

Je m'écarte pour la laisser opérer ses merveilles. Une autre demi-heure s'écoule et la plupart des toiles sont vendues lorsque part la dernière personne. Je ferme le portail derrière elle.

Quant à Auburn, elle est en train de mettre de l'ordre dans les commandes. Tout sourire, elle ne cherche pas à cacher sa joie, une joie plutôt contagieuse.

– Vous en avez vendu dix-neuf, s'écrie-t-elle. OMG, Owen ! Vous vous rendez compte de tout l'argent que vous avez gagné ? Et vous vous rendez compte que je viens de citer vos initiales ?

Cela me fait rire, parce que, oui je me rends compte de tout l'argent que je viens de gagner, et, oui, je me rends compte qu'elle vient de citer mes initiales. Mais c'est bon, elle l'a dit d'un ton adorable. Et son sens des affaires m'a bien rendu service car je dois avouer que je n'avais encore jamais vendu dix-neuf toiles en une soirée.

Pourvu que ce ne soit pas la dernière fois qu'elle me donne un coup de main.

– Alors, dis-je, vous êtes prise, ce mois-ci ?

Mon offre ne fait qu'élargir son sourire.

– Je ne suis jamais prise quand on me propose cent dollars de l'heure.

Elle est en train de compter les billets qu'elle sépare en plusieurs piles. Elle en prend deux de cent dollars, les brandit triomphalement.

– Ça, c'est à moi !

Et de les plier pour les fourrer dans la poche de son chemisier (ou plutôt celui d'Hannah Palindrome).

Mon euphorie s'évanouit quand je commence à me rendre compte qu'elle a terminé ; je ne sais pas comment prolonger ces moments. Pourtant, je n'ai aucune envie qu'elle s'en aille. Elle range l'argent dans un tiroir, empile les commandes sur le comptoir.

– Il est vingt et une heures passées, dis-je. Vous devez mourir de faim.

Moyen de savoir si elle n'accepterait pas de dîner avec moi… mais je la vois écarquiller les yeux.

– Vingt et une heures passées ? lance-t-elle d'un ton affolé.

Elle se précipite vers l'escalier qu'elle grimpe deux à deux ; je n'aurais jamais cru la voir s'éclipser à une telle vitesse.

Je m'attends à la voir redescendre aussi vite, mais non. Rien ne se passe. Alors je monte voir ce qui lui arrive et c'est là que j'entends sa voix :

– Désolée. Je sais, je sais.

Court silence et puis elle soupire :

– D'accord. C'est entendu. On se reparle demain.

Elle a dû raccrocher. En tout cas, je l'aperçois, assise au bar, en train de contempler son téléphone ; elle essuie une larme. La deuxième de la soirée. Ce qui me fait instantanément détester celui ou celle qui était au bout du fil, capable de la mettre dans un tel état alors qu'il y a encore quelques minutes, elle souriait à pleines dents.

Reposant l'appareil sur le bar, elle tourne la tête vers moi. Prend une expression faussement détendue.

– Désolée, lance-t-elle.

Décidément, elle est douée pour cacher ses véritables émotions. Au point que ça me fait peur.

– Pas de souci, dis-je.

Elle se lève, désigne la salle de bains. Elle va me rappeler qu'elle doit se changer et s'en aller. Et moi, je me dis que si elle fait ça, je ne la reverrai peut-être jamais.

On porte en partie le même nom de famille. Ce doit être le destin, tu sais.

– J'ai un rituel, lui dis-je.

C'est un mensonge mais elle n'a pas l'air du genre de fille à rompre les bonnes habitudes d'un mec.

– Mon meilleur ami tient le bar d'en face. Je vais toujours boire un verre avec lui après une expo. J'aimerais que vous veniez avec moi.

De nouveau, elle jette un coup d'œil vers la salle de bains. Cette hésitation ne peut me permettre de conclure qu'une chose : elle ne fréquente pas les bars. À moins qu'elle n'ait pas envie d'y aller avec moi…

J'insiste :

– On y sert aussi à manger, enfin surtout des amuse-gueule, mais ils sont très bons et je crève de faim.

Elle aussi, certainement, car ses yeux s'illuminent.

– Ils ont des feuilletés au fromage ? demande-t-elle.

Je n'en suis pas sûr, seulement je suis prêt à dire n'importe quoi pour passer quelques minutes supplémentaires avec elle.

– Les meilleures de la ville.

De nouveau, elle paraît hésiter, jette un coup d'œil vers son téléphone dans sa main.

– Je…

Elle se mord les lèvres avant de reprendre, gênée :

– Peut-être que je devrais appeler d'abord ma coloc. Pour qu'elle sache où je suis. D'habitude, je suis rentrée, à cette heure-là.

– Bien sûr.

Elle compose un numéro, attend que sa correspondante décroche.

– Allô ? C'est moi, dit-elle en me souriant. J'arriverai tard, ce soir. Je prends un verre avec quelqu'un.

Elle marque une pause, me regarde encore, l'air surprise.

– Euh… oui, je suppose. Il est là.

Elle me tend le téléphone.

– Elle veut vous parler.

Je prends l'appareil.

– Allô ?

– Comment vous appelez-vous ? demande une fille.

– Owen Gentry.

– Où emmenez-vous ma coloc ?

Elle me cuisine de sa voix autoritaire et monocorde.

– Au Harrison's bar.

– Quand est-ce qu'elle va rentrer ?

– Je n'en sais rien. Disons dans deux heures ?

J'interroge Auburn du regard, mais elle hausse les épaules.

– Faites attention, reprend mon interlocutrice. Je lui indique une phrase secrète qu'elle devra utiliser en cas de danger. En plus, si elle ne m'appelle pas à minuit pour me dire qu'elle est en sécurité, j'avertis la police et vous serez accusé de meurtre.

– Euh… d'accord, dis-je en riant.

– Maintenant, repassez-moi Auburn.

Un rien plus anxieux que tout à l'heure, je lui tends le téléphone. Elle fronce les sourcils en écoutant. Visiblement, sa coloc est en train de lui indiquer la phrase secrète. Elle n'avait pas l'air trop au courant. De deux choses l'une, ou ces filles ne se connaissent pas depuis longtemps ou Auburn ne sort jamais.

– Quoi ?! s'exclame celle-ci. Ça veut dire quoi cette histoire de « petite bite » ?

Elle se claque la paume sur la bouche en s'excusant, avant de reprendre l'appareil.

– Tu rigoles ? Tu ne peux pas choisir des mots normaux comme raisin ou arc-en-ciel ?

Elle secoue la tête en pouffant de rire.

– D'accord, je t'appellerai à minuit.

Elle coupe la communication, l'air amusée.

– Emory, elle est un peu spéciale.

Je n'en doute pas un instant. Auburn désigne encore la salle de bains.

– Je peux me changer d'abord ?

Je lui dis d'y aller, soulagé de la retrouver dans la tenue qu'elle portait à son arrivée. Une fois qu'elle a disparu derrière la porte, je sors mon propre téléphone pour envoyer un texto à Harrison.

Moi : Je viens prendre un verre. Tu sers des feuilletés au fromage ?

Harrison : Non.

Moi : Rends-moi service. Quand je t'en commanderai, ne réponds pas que tu n'en fais pas. Dis que tu n'en as plus.

Harrison : D'accord. C'est un service original !

Trois

Auburn

La vie est bizarre.

Comment ai-je fait pour passer de mon boulot au salon de coiffure ce matin, à un rendez-vous dans un cabinet d'avocats cet après-midi, puis à un emploi dans une galerie d'art ce soir, tout cela pour aboutir dans un bar, genre d'endroit où je n'avais encore jamais mis les pieds de ma vie ?

Impossible de l'avouer à Owen mais je suis prête à parier qu'il a capté mon hésitation devant la porte. Je ne savais à quoi m'attendre parce que je n'ai pas encore vingt et un ans. Ce que je lui ai rappelé, mais il m'a répondu de ne pas réagir si Harrison me demandait ma carte d'identité.

– Dites-lui juste que vous l'avez oubliée à la galerie, et je me porterai garant pour vous.

En tout cas, je ne m'attendais pas à tomber dans ce genre d'endroit. J'aurais plutôt imaginé des boules à facettes entourant une immense piste de danse avec John Travolta au milieu. En fait, ce bar est nettement moins spectaculaire, calme, faiblement éclairé ; je pourrais sans doute en compter les clients sur les dix doigts. Les tables occupent plus de place que la piste, et pas une boule disco à l'horizon. Un rien décevant.

Owen se faufile vers le bar au fond de la salle. Il tire un tabouret, me fait signe de m'asseoir et prend place à côté de moi.

Le barman jette un coup d'œil vers nous. Ce doit être Harrison, la petite trentaine, les cheveux roux et bouclés, le teint clair. Vu les trèfles à quatre feuilles qui ornent à peu près chaque endroit, je commence à me demander si je n'ai pas affaire à un Irlandais pur jus.

Entre lui et Owen, il semblerait que cette ville grouille de jeunes entrepreneurs. *Génial.* Je vais me sentir encore moins à ma place.

Harrison nous adresse un signe de tête, l'air un rien perplexe. Je ne sais pas s'il a déjà deviné mon âge mais Owen fait comme si de rien n'était.

– Vous avez été géniale ce soir, m'assure-t-il le front appuyé sur une main.

Je souris pour le remercier du compliment, à moins que ce ne soit juste du plaisir d'être avec lui… Il paraît à la fois si charmeur et tellement innocent, avec ces petits plis qui lui étirent les yeux…

– Vous aussi, dis-je.

On échange d'autres sourires et je m'aperçois qu'au fond, je me sens très bien ici. Ça ne m'était pas arrivé depuis un moment ; j'ignore en quoi Owen parvient à susciter des réactions si différentes en moi, mais j'apprécie. Malgré tout ce que j'ai à faire par ailleurs, je peux m'offrir une soirée de détente. Un verre. Où est le mal ?

Il pose un bras sur le bar, tourne son siège vers moi. J'en fais autant mais nous sommes si proches l'un de l'autre que nos jambes se touchent. Alors il s'arrange pour que nos genoux se croisent sans se heurter, ce qui crée indéniablement une intimité plutôt étonnante avec quelqu'un qu'on ne connaît que depuis quelques heures.

– On est en train de flirter, là ? demande-t-il.

On se regarde en riant et je me rends compte qu'on n'a pas cessé de se sourire depuis qu'on a quitté la galerie.

– Non, dis-je. Je ne sais pas flirter.

Baissant les yeux vers nos genoux, il s'apprête à faire un commentaire, quand Harrison s'approche, s'accoude au bar, avant de s'adresser à Owen :

– Comment ça s'est passé ?

Il est bel et bien irlandais, son accent suffit à le confirmer ; c'est à peine si je comprends ce qu'il dit.

Owen m'adresse un autre sourire.

– Très bien.

Cette fois, Harrison se tourne vers moi :

– Vous devez être Hannah, dit-il en me tendant la main. Moi, c'est Harrison.

Sans regarder Owen, que j'entends s'éclaircir la gorge, je serre la main du barman.

– Ravie de vous connaître, Harrison, en fait, moi c'est Auburn.

Il écarquille les yeux, part d'un petit rire gêné.

– Merde, mon pote, murmure-t-il à Owen. Là, je ne te suis plus.

Celui-ci lui adresse un geste d'excuse.

– C'est bon. Auburn est au courant pour Hannah.

Pas vraiment. Je suppose juste qu'il s'agit de la fille qui vient de le jeter. Tout ce que je sais c'est qu'Owen m'a dit que ces soirées au bar après une expo faisaient partie d'un rituel. Alors je voudrais bien savoir comment Harrison peut ne pas la connaître si elle travaillait vraiment pour Owen jusque-là. Celui-ci semble lire dans mes pensées :

– Je ne l'ai jamais amenée ici.

– Ni elle ni personne, approuve Harrison. Qu'est-ce qui lui est arrivé, à cette Hannah ?

– Comme d'habitude, marmonne Owen à contre-cœur.

L'Irlandais ne demandant pas de précisions, je suppose qu'il voit très bien ce qui a pu se passer. Dommage que ce « d'habitude » ne signifie pas grand-chose pour moi.

– Qu'est-ce que je vous prépare à boire, Auburn ?

J'interroge Owen du regard. Je ne sais pas ce qu'il faut commander. Ça ne m'est encore jamais arrivé, puisque je n'ai pas l'âge. Il comprend tout de suite et lance :

– Apporte-nous deux Jack Coca. Et aussi des feuilletés au fromage.

Harrison tapote le bar en lançant :

– C'est parti.

Tout d'un coup, il se retourne :

– Attends, on n'a plus de feuilletés. Des frites au fromage, ça ira ?

J'essaie de ne pas le montrer mais je suis déçue. J'avais vraiment envie de feuilletés. Néanmoins, je réponds « d'accord » à Owen.

Harrison repart mais revient aussitôt :

– Vous avez vingt et un ans, n'est-ce pas ?

Je hoche vivement la tête en espérant qu'il va me croire ; heureusement, il repart sans me demander de papiers.

– Quelle horrible menteuse ! s'esclaffe Owen.

Je pousse un soupir.

– D'habitude, je ne mens pas.

– Ça se voit !

Il change un peu de position sur son tabouret et nos genoux s'effleurent encore.

– Quel est votre parcours, Auburn ?

Nous y voilà. En général j'arrête tout, quand on me pose ce genre de question.

– Oh là ! lance-t-il. C'est quoi ce regard ?

Cette fois, je me rends compte que je devais tirer la tronche.

– Écoutez, dis-je, je préfère ne pas parler de ma vie.

À mon grand étonnement, il reste serein.

– On est deux.

Harrison revient avec les verres, nous évitant une pénible conversation. On trinque, mais il avale sa première gorgée beaucoup plus vite que moi. Malgré mon jeune âge, j'ai déjà goûté l'alcool à

Portland, sauf que là, ça me semble vraiment fort. Je me couvre la bouche pour tousser, ce qui, bien entendu, arrache un nouveau sourire à Owen.

– Bon, puisque nous n'avons ni l'un ni l'autre envie de parler, on pourrait peut-être danser ? propose-t-il.

Je dis non tout de suite.

– Je l'aurais juré, ajoute-t-il en se levant. Venez.

Je secoue la tête et mon humeur s'assombrit instantanément. Pas question que je danse avec ce type. Surtout un slow. Il m'attrape par la main, essaie de m'entraîner mais je m'agrippe farouchement à mon siège.

– Vous ne voulez vraiment pas danser ? insiste-t-il.

– Absolument pas !

Il me dévisage un instant puis regagne sa place, se penche, me fait signe d'approcher. Il n'a toujours pas lâché ma main et je sens son pouce effleurer le mien, tandis que sa bouche me souffle à l'oreille :

– Dix secondes. Accordez-moi juste dix secondes sur la piste. Après ça, si vous ne voulez toujours pas danser, vous pourrez partir.

Mes membres, mon cou sont parcourus de frissons au son de cette voix soudain si apaisante et, déjà, je hoche la tête avant de me rendre compte que je dis oui.

D'accord, dix secondes, ce n'est pas grand-chose. Je peux faire ça. Sans me couvrir de honte. Ensuite, je regagnerai ma place, quitte à le laisser danser tout seul.

Il se relève, me conduit vers la piste, heureusement à peu près déserte. Même si nous sommes les seuls à danser, je n'aurai pas l'impression d'attirer tous les regards sur moi.

Une fois sur place, il glisse une main au creux de mes reins.

Je commence à compter :

– Une…

Imperturbable, il pose l'autre main sous ma nuque. Encore heureux que j'aie vu assez de couples danser pour savoir comment me tenir.

– Deux…

Il éclate de rire en m'attirant contre lui.

– Trois…

Il commence à onduler et là, j'ai du mal. Je ne sais plus du tout ce qu'il faut faire. Je regarde nos pieds en espérant y capter une indication. Il pose le front contre le mien.

– Laissez-moi vous guider, dit-il.

Ses deux mains se posent sur ma taille afin de lui donner le mouvement, en même temps, il m'attire si près que la pression de mes bras s'affaiblit naturellement et que je m'appuie sur lui.

Enivrée par son odeur, je ferme les yeux pour mieux m'en imprégner. On dirait qu'il sort de la douche, alors que cela remonte à plusieurs heures.

Je crois que j'aime danser.

Ça semble tout naturel, comme dérivé de l'objectif biologique humain.

Finalement, c'est un peu comme faire l'amour. J'ai à peu près autant d'expérience dans ce domaine qu'en danse, mais je me rappelle chacun des instants passés avec Adam. Cela peut être très intime, cette façon qu'ont deux corps de s'unir tout en sachant exactement quoi faire et comment se comporter.

Je sens mon pouls s'accélérer et la chaleur se répandre en moi. Voilà tellement longtemps que je n'avais plus éprouvé ces sensations ! Je me demande si c'est la danse qui me met dans cet état, ou Owen. Je n'avais encore jamais dansé un slow. Je n'ai aucun élément de comparaison, à part le souvenir de ce que j'éprouvais dans les bras d'Adam. Et c'est très proche de mon état de ce soir. Depuis le temps que je rêvais qu'on m'embrasse…

À moins que je ne me sois plus laissée aller à ces impressions depuis trop longtemps.

Owen pose une main sur l'arrière de ma tête, avant de me murmurer à l'oreille :

– Les dix secondes sont passées. Voulez-vous arrêter ?

Je fais non de la tête.

Pas besoin de le voir pour le sentir détendu. Il m'étreint et pose le menton sur mon front, tandis que je hume encore son odeur en fermant les yeux.

On danse ainsi jusqu'à la fin de la chanson. Je ne sais pas si c'est à moi de m'en aller ou si je dois attendre mais on reste enlacés. Une autre chanson commence, heureusement un slow, comme le précédent. Alors on continue, comme si la musique ne s'était jamais interrompue.

J'ignore quand la main d'Owen a quitté ma tête, toujours est-il elle descend maintenant le long de mon dos, ce qui rend mes jambes toutes flasques. Au point que j'aimerais me fondre dans ses bras et le laisser m'emporter, de préférence directement dans son lit.

Ses initiales correspondent bien à ce que je ressens en ce moment. J'ai envie de lâcher « OMG » jusqu'à m'en étouffer.

Je me détache un peu de sa poitrine pour le regarder dans les yeux. Il a l'air très sérieux et me sonde de ses prunelles infiniment plus sombres que quand on est entrés dans ce bar.

Curieusement, je n'ai aucun problème à lui poser une main dans la nuque, et sa réaction me surprend davantage : il pousse un léger soupir, sa peau se hérisse, il ferme les yeux.

– J'ai l'impression que je viens de tomber amoureux de cette chanson, avoue-t-il. Alors que je la détestais.

Ça me fait rire, et il me serre la tête contre son torse. On ne parle pas, on ne cesse de danser tant que la musique joue. Quand la troisième chanson commence, je m'aperçois que je n'ai aucune envie de poursuivre sur cet air trop vif à mon goût. Alors on se détache d'un commun accord, dans un même soupir.

Il me dévisage d'un air concentré et je m'aperçois que cette expression me plaît autant que son sourire. Mes bras quittent son cou, les siens ma taille, et on reste sur la piste, à se regarder sans trop savoir que faire, maintenant.

– L'ennui avec la danse, dit-il en croisant les bras, c'est qu'on a beau adorer, ça fait bizarre quand ça s'arrête.

Tant mieux, apparemment, je ne suis pas la seule à ne plus savoir que faire. Il pose les mains sur mes épaules puis m'entraîne vers le bar.

– On a nos verres à finir, dit-il.

– Et nos frites à manger.

*

* *

Il ne m'a pas proposé de retourner danser. En fait, dès qu'on a regagné le bar, il semblait plutôt pressé de s'en aller. J'ai mangé presque toutes les frites pendant qu'il bavardait encore un peu avec Harrison. Il a bien vu que je n'allais pas finir mon verre, alors il l'a vidé à ma place. Maintenant, on se retrouve dans la rue et j'éprouve un peu la même impression bizarre qu'à la fin de notre slow. Sauf que là, c'est notre soirée qui s'achève ; franchement, je n'ai aucune envie de lui dire au revoir. Mais comme il n'est pas question de lui suggérer de retourner dans sa galerie…

– Vous habitez loin ? me demande-t-il.

Je suis un peu choquée par son aplomb.

– Pas besoin de m'accompagner, dis-je aussitôt.

– Auburn, s'esclaffe-t-il. Il est tard. Je propose juste de vous ramener devant chez vous, pas d'y passer la nuit !

Un peu gênée, je finis par répondre :

– À une dizaine de rues d'ici.

On se dirige chez moi en silence. Jusqu'à ce qu'il ajoute :

– Pourtant, si je voulais y passer la nuit…

J'éclate de rire, le pousse d'un geste amusé.

– Je vous dirais d'aller vous faire foutre.

Quatre

Owen

Si je n'avais encore que onze ans, j'agiterais ma boule de cristal pour poser des questions idiotes, genre « Est-ce qu'Auburn Mason Reed m'aime bien ? Est-ce qu'elle me trouve gentil ? »

Sans trop vouloir tirer de conclusions sur sa façon de me regarder en ce moment, je pense que la réponse serait : « Indubitablement. »

On s'éloigne du bar mais, comme son appartement se trouve à un bon quart d'heure de marche, j'ai tout le temps d'essayer de mieux la connaître. D'abord et avant tout, j'ai envie de savoir ce qui la ramène à Dallas.

– Vous ne m'avez pas dit pourquoi vous vous êtes installée au Texas.

Elle me lance un regard inquiet qui me surprend quelque peu.

– Je ne vous ai jamais dit que je n'étais pas née ici, laisse-t-elle tomber.

Je souris pour masquer mon erreur. Je ne suis pas censé être au courant de ses origines puisque, normalement, je ne devrais rien savoir de plus que ce qu'elle m'a dit aujourd'hui. Je fais de mon mieux pour cacher ce que j'ai derrière la tête car, si je lui avouais la vérité maintenant, elle comprendrait que je la lui ai cachée toute la soirée. Trop tard.

– Non, c'est votre accent qui le dit.

Elle m'observe attentivement et je comprends qu'elle s'en tiendra là, alors je cherche comment embrayer sur la question suivante, mais celle-ci s'avère encore plus indiscrète :

– Vous avez un copain ?

Cette fois, elle détourne les yeux et mon cœur se serre devant sa mine coupable ; de quoi, je n'en sais rien. Cela doit vouloir dire qu'elle a bien un copain et qu'on ne danse pas comme nous venons de le faire quand un garçon vous attend quelque part.

– Non.

Tout de suite, je me sens mieux. Je souris à peu près pour la millionième fois depuis que je l'ai aperçue devant chez moi, ce soir. Je ne sais pas si elle s'en rend compte, mais je ne suis habituellement pas du genre souriant.

À elle maintenant de m'interroger, pourtant elle reste muette.

– Vous allez me demander si j'ai une copine ?

Ça la fait rire.

– Non. Elle a rompu avec vous la semaine dernière.

Ah oui ! J'avais oublié qu'on s'était déjà raconté ça.

– Dieu merci !

– Ce n'est pas très gentil de dire ça ! s'indigne-t-elle. Je suis sûre que c'était une décision difficile.

– Détrompez-vous, ça a été très facile. C'est toujours très facile pour vous toutes.

Elle marque une pause, me jette un regard mauvais avant de reprendre sa marche.

– Nous toutes ?

D'accord, ça ne me donne pas le beau rôle, mais je ne vais pas lui mentir. Et puis, si je lui dis la vérité, elle me fera peut-être encore confiance et me laissera lui poser d'autres questions.

– Oui. Je me suis fait souvent jeter.

– Pourquoi d'après vous, Owen ?

J'essaie d'amortir la dureté de ma réponse à venir en parlant plus doucement, bien que ce ne soit pas forcément un aveu qui me réjouisse.

– Je ne suis pas doué comme petit copain.

Elle détourne les yeux, peut-être parce qu'elle ne veut pas que je lise la déception dans ses yeux, mais c'est raté.

– Comment ça, pas doué ?

Il y aurait certainement des quantités de raisons pour expliquer la chose, cependant je me concentre sur celles qui me sautent aux yeux.

– Je place beaucoup de choses au-dessus d'une relation. En général, les filles ne supportent pas de se trouver reléguées en seconde position.

D'un coup d'œil, je vérifie qu'elle ne me juge pas ; mais non, elle semble plutôt pensive.

– Alors, Hannah a rompu avec vous parce que vous ne lui accordiez pas assez de temps ?

– C'est à peu près ça.

– Vous êtes restés longtemps ensemble ?

– Non, quelques mois… trois tout au plus.

– Vous l'aimiez ?

J'ai envie de la contempler, de déchiffrer son expression quand elle me dit ça, mais je ne veux pas qu'elle voie la mienne, qu'elle prenne mon air renfrogné pour du désarroi. Disons que je suis juste désolé de ne pas pouvoir aimer une fille comme Hannah.

– Je crois qu'il est difficile de définir la sensation d'aimer. On peut aimer beaucoup de choses chez quelqu'un sans aimer la personne elle-même.

– Vous avez pleuré ?

Je me mets à rire.

– Absolument pas ! J'étais furax. Je m'engage avec des filles qui prétendent ne pas voir d'inconvénient à ce que je m'isole parfois une semaine entière pour travailler. Mais le jour où ça se produit, tout se termine en dispute sur la préférence que j'accorde à mon art plutôt qu'à elles.

Elle se retourne et continue d'avancer à reculons pour pouvoir me fixer de son regard.

– C'est vrai ? Vous préférez votre art ?

– Tout à fait.

Ses lèvres se crispent en un sourire hésitant ; je ne comprends pas ce qu'elle peut trouver de plaisant à cette réponse. D'habitude, ça dérange les gens. Ils voudraient que je préfère passer du temps avec eux plutôt qu'à créer mes œuvres, mais, jusque-là, ça n'a jamais été le cas.

– Quelle est la plus belle confession anonyme que vous ayez jamais reçue ?

On n'a pas beaucoup marché. C'est tout juste si on est arrivés au bout de la rue, cependant cette question lance une conversation qui pourrait durer des jours.

– Pas facile à dire.

– Vous les avez toutes gardées ?

– Oui. Je n'en ai jamais jeté aucune. Même les plus affreuses.

Elle semble intriguée.

– Qu'entendez-vous par affreuses ?

Je jette un coup d'œil derrière moi, vers mon studio. J'ignore comment l'idée de lui montrer ces confessions a pu seulement me traverser l'esprit, parce que je n'en avais encore jamais parlé avec personne.

Mais ce n'est pas n'importe quelle personne.

En me retournant, je découvre son visage plein d'espoir.

– Je vais vous montrer quelque chose, lui dis-je.

Son sourire s'élargit et elle me suit dans ma galerie.

*

*   *

Une fois en haut, j'ouvre la porte et la laisse traverser un seuil jusqu'ici franchi par moi seul. Cela donne sur mon atelier proprement dit, là où je garde toutes les confessions. C'est mon coin le plus secret. Dans un sens, on pourrait dire que cette pièce renferme mes propres confessions.

Il s'y trouve plusieurs toiles que je n'ai jamais montrées et qui ne verront jamais la lumière du jour – comme celle qu'elle examine en ce moment.

Elle passe les doigts sur le visage de l'homme représenté ; elle trace ses yeux, son nez, ses lèvres.

– Je n'y vois aucune confession, commente-t-elle en lisant le papier qui s'y rapporte. Qui est-ce ?

– Mon père.

Dans un léger soupir, elle effleure les mots écrits sur le papier.

– Que signifie *Rien que du blues* ?

Le bout de son index trace maintenant les lignes blanches de la peinture ; je me demande si on lui a jamais dit que les artistes n'aimaient pas qu'on touche leurs œuvres.

Ce qui n'est pas le cas, en l'occurrence ; j'adore la voir caresser chacun de mes coups de pinceau, comme si elle les sentait la pénétrer autant par les yeux que par les pores de sa peau. Elle m'interroge du regard, guettant mon explication.

– Rien, que des mensonges, dis-je en m'éloignant pour qu'elle cesse d'étudier mon expression.

Je vais chercher les trois boîtes que je garde dans un coin, pour les apporter au centre de la pièce, puis je m'assieds à même le ciment et lui fais signe de venir me rejoindre.

Elle s'installe en tailleur face à moi. Je mets de côté les deux boîtes les plus petites pour ouvrir la plus grande. Auburn plonge aussitôt la main parmi les piles de confessions, pour en sortir une au hasard. Elle lit à haute voix :

« J'ai perdu plus de quarante-cinq kilos l'année dernière. Tout le monde croit que c'est parce que je me suis pliée à un mode de vie plus sain ; en fait, c'est parce que je suis en pleine dépression. Je meurs d'anxiété mais personne n'a besoin de le savoir. »

Elle remet le papier dans la boîte, en saisit un autre.

– À quoi servent toutes ces peintures si vous les gardez enfermées ici ?

– Je garde celles que j'ai déjà vues auparavant sous une autre forme. Étonnamment, les secrets des gens se ressemblent beaucoup.

Elle en lit une autre :

« Je déteste les animaux. Quand mon mari amène à la maison un chiot pour les enfants, j'attends quelques jours et je vais l'abandonner à des kilomètres de la maison. Et puis je dis qu'il s'est enfui. »

– Mon Dieu ! souffle-t-elle émue. Comment pouvez-vous garder foi en l'être humain en lisant jour après jour des horreurs pareilles ?

– Facile. En fait, ça me permet de mieux apprécier les gens quand je les sais capables de si bien faire semblant. Surtout les personnes qui nous sont les plus proches.

Elle arrête de lire, me dévisage.

– Ça vous étonne qu'on puisse mentir si facilement ?

– Non. Mais ça me console que tout le monde le fasse. Ça me rassure. Je me dis que ma vie n'est pas aussi pourrie que je le croyais.

L'air amusé, elle se remet à fouiller dans la boîte, lit d'autres confessions, qui la font parfois rire, parfois tiquer, parfois détourner la tête comme si elle regrettait de les avoir lues.

– Quelle est la pire que vous ayez reçue ?

Je m'y attendais. Au point de presque regretter de ne pas lui avoir menti ; j'aurais dû dire que j'en jetais beaucoup. Mais non, il faut aller jusqu'au bout. Je lui montre la plus petite des trois boîtes. Auburn se penche, la touche mais ne l'ouvre pas.

– Qu'est-ce qu'il y a dedans ?

– Les confessions que je ne veux jamais relire.

Elle finit par soulever le couvercle, saisit un papier sur le dessus.

« Mon père me... »

Sa voix s'altère et son expression se teinte d'une tristesse infinie.

« Mon père me viole depuis mes huit ans. J'en ai trente-trois, je suis mariée, j'ai des enfants, mais il me fait encore trop peur pour que je lui dise non. »

Elle ne remet pas sagement cette confession à sa place mais la froisse rageusement et la jette dans la boîte, replace le couvercle et envoie promener le tout d'un coup de pied. Apparemment, cette boîte lui fait autant horreur qu'à moi.

– Tenez, dis-je en lui tendant celle à laquelle elle n'a pas encore touché. Lisez-en quelques-unes. Ça vous fera du bien.

D'un geste hésitant, elle sort plusieurs confessions et, avant de les déchiffrer, se redresse, respire un grand coup.

« Chaque fois que je sors manger dehors, je paie secrètement le repas de quelqu'un d'autre. Je n'en ai pas les moyens mais tant pis parce que ça me fait du bien d'imaginer ce que ressentent ces gens en apprenant qu'un parfait inconnu leur offre ce cadeau sans rien attendre en retour. »

Elle sourit, mais il lui en faut tout de suite une autre. Alors c'est moi qui me mets à la recherche d'un papier cartonné bleu.

– Tenez, lisez celui-ci. C'est mon préféré.

« Tous les soirs, dès que mon fils s'est endormi, je cache un nouveau jouet dans sa chambre. Tous les matins, quand il se réveille et le trouve, je fais celui qui n'est pas au courant. Parce que Noël devrait tomber tous les jours et que je ne veux pas que mon fils cesse de croire à la magie. »

– Voilà un gamin qui sera tout triste après sa première nuit à l'université, en découvrant qu'il ne reçoit plus de jouet !, s'esclaffe-t-elle.

Elle le replace dans la pile, en cherche un autre.

– Il y en a de vous, là-dedans ?

– Non, je n'en ai jamais écrit aucune.

– Ah bon ? Jamais ?

Elle en paraît déçue.

– Ça ne va pas, ça, Owen !

Et de se lever aussitôt, pour quitter la pièce. Je reste planté là sans comprendre mais, avant que j'aie eu le temps de réagir, la voilà qui revient.

– Tenez, dit-elle en me tendant un papier et un stylo.

Elle se rassied en face de moi et, d'un geste du menton, me pousse à écrire.

– Allez-y, marquez quelque chose que personne ne sait de vous. Un truc que vous n'avez jamais dit.

Ça m'amuse, parce que je pourrais lui dire tant de choses qu'elle ne croirait sans doute pas, et tant d'autres que je n'ai pas forcément envie de raconter…

Je déchire la feuille en deux, lui en donne la moitié.

– Vous aussi, il faut rédiger votre confession.

Je me mets au travail mais, dès que j'ai terminé, elle reprend le stylo, écrit sans l'ombre d'une hésitation, plie son message en deux et s'apprête à le déposer dans la boîte quand je l'arrête.

– On échange.

Tout de suite, elle fait non de la tête.

– Vous n'allez pas lire le mien, rétorque-t-elle.

Il y a une telle fermeté dans sa voix que ça me donne encore plus envie de le lire.

– Ce n'est pas une confession si personne ne la lit. Juste un secret bien gardé.

Elle plonge la main dans la pile, y mêle son papier.

– Vous n'avez pas besoin de la lire devant moi pour que ça devienne une confession.

Et puis elle prend la mienne, la mêle aux autres.

– Vous ne lisez pas les autres à l'instant où elles ont été écrites.

Certes. N'empêche que je suis très déçu de ne pas savoir immédiatement ce qu'elle a pu raconter. J'ai envie de retourner la boîte pour répandre tous les papiers sur le sol, jusqu'à ce que je trouve le sien. Mais, déjà, elle se lève, me prend la main.

– Ramenez-moi à la maison, Owen. Il est tard.

*

*   *

On marche en silence jusque chez elle. Un silence qui n'a rien de gênant. C'est juste qu'on n'a pas envie de se dire au revoir.

D'ailleurs, arrivée en bas de son immeuble, Auburn ne ralentit pas, elle continue comme s'il allait de soi que je la suive.

Ce que je fais.

C'est ainsi que nous arrivons devant la porte 1408. Je regarde la plaque de plomb, j'ai envie de lui demander si elle a vu ce film d'horreur, *Chambre 1408*, avec John Cusack. Mais je crains que, si elle n'en a jamais entendu parler, elle n'apprécie pas trop de voir son appartement afficher un tel numéro.

Elle met la clé dans la serrure, ouvre puis se tourne vers moi, non sans désigner au passage la plaque sur la porte :

– Sinistre, non ? Vous avez vu le film ?

– Je n'osais pas vous le dire.

– J'ai rencontré ma coloc sur internet. Elle vivait déjà ici. Figurez-vous qu'Emory avait le choix entre trois appartements et qu'elle a pris celui-ci à cause du clin d'oeil.

– Ça fait peur.

– Oui. Elle est un peu… différente.

Elle baisse la tête. Ça ne me plaît pas parce que je n'avais pas fini de lui parler, mais, cette fois, il faut bien qu'on se sépare. Il est beaucoup trop tôt pour nous embrasser, pourtant j'ai l'impression de me retrouver comme un abruti à la fin d'un premier rencard. Je déteste ces moments-là, car ma partenaire est en général aussi mal à l'aise que moi en attendant que je lui souhaite bonne nuit.

Alors tant pis. Plutôt que de faire ce qu'on attendrait de moi, je tends le doigt vers l'intérieur.

– Je pourrais utiliser vos toilettes ?

C'est assez platonique, tout en donnant une bonne excuse pour pouvoir lui parler encore un peu. Je vois une lueur de doute traverser les prunelles d'Auburn, parce qu'elle ne me connaît pas. Elle ignore que je ne lui ferais jamais le moindre mal, elle veut se protéger, sans commettre d'erreur. Ça me plaît et me rassure : au moins, elle ne se met pas inconsidérément en danger.

Je lui adresse un sourire innocent.

– J'ai déjà promis de ne pas vous torturer, vous violer ni vous tuer.

J'ignore si ça la tranquillise, mais elle se met à rire.

– Bon, si vous avez promis…

Elle s'efface pour me laisser entrer.

– Mais, ajoute-t-elle, sachez que je peux hurler très fort, au moins aussi fort que Jamie Lee Curtis.

Je préfère ne pas penser à l'effet que ça peut produire quand elle hurle. Mais c'est elle qui l'a dit.

Elle me désigne la salle de bains et je vais m'y enfermer. Là, j'agrippe les rebords du lavabo, me regarde dans la glace en tâchant de me convaincre qu'il n'y a là qu'une pure coïncidence. Qu'elle se présente ainsi devant chez moi. Qu'elle communie si bien avec mon art. Qu'elle porte une partie de mon nom…

Ce doit être le destin, tu sais.

Cinq

Auburn

Mais qu'est-ce que je fiche ? Je ne suis pas du genre à inviter des mecs chez moi.

Ce n'est pas au Texas que je vais devenir une salope.

Je prépare du café, même si ce n'est pas vraiment l'heure d'avaler de la caféine. De toute façon, après une journée pareille, je ne pourrai pas dormir.

Owen sort de la salle de bains mais pas pour retourner vers la porte d'entrée. Avisant un tableau sur le mur du fond du salon, il s'en approche à pas lents, l'étudie attentivement.

Il n'a pas intérêt à le critiquer, même si c'est un artiste. C'est la dernière chose qu'Adam ait faite pour moi avant de mourir et elle représente l'objet le plus précieux que je possède. Si Owen s'avise d'en dire du mal, je le vire. Quitte à mettre un terme à notre début de flirt.

– C'est à vous ? demande-t-il en désignant la toile.

C'est parti. Je mens :

– C'est à ma coloc.

Comme ça, il se sentira encore moins gêné de donner son avis.

Il m'observe un moment avant de revenir sur le tableau, pose le doigt en son centre, là où se séparent les deux mains.

– Incroyable, commente-t-il doucement.

Comme s'il se parlait à lui-même.

– Comme lui…

Tant pis si j'ai répondu assez fort pour qu'il m'entende. J'embraie en lui proposant :

– Vous voulez un café ?

Il dit oui sans se retourner, contemple encore la toile un bon moment, puis fait le tour du living en observant chaque détail. Par chance, comme tous mes meubles ou presque sont restés en Oregon, rien ne m'appartient ici, à part cette toile. Ainsi, il n'apprendra pas grand-chose sur moi.

Je lui sert une tasse de café et la fais glisser le long du bar. Il vient s'y asseoir tandis que je lui tends du lait et du sucre une fois que je me suis servie, mais il n'en prend pas, préférant le boire tel quel.

Quand je pense qu'il est là, chez moi, en train de boire du café ! Ce qui me choque le plus c'est que ça me plaît. Ce doit être le seul mec, depuis Adam, avec qui j'ai envie de flirter. Non pas que je ne sois jamais sortie avec personne depuis sa mort. J'ai eu plusieurs rendez-vous depuis. Enfin, deux. Et un seul s'est terminé par un baiser.

– Alors, comme ça, vous avez connu votre coloc sur internet ? Racontez-moi ça.

Jusque-là, ses questions pesantes me frappaient droit au cœur, aussi, je suis soulagée de le voir passer à quelque chose de plus léger.

– Je répondais à une offre d'emploi sur internet quand j'ai décidé de venir m'installer ici plutôt que de rester à Portland. On a discuté au téléphone et, à la fin de la conversation, elle m'a proposé d'habiter chez elle.

– La première impression a dû être renversante…

– Ce n'est pas ça, elle cherchait quelqu'un pour partager le loyer, sinon, elle se serait fait expulser.

– Vous tombiez à pic !

– Redites-moi ça ?

– Vous tombiez à pic !

Décidément, il ne se comporte pas comme j'aurais pu le craindre au début. Moi qui prenais les artistes pour des gens discrets, rêveurs, émotifs, je découvre un Owen assez sûr de lui. Il paraît plutôt mûr pour son âge, surtout quand on pense comme il réussit dans son métier, ce qui ne l'empêche pas d'être assez réaliste et… drôle. Sa vie semble bien équilibrée et c'est sans doute ce que je trouve le plus attirant chez lui.

Néanmoins, un sentiment contradictoire me trouble, parce que je vois bien où ceci va nous conduire. Pour n'importe quelle fille de vingt ans, ça peut paraître attirant. De quoi textoter à ses meilleurs amis. *Salut, je viens de rencontrer un mec super génial et plein aux as, mais tout à fait normal.*

Sauf que ma situation à moi n'a rien de typique, ce qui explique la masse d'hésitations qui m'habitent et me retiennent encore. Bien sûr, j'aimerais en savoir davantage sur lui et je me prends, de temps à autre, à regarder ses lèvres ou son cou, ou ses mains sûrement capables de tant de merveilles en dehors de la peinture proprement dite…

Mais ce qui m'arrête provient en grande partie de mon inexpérience ; en ce qui me concerne, je ne saurais sûrement pas quoi faire de mes mains si l'occasion se présentait. J'essaie de me rappeler ce que j'ai vu au cinéma ou lu dans les livres quand un garçon et une fille sont attirés l'un par l'autre, et comment ils passent de la tentation initiale aux… travaux pratiques. Voilà trop longtemps que j'étais avec Adam, j'ai un peu oublié la suite.

Bien entendu, je ne vais pas coucher avec lui cette nuit, depuis le temps que je ne me suis plus sentie assez bien avec un garçon, je n'ose même pas essayer de l'embrasser. Je ne tiens pas à ce que mon inexpérience lui saute davantage aux yeux. Parce que, forcément, il a déjà bien dû s'en rendre compte.

Du coup, je ne pense plus qu'à ça, et la conversation s'interrompt. Je ne sais plus quoi dire, et lui m'interroge du regard.

Pourtant, ça me plaît. J'aime quand il me contemple, parce que je ne me suis plus sentie belle depuis très longtemps ; et là, il m'observe de si près, d'un air tellement satisfait, que je serais contente de passer toute la nuit ainsi, sans rien dire.

– J'ai envie de faire votre portrait, laisse-t-il soudain tomber.

Sa voix vibre de cette confiance qui me manque tellement.

Et mon cœur qui tâche de se rappeler à mon bon souvenir en se mettant à battre comme un dément. Je fais de mon mieux pour déglutir d'un air décontracté.

– Mon portrait ?

Ma voix est trop faible pour ne pas me gêner.

– Oui.

Ouf ! C'est la déclaration la plus érotique qu'on m'ait jamais faite. Je soupire pour essayer de me calmer.

– Je ne sais pas… Ce serait… vous savez, habillée ? Parce que je ne pose pas nue.

Contrairement à ce que j'aurais pu croire, il n'éclate pas de rire. Il se lève lentement, reprend une gorgée de café. J'aime le voir boire son café. Comme si rien ne comptait plus au monde. Il finit par vider sa tasse et la repose sur le bar, puis se remet à me fixer d'un regard lourd de sous-entendus.

– Vous n'avez même pas besoin d'être présente. J'ai juste envie de faire votre portrait.

Je ne sais pas pourquoi il s'est levé ; ça me met mal à l'aise. Soit il veut partir, soit il va s'approcher de moi. Deux choses auxquelles je ne tiens pas.

– Comment pouvez-vous faire mon portrait si je ne suis pas là ?

Question qui n'altère en rien son assurance.

En revanche, mes craintes se confirment quand je le vois esquisser un mouvement vers moi. Je ne le quitte pas des yeux, au point de me retrouver adossée au bar quand il vient s'arrêter en face de moi. Levant la main droite, il… – oui, mon cœur, je sais que tu es là – il m'effleure le menton du bout des doigts, pour me faire lever la tête, semble-t-il. Je reste le souffle court tandis que ses yeux parcourent mes traits, en examinent les moindres détails, des pommettes à la mâchoire, du front aux yeux.

– Je vous peindrai de mémoire, assure-t-il en me relâchant.

Il recule jusqu'à heurter le comptoir. Je ne me rendais pas compte que je respirais si fort, du moins jusqu'à ce qu'il jette un bref coup d'œil sur ma poitrine. Mais, franchement, je n'ai pas le temps de me demander si mes réactions sont trop visibles, j'ai déjà assez de mal à faire revenir l'air dans mes poumons et recouvrer ma voix. En inhalant une goulée, je me rends compte que ce n'est pas vraiment de café que j'ai besoin en ce moment. Mais d'eau. Glacée. Je passe devant lui pour aller m'en servir un verre dans la porte du réfrigérateur. Owen pose les bras sur le comptoir, derrière lui, croise les jambes sans cesser de me sourire tandis que j'avale la moitié de mon verre.

Le bruit que ça fait quand je le repose sur le comptoir me paraît un rien exagéré, d'ailleurs cela fait rire Owen. Je m'essuie la bouche en jurant intérieurement de savoir si peu cacher mes réactions.

Tout d'un coup, son téléphone sonne. Il se redresse, sort l'appareil de sa poche, regarde l'écran mais ne répond pas, le range. De nouveau, il promène un regard circulaire autour du living, avant de le reporter sur moi.

– Je ferais mieux d'y aller.

Eh bé ! Tout s'est bien passé.

Quand il glisse sa tasse vers moi, je la récupère pour la mettre dans l'évier.

– Merci pour le job, dis-je en faisant couler l'eau. Et pour m'avoir ramenée à la maison.

Je ne me retourne pas quand il part. De toute façon, j'ai l'impression que mon manque d'expérience a suffi à tuer dans l'œuf toute forme d'attirance entre nous. Et ce n'est pas moi que ça contrarie le plus, mais sûrement lui. Il se sera découragé à cause de mon manque d'empressement ; il attendait peut-être que je me jette à son cou. Et puis cet appel qui achève de tout gâcher… il provient sûrement d'Hannah, et Owen se sera précipité sur l'occasion pour filer d'ici.

C'est exactement pour ça que je ne cède jamais à ce genre de chose.

– Ce n'était pas une fille.

À la voix d'Owen, je fais volte-face pour le trouver exactement derrière moi. Comme je ne sais pas quoi répondre, je serre les dents ; je m'en veux de m'être emportée aussi vite, même s'il ne savait pas ce qui se passait dans ma tête.

Comme il se rapproche, je me cale contre le comptoir afin de laisser un peu d'espace entre nous.

– Je ne veux pas, reprend-il, vous laisser croire que je m'en vais parce qu'une fille viendrait de m'appeler.

Tant mieux s'il dit ça, c'est le meilleur moyen d'effacer les pensées négatives qui me polluaient le cerveau. Il m'arrive parfois d'avoir des réactions irrationnelles.

Je me retourne vers l'évier histoire de cacher ma satisfaction.

– Ce n'est pas mon problème, Owen.

Je vois ses mains se placer autour de moi sur l'évier. Son visage se rapproche tellement que je sens son souffle chaud dans mon cou. J'ignore pourquoi tout mon corps est parcouru d'un frisson, mais Owen colle alors son torse contre mon dos. Pour un peu, on se retrouverait aussi serrés que pendant le slow. En même temps, c'est une position beaucoup plus intime, étant donné qu'on n'est pas en train de danser.

Il pose le menton sur mon épaule et je ferme les yeux pour respirer. L'effet est tel que j'ai du mal à tenir debout.

– Je voudrais vous revoir, murmure-t-il.

Sans écouter les mille petites voix qui me claironnent que c'est une mauvaise idée, sans réfléchir à ce qui devrait retenir mon attention ces jours-ci, je ne songe qu'au plaisir que j'éprouve à le sentir si près de moi, qu'à mon désir d'en obtenir bien davantage. Tout ce qu'il y a de négatif en moi me pousse à accepter, parce que, tout ce qu'il a de positif en moi n'a pas la force de s'y opposer.

– D'accord, dis-je.

– Demain soir, vous serez là ?

Demain soir… sur le moment, je ne serais même pas capable de dire quel mois on est, encore moins quel jour de la semaine. Le temps de faire le point, de me rappeler qu'on est encore jeudi et que demain c'est vendredi, je conclus qu'en fait, oui, je suis libre demain.

– Oui, dis-je à voix basse.
– Bon ! lance-t-il d'un ton léger.
– Mais…
Je me retourne.
– Mais je croyais que vous aviez compris qu'il ne fallait pas mélanger le travail et le plaisir. C'est pourtant bien dans cet état que je vous ai trouvé aujourd'hui.
Un large rictus lui dégage les dents.
– Vous êtes virée.
Je n'aurais pas cru être si contente de perdre un boulot. Surprenant. Je préfère voir ce mec rappliquer demain soir plutôt que de continuer à bosser pour lui, même à cent dollars de l'heure.
Déjà, il repart vers la porte d'entrée.
– Alors à demain soir, Auburn Mason Reed.
On échange un sourire le temps qu'il ferme derrière lui. Et là, je m'effondre sur le bar, la tête dans les bras, en essayant de respirer enfin cet air qui m'aura manqué toute la soirée.
– O, M, G ! dis-je à bout de souffle.
Je me serais attendue à tout sauf à ça.
On frappe soudain à la porte et j'ai juste le temps de me redresser pour la voir s'entrouvrir. Il reparaît sur le seuil.
– Vous devriez fermer à clé derrière moi. Ce quartier n'est pas des plus sûrs.
Toute contente, je viens vers lui et il ouvre un peu plus grand.
– Autre chose, ajoute-t-il. Je ne vous conseille pas de suivre des inconnus dans des maisons où

vous n'avez jamais mis les pieds. C'est risqué pour quelqu'un qui ne connaît pas Dallas.

Cette fois, je me renfrogne un peu.

– Et vous, vous ne devriez pas engager n'importe qui.

Je lève la main vers le verrou mais, au lieu de refermer la porte, Owen l'écarte davantage.

– Et je ne sais pas comment ça se passe à Portland, mais vous ne devriez pas laisser des inconnus entrer chez vous.

– Vous m'aviez raccompagnée. Je ne pouvais refuser de vous laisser utiliser les toilettes.

Il éclate de rire.

– Merci ! C'est gentil. N'empêche, promettez-moi de ne plus laisser quiconque utiliser vos toilettes, d'accord ?

Je lui décoche une moue enjôleuse, trop fière de pouvoir encore faire ça.

– On n'est pas sortis ensemble et vous vous permettez de me dire qui peut ou ne peut pas utiliser mes toilettes ?

– Je suis un rien possessif, c'est plus fort que moi. Elles sont très bien, vos toilettes.

Levant les yeux au ciel, je pousse un peu la porte.

– Bonne nuit, Owen.

– Non, sérieux, j'aime bien vos petites savonnettes en forme de coquillage.

On rit ensemble, il m'adresse un dernier clin d'œil et, dès que la porte est fermée, je pousse le verrou. C'est là qu'il frappe de nouveau. J'ouvre, pas en grand, car la chaîne bloque l'entrée.

– Quoi, encore ?

– Il est minuit ! lance-t-il en tapant sur le panneau. Appelez-la. Appelez votre coloc !

– Oh merde !

Je sors mon téléphone et compose le numéro d'Emory.

– J'allais prévenir la police, me répond-elle.

– Désolée, on avait presque oublié.

– Tu veux utiliser la phrase secrète ?

– Non, c'est bon. J'ai déjà mis mon visiteur dehors. Je ne crois pas qu'il va m'assassiner ce soir.

– C'est nul. Enfin, pas qu'il ne t'ait pas assassinée. Je voulais juste t'entendre prononcer la phrase secrète.

– Ah ! Désolée d'être en sécurité.

– Je t'en prie, dis-la au moins une fois !

– Bon. Robe de viande. Ça te va ?

Elle laisse passer une seconde avant de répondre :

– Je ne sais pas. Maintenant je ne suis pas sûre que tu l'aies dite pour me faire plaisir ou si tu es vraiment en danger.

– Ça va. On se verra quand tu rentreras.

Je raccroche et jette un coup d'œil vers Owen toujours dans l'entrebâillement, les sourcils levés, l'air surpris.

– Votre code c'était *robe de viande* ? Ça fait un peu morbide, non ?

– Comme vous dites, mais pas plus que de choisir un appartement au numéro de film d'horreur. Je vous avais dit qu'Emory était spéciale.

Il se contente de hocher la tête. Alors j'ajoute :

– J'ai passé une bonne soirée.

– Pas autant que moi !

On se fait encore des risettes, jusqu'à ce que je décide de fermer la porte une bonne fois pour toutes.

– Bonne nuit, Owen.

– Bonne nuit, Auburn. Merci de ne pas avoir corrigé mes fautes de goût.

– Merci de ne pas m'avoir assassinée.

Il prend un air sévère.

– Pas encore.

Du coup, je ne sais plus trop si je peux rire.

– Je plaisante, précise-t-il aussitôt. Mes blagues tombent toujours à plat quand j'essaie d'impressionner une fille.

– Ne vous inquiétez pas. J'ai été impressionnée dès mon entrée dans votre galerie.

Apparemment ravi, il passe les doigts dans l'entrebâillement sans me laisser le temps de refermer.

– Attendez. Donnez-moi votre main.

– Pourquoi ? Pour me faire la morale en me disant de ne pas toucher les doigts d'un inconnu à travers une porte entrouverte ?

Il écarte la question d'un mouvement de la tête.

– On est loin d'être des inconnus l'un pour l'autre, Auburn. Donnez-moi votre main.

D'un geste hésitant, je lève les doigts, effleure à peine les siens. Je ne sais pas où il veut en venir, jusqu'au moment où je le vois pencher la tête vers la porte. J'en fais autant et nos doigts s'entrecroisent.

On se trouve chacun d'un côté d'une porte à moitié fermée, alors je ne me serais pas doutée qu'au simple contact de sa main j'allais devoir m'adosser au mur pour ne pas tomber. Toute frémissante, je ferme les yeux.

Ses doigts me caressent délicatement la paume puis remontent vers mon poignet qui se met à trembler. Il faut que j'arrête d'essayer d'ôter la chaîne de cette porte, mais j'ai tellement envie de le laisser entrer, le supplier de poursuivre ce qu'il a entrepris sur ma main…

– Vous sentez ça ? murmure-t-il.

Je sais qu'il me regarde alors je hoche la tête. Je sens ses yeux posés sur moi. Sans plus rien dire, il immobilise ses doigts sur les miens, alors je finis par soulever les paupières. Il m'observe toujours mais, dès que je soutiens de nouveau son regard, il détourne vivement la tête, retire sa main.

– Merde, maugrée-t-il en la passant dans ses cheveux. Pardon, je me couvre de ridicule. Je pars pour de bon cette fois, avant de vous faire peur.

– Bonne nuit, OMG.

L'air faussement sévère, il remue lentement la tête.

– Vous avez de la chance que je vous aime bien, Auburn Mason Reed.

Oh my God !

Je crois que j'en pince pour ce mec.

*

*   *

– Auburn.

Pas trop disposée à me réveiller, je grogne un peu, mais une main me secoue l'épaule.

Dur.

– Auburn, réveille-toi.

C'est la voix d'Emory.

– Auburn, la police est là.

Je me tourne sur le côté, vois ma coloc debout devant moi. Son mascara lui a coulé sous les yeux, ses cheveux blonds partent dans tous les sens. Cette allure négligée ne lui ressemble pas, et ça me fait encore plus peur que la nouvelle de la présence de la police. Je m'assieds dans le lit, cherche mon réveil afin de vérifier l'heure mais ne parviens pas à ouvrir les yeux suffisamment pour le voir.

– Quelle heure est-il ?

– Neuf heures passées. Tu as entendu ? Je disais qu'un flic était là, et il te demande.

Je sors du lit, tâche de me rappeler où j'ai laissé mon jean, le retrouve par terre dans un coin près du lit. Dès que je l'ai enfilé, je vais chercher un t-shirt dans le placard.

– Tu as des ennuis ? s'enquiert Emory toujours devant ma porte.

Merde. J'avais oublié qu'elle ne savait rien de moi.

– Ce n'est pas la police, lui dis-je. C'est juste Trey, mon beau-frère.

Apparemment, elle ne comprend pas trop, et, quelque part, je la comprends, puisqu'il ne s'agit pas de mon véritable beau-frère. Seulement c'est parfois plus facile de le désigner ainsi. D'ailleurs, je ne sais pas ce qui l'amène. Alors j'ouvre la porte de ma chambre et aperçois Trey, debout dans la cuisine, en train de se préparer du café.

– Tout va bien ? lui dis-je.

Il se retourne et son sourire suffit à me le confirmer. Il est juste venu me rendre une petite visite.

– Tout roule, affirme-t-il. Je viens de terminer ma permanence et, comme j'étais dans les parages, je me suis dit que j'allais t'apporter ton petit déjeuner.

Il m'envoie un sac sur le comptoir. Emory se précipite pour l'ouvrir.

– C'est vrai ? s'enquiert-elle. Les flics peuvent avoir tous les beignets gratuits qu'ils veulent ?

Sans attendre la réponse, elle en prend un qu'elle fourre dans sa bouche avant de regagner sa chambre. Trey la suit des yeux d'un air méprisant, ce dont elle ne semble même pas avoir conscience. Je me demande si elle s'est seulement regardée dans une glace, aujourd'hui. Elle a l'air de s'en moquer. Et c'est ce qui me plaît chez elle.

– Merci pour le petit déjeuner, dis-je à mon beau-frère.

Je m'assieds devant le bar tout en me demandant en quel honneur il a cru pouvoir se pointer ici sans s'annoncer. Surtout aussi tôt le matin. Mais je ne dis rien parce que je crois bien que le manque de sommeil me rend grognon.

– Lydia rentre à la maison, aujourd'hui ?

– Non, répond-il en posant sa tasse sur le bar. Pas avant demain matin. Où tu étais, hier soir ?

Pourquoi me pose-t-il cette question ?

– Pardon ?

– Elle a dit que tu étais rentrée avec plus d'une heure de retard.

Ah ! Je comprends maintenant pourquoi il est là.

– Tu voulais vraiment m'apporter mon petit déjeuner ou tu venais vérifier en douce ce que je devenais ?

Le regard offensé qu'il me jette me fait regretter ce dernier commentaire. Dans un soupir exaspéré, je m'accoude au bar.

– Je faisais des heures sup'. Je prenais les commandes dans une galerie d'art.

Il se tient exactement à l'endroit où était Owen hier soir. Ils doivent mesurer tous les deux à peu près la même taille, pourtant Trey me paraît plus intimidant. Je ne sais pas si c'est dû à son uniforme ou à son visage taillé à la serpe. J'ai toujours l'impression qu'il fronce les sourcils, alors qu'Owen ne peut pas s'empêcher de sourire sans cesse. Le seul fait de penser à lui, de me dire que je vais le voir ce soir, me met tout d'un coup de meilleure humeur.

– Une galerie d'art ? Laquelle ?

– Celle sur Pearl Street, près de mon boulot. Elle s'appelle Confess.

Trey serre la mâchoire et il dépose sa tasse sur le comptoir.

– Je la connais. Tout le bâtiment appartient au fils de Callahan Gentry.

– Et je suis censée savoir qui est ce Callahan Gentry ?

Il vide son café dans l'évier en marmonnant :

– Cal est un avocat. Et son fils un emmerdeur.

L'insulte me fait frémir. Je ne comprends pas. Pour moi, Owen est tout sauf un emmerdeur. Trey récupère ses clés sur le bar et s'apprête à sortir de la cuisine.

– Ça ne me plaît pas que tu travailles pour lui.

Il peut bien raconter ce qu'il veut, ça ne changera rien. N'empêche que ce dernier commentaire me désarçonne un peu. Je préfère donc répondre :

– Ne t'inquiète pas. Il m'a virée hier soir. Je ne devais pas correspondre à ce qu'il recherchait comme employée.

Mieux vaut ne pas lui donner les vraies raisons de mon licenciement…

– D'accord, commente-t-il. Tu viens dîner dimanche soir ?

Je l'accompagne à la porte.

– Je n'ai jamais manqué un dimanche soir, que je sache ?

Il ouvre, se retourne vers moi :

– Tu n'as jamais manqué un coup de fil non plus, et pourtant tu vois ce qui s'est passé hier soir ?

Un point pour toi, Trey.

Je déteste les conflits mais c'est ce qui va nous arriver si je ne cède pas. Et je n'ai aucune envie d'affronter Trey ou Lydia.

– Désolée, dis-je. Il était tellement tard quand je suis sortie de mon deuxième boulot, je n'ai pas fait attention… Merci pour le petit déjeuner. Je t'accueillerai mieux la prochaine fois que tu te pointeras sans prévenir.

L'air aimable, il me repousse une mèche derrière l'oreille. Ce geste trop intime me dérange quelque peu.

– C'est bon, Auburn, lance-t-il en sortant. Alors à dimanche soir.

Je ferme la porte, m'y adosse. Je ne le capte plus de la même façon, depuis quelque temps. Quand j'habitais Portland, on ne se voyait jamais. Mais en venant m'installer au Texas, je me suis retrouvée plus d'une fois en sa présence, et je ne suis pas certaine qu'on ait la même définition du mot amitié.

– Je ne l'aime pas, ce mec ! laisse tomber Emory.

Je m'aperçois qu'elle est assise sur le canapé du salon, en train de manger un beignet tout en feuilletant un magazine.

– Tu ne le connais pas.

– Je préférais celui d'hier soir, marmonne-t-elle sans lever les yeux.

– Tu étais là, hier soir ?

Hochant la tête, elle sirote son soda à la paille, en évitant toujours de me regarder.

– Tu étais là quand je t'ai téléphoné pour la phrase secrète ?

– Oui, dans ma chambre. Je suis très douée pour écouter aux portes.

Cette fois, c'est moi qui préfère regagner mes quartiers.

– C'est bon à savoir, Emory.

Six

Owen

Si j'avais été plus malin, je me trouverais chez moi en ce moment, en train de m'habiller.

Si j'avais été plus malin, je m'apprêterais à entrer chez Auburn, puisque je lui ai promis de passer la prendre ce soir.

Si j'avais été plus malin, je ne serais pas assis ici. À attendre que mon père arrive et me trouve les mains menottées dans le dos.

Je ne sais pas ce que je devrais ressentir en ce moment, mais sûrement pas cette espèce d'engourdissement. Il va franchir cette porte d'une minute à l'autre et je n'ai aucune envie de le regarder dans les yeux.

La porte s'ouvre.

Je détourne la tête.

J'entends ses pas qui entrent lentement dans la pièce. J'essaie de bouger un peu mais c'est difficile avec ces bracelets de métal qui me lacèrent les poignets. Je me mords les lèvres pour ne pas prononcer une parole que je pourrais ensuite regretter. Si fort qu'une goutte de sang me coule dans la bouche. Pourtant, j'évite toujours de le regarder, préférant me concentrer sur le poster en face de moi. C'est un tableau chronologique décrivant la progression de la consommation de méthamphétamine sur une période de dix ans. Je l'examine et me rends compte que les dix portraits représentent le même homme, que ce sont toutes des photos d'identité. Autrement dit, ce type a été arrêté pas moins de dix fois.

Ça lui en fait neuf de plus que moi.

De l'endroit où il a pris place, mon père pousse un grand soupir, si grand que son souffle m'atteint à travers la table. Je recule autant que je peux.

Je ne veux pas savoir ce qui se passe dans sa tête. Je sais déjà que dans la mienne ne règne qu'un océan de déception. Pas tant à cause de mon arrestation que parce que j'ai laissé tomber Auburn. Il semblerait que beaucoup de gens l'aient laissée tomber dans sa vie, et je m'en veux d'en faire bientôt partie.

C'est impardonnable.

– Owen, commence mon père.

Il tâche d'attirer mon attention mais je ne la lui accorde pas. J'attends qu'il finisse de parler, sauf qu'il ne dit rien d'autre.

Ça ne me plaît pas, parce que je sais qu'il a mille autres choses à me dire, de même que j'en ai beaucoup pour lui, mais Callahan Gentry et son fils ne sont pas des grands communicants.

Cela remonte à l'époque où Owen Gentry est devenu le fils unique de Callahan Gentry.

C'est sans doute le seul jour de ma vie que je ne voudrais échanger contre aucun autre, le jour qui m'incite à poursuivre les mêmes bêtises. Le jour à cause duquel je suis assis ici, sur le point de parler à mon père de mes intentions.

Parfois, je me demande si Carey peut encore nous voir. Je me demande ce qu'il penserait de ce que nous sommes devenus.

Je détourne les yeux du poster pour regarder mon père. Les années aidant, nous avons porté à une sorte de perfection l'art du silence.

– Tu crois que Carey peut nous voir en ce moment ?

Le visage de mon père reste impassible. C'est tout juste si je lis dans son regard une lueur de déception ; encore que je ne sache pas s'il est déçu d'avoir manqué sa vie de père ou s'il est déçu par mon attitude, ou tout simplement parce que je viens d'amener Carey sur le tapis.

D'habitude, je n'évoque jamais mon frère. Mon père n'évoque jamais mon frère. Je ne sais pas pourquoi j'ai fait ça.

Je me penche vers lui sans le quitter du regard.

– À ton avis, qu'est-ce qu'il pense de moi, papa ?

J'ai demandé ça d'une voix tellement uniforme que si je devais la peindre, ce serait en blanc.

Mon père serre les dents, alors je continue :

– Tu crois qu'il serait déçu de voir à quel point je ne sais pas dire non ?

Il respire un grand coup, détourne les yeux. Visiblement, je le mets mal à l'aise. Je ne peux pas me pencher davantage, alors je rapproche ma chaise, jusqu'à ce que mon torse rencontre la table. Je me trouve maintenant aussi près de lui que possible.

– À ton avis, qu'est-ce que Carey pense de toi, papa ?

Cette phrase-là serait plutôt peinte en noir.

Il serre les poings et se lève si brusquement que sa chaise tombe à la renverse. Il va et vient dans la pièce, balance d'un coup de pied la chaise contre le mur, continue à faire les cent pas, tellement furieux que je commence à regretter de me trouver dans une si petite pièce avec lui. Cet homme a besoin d'espace pour contenir son agressivité. Il faudrait prendre en compte ce genre de situation lorsqu'on arrête les gens et qu'on les place dans de minuscules endroits pour y rencontrer leurs avocats. Car on ne sait jamais quand l'avocat en question se trouve être également le père et que ce père doit évacuer sa colère.

Il respire bruyamment, à plusieurs reprises, inspire, expire, inspire, expire, comme il nous l'enseignait à Carey et moi quand on était petits. On se bagarrait souvent, comme tous les frères, ni plus ni moins mais, avec un Callahan Gentry pour père, nous étions censés apprendre à maîtriser notre colère intérieurement plutôt que de la laisser éclater.

– Vous seuls pouvez dominer vos réactions, disait-il. Personne d'autre. Il faut dominer sa colère autant que sa joie. Toujours savoir se contrôler, les enfants.

Là, j'ai presque envie de lui répéter ses propres paroles.

Apprends à te dominer, papa.

Enfin non. Il ne voudra pas que je l'interrompe dans sa tentative de se convaincre que j'ai parlé sans réfléchir. Il tâche de se dire que je n'ai lâché ça que sous l'effet du stress.

Callahan Gentry sait très bien se mentir.

Si je devais faire son portrait maintenant, ce serait dans toutes les nuances de bleu que je pourrais trouver. Il repose calmement les paumes à plat sur la table et se concentre dessus, sans me regarder. Il inhale encore une longue goulée d'air, expire plus lentement.

– Je dépose ta caution dès que possible.

Je voudrais qu'il croie que j'ai changé. Mais je n'ai pas changé. Si je pouvais, je me trouverais bien loin d'ici, mais je n'y peux rien du tout.

– De toute façon, dis-je, personne ne m'attend nulle part.

C'est vrai, non ? Même si je sortais maintenant, je serais en retard pour notre rendez-vous avec Auburn ; et je ne vois pas comment je pourrais lui dire où j'étais ; ni pourquoi. En plus, on m'a quelque peu fait comprendre qu'il vaudrait mieux ne pas m'approcher d'elle ce soir.

Alors, bon, pas besoin de caution maintenant.

– De toute façon, redis-je, personne ne m'attend nulle part.

Cette fois, mon regard croise celui de mon père et je m'aperçois qu'il a les yeux pleins de larmes. Du coup, l'espoir renaît en moi. L'espoir qu'il n'en peut plus. L'espoir qu'il en a plein le dos. L'espoir qu'il va enfin dire : « Comment puis-je t'aider, Owen ? Comment puis-je arranger les choses ? »

Mais non, et mon bel espoir s'assèche en même temps que ses larmes. Il regagne la porte.

– On va discuter ce soir. À la maison.

Et le voilà parti.

*

*   *

– Qu'est-ce qui t'est arrivé ? s'exclame Harrison. Tu en as une sale gueule !

Je m'assieds au bar. Voilà vingt-quatre heures que je n'ai pas fermé l'œil. Une fois ma caution payée, j'ai foncé chez moi et non chez mon père, sans chercher à discuter de la situation avec lui, parce qu'il me faut un peu de temps avant de l'affronter de nouveau.

Maintenant, il n'est pas loin de minuit. Auburn doit dormir, ou ronger sa fureur parce que je ne me suis pas pointé chez elle comme promis. Ça vaut sans doute mieux pour elle. J'ai trop de choses à régler dans ma vie pour la mêler à tout ça.

– Je me suis fait arrêter dans la soirée.

Harrison arrête aussitôt de remplir le verre de bière qu'il allait me donner. Il se redresse d'un coup.

– Désolé… Tu viens de dire « arrêter » ?

Hochant la tête, je tends le bras vers le verre à moitié plein.

– J'espère que tu vas m'expliquer ça, reprend-il en me regardant avaler une grande gorgée.

Je m'essuie la bouche.

– Pour détention de stupéfiants.

Son expression vire à un début de colère.

– Attends, marmonne-t-il à voix basse. Tu ne leur as pas dit que je…

Vexé qu'il me pose seulement la question, je lui coupe la parole :

– Bien sûr que non ! J'ai refusé de dire quoi que ce soit sur l'origine des cachets. Malheureusement, ça ne va pas m'aider quand je passerai au tribunal. Si j'ai bien compris, ils se montrent plus indulgents quand on leur dénonce du monde.

Je bois encore avant d'ajouter en riant :

– C'est nul, non ? On enseigne aux gosses de ne pas cafarder et on récompense les adultes qui le font.

Harrison ne répond pas. Je devine tout ce qu'il voudrait dire mais il fait de son mieux pour le cacher.

– Écoute, dis-je en me penchant vers lui. Ça ira. C'est la première fois que ça m'arrive, alors je ne devrais pas prendre trop…

– Non, ça n'ira pas, Owen ! Voilà plus d'un an que je te dis d'arrêter cette merde. Je savais que ça finirait par te rattraper.

Je pousse un soupir. Trop fatigué pour écouter ce genre de chose en ce moment. Je me lève, dépose un billet de dix dollars sur le bar et m'en vais.

Pourtant, il a raison. Il me l'a dit et répété. Et pas seulement lui, parce que moi aussi j'ai toujours su que ça finirait mal.

Sept

Auburn

– Je vous en sers une autre ?

– Oui, s'il vous plaît, dis-je à la serveuse.

Mieux vaudrait pourtant que je n'en reprenne pas. Je devrais plutôt m'en aller mais, quelque part, je gardais encore espoir que Lydia allait venir. Elle n'a tout de même pas oublié.

J'hésite à lui envoyer un nouveau SMS. Elle a plus d'une heure de retard et moi je reste là, à l'attendre comme une idiote, en espérant qu'elle ne m'ait pas posé un lapin.

Encore que ce ne soit pas la première fois que ça m'arrive, ces derniers temps. Le grand prix revient à Owen Mason Gentry.

J'aurais dû m'en douter. J'aurais dû m'y attendre. Cette soirée avec lui s'était trop bien passée. En outre, je n'ai plus entendu parler de lui depuis trois semaines, ce qui prouve que j'avais raison de vouloir éviter les garçons.

N'empêche que ça fait mal. Horriblement mal, parce que, quand il a franchi ma porte, ce jeudi soir, je vibrais d'espoir ; pas seulement de le retrouver mais aussi parce qu'il me réconciliait avec le Texas. Je commençais à croire que les choses allaient tourner à mon avantage, que mon karma allait me donner une chance.

Bien sûr, ça m'a fait mal de prendre conscience que c'était juste un abruti, tandis que si Lydia me laisse tomber, ça me fait encore plus mal parce que, au moins, Owen ne m'a pas lâchée le jour de mon anniversaire.

Comment a-t-elle pu oublier ?

Je ne vais pas pleurer. Pas question. J'ai assez répandu de larmes à cause de cette femme, c'est fini.

La serveuse revient à ma table et me dépose une autre bouteille. De boisson non alcoolisée.

Je bois un lamentable soda, toute seule dans ce restaurant, larguée pour la deuxième fois ce mois-ci, le jour de mon vingt et unième anniversaire.

– Je vais vous régler, dis-je d'un ton las.

La serveuse me jette un regard apitoyé en apportant l'addition sur la table. Je paie et m'en vais.

Dire qu'il va falloir que je passe encore devant la galerie. Parfois je vois ses fenêtres allumées et j'ai envie de mettre le feu au bâtiment.

Enfin pas vraiment. Ce serait dommage de brûler ses magnifiques toiles.

Non, juste lui.

À proximité de la galerie, je lève la tête. Je devrais prendre la résolution de faire désormais un détour, histoire de ne plus risquer de le croiser. En attendant, je pourrais toujours déposer une confession. Voilà trois semaines que j'en ai une qui me trotte dans la tête, et ce soir, je suis assez énervée pour le faire.

Arrivée devant le portail, je jette un coup d'œil sur la fente à lettres, tout en sortant un stylo de mon sac. Comme je n'ai pas de papier, je finis par sortir la note du fabuleux repas que je viens de partager avec moi-même. M'appuyant à la vitre, je commence à rédiger mon message.

J'ai rencontré un type super il y a trois semaines. Il m'a appris à danser, m'a redonné l'envie de flirter, m'a ramenée chez moi, m'a fait sourire, tout ça pour me prouver que TU N'ES QU'UN CON, OWEN !

J'appuie sur le bouton du stylo pour en rétracter la pointe. Je le range dans mon sac. Curieusement, ça m'a fait du bien d'exprimer ainsi mes rancœurs. Je commence à plier le papier, mais le rouvre, reprends le stylo et ajoute une dernière phrase :

PS : Tu portes des initiales ridicules.

Ça va beaucoup mieux. Je glisse la confession à travers la fente avant de changer d'avis. Je m'éloigne du bâtiment, lui adresse un signe d'adieu.

Alors que je regagne mon appartement, mon téléphone sonne. Je le sors, regarde qui m'a envoyé un texto.

Désolée ! J'ai eu une journée de folie. J'espère que tu ne m'as pas trop attendue. Je vais à Pasadena demain matin, mais tu viens bien dîner dimanche ?

En lisant, je n'ai qu'un seul mot qui me passe par la tête : connasse, connasse, connasse.

Je suis tellement immature ! Mais quand même, elle aurait pu au moins me souhaiter bon anniversaire.

Mon cœur me fait trop mal.

Je range mon téléphone dans ma poche quand il sonne à nouveau. Elle s'est peut-être souvenue de mon anniversaire. Ou elle s'est un peu sentie coupable de quelque chose. Je n'aurais pas dû la traiter de connasse.

La prochaine fois, rappelle-moi quand on a rendez-vous. Tu sais que je suis archi occupée.

Connasse, connasse, connasse, énorme connasse !

Je serre les dents mais ne peux retenir un cri de rage. Avec elle, on ne gagne jamais.

Tant pis, j'ai trop envie de m'offrir un verre. D'alcool. Coup de chance, je sais où aller pour ça.

*

* *

– Vous avez menti.

Harrison regarde ma carte d'identité.

Il vient sans doute de remarquer que c'était aujourd'hui mon anniversaire, et que je n'avais donc pas du tout vingt et un ans, la fois précédente.

– À la demande d'Owen.

Il secoue la tête, me rend ma carte.

– Owen fait beaucoup de choses qu'Owen ne devrait pas faire.

Il essuie le comptoir qui nous sépare, et envoie promener son torchon.

Je me tais, dans l'espoir qu'il en dise davantage. Mais non.

– Qu'est-ce que ce sera pour vous, madame Reed ? Un Jack Coca comme la dernière fois ?

– Non merci. Quelque chose d'un peu moins agressif.

– Une margarita ?

Je hoche la tête.

Il se retourne pour préparer mon premier cocktail légalement commandé. J'espère qu'il va le décorer d'un petit parapluie.

– Où est Owen ? demande-t-il.

– Je ne suis pas son chaperon. Il doit être chez Hannah.

Harrison fait volte-face, les yeux écarquillés et, devant mon air faussement penaud, éclate de rire avant de retourner à ses bouteilles. Quand mon cocktail est prêt, il le pose devant moi et, me voyant faire la moue, sort un petit parapluie qu'il dépose dans le verre.

– Vous m'en direz des nouvelles.

Je porte la margarita à mes lèvres, sens d'abord le sel, bois une gorgée. Tout de suite, je trouve ce breuvage infiniment meilleur que ce qu'Owen avait fait préparer pour moi. D'un mouvement de la tête, j'en commande automatiquement un autre.

– Finissez déjà celui-là, rétorque Harrison.

– Encore un ! C'est mon anniversaire et je suis une adulte responsable qui veut boire deux verres.

Dans un soupir excédé, il se remet à la tâche. Et cela vaut mieux car, dès que j'ai vidé mon verre, j'attaque le deuxième, puis j'en commande un troisième. Parce que j'ai le droit. Parce que c'est mon anniversaire et que je suis toute seule et que Portland est à l'autre bout du monde et que je suis là, dans le trou du cul du monde, et qu'Owen Mason Gentry est un connard !

Et Lydia une connasse.

Huit

Owen

– J'ai ici quelqu'un de chez toi.

Il me faut quelques secondes pour capter ces paroles qui me parviennent par mon téléphone au beau milieu de la nuit. Je m'assieds sur le lit, me frotte les yeux.

– Harrison ?

– Tu dormais ? Il n'est même pas une heure du matin.

On dirait que ça le choque.

Je pose les pieds par terre, me frotte le front.

– J'ai une semaine difficile, dis-je en me levant à la recherche de mon jean. Pas beaucoup dormi. Pourquoi cet appel ?

Il ne répond pas tout de suite et j'entends un fracas à l'autre bout du fil.

– Non ! Ne touchez pas à ça ! Asseyez-vous !

J'écarte le téléphone de mon oreille pour préserver mon tympan.

– Owen, tu ferais bien de ramener tes fesses ici. Je ferme dans un quart d'heure et elle supporte mal la dernière tournée.

– Qu'est-ce que tu racontes ? Qui ça, elle ?

Tout d'un coup, je comprends.

Auburn.

– Merde. J'arrive !

Harrison raccroche sans me dire au revoir. J'enfile un t-shirt et dévale l'escalier.

Qu'est-ce que tu fais là-bas, Auburn ? Et pourquoi seule ?

Arrivé devant mon portail, j'envoie promener les quelques confessions tombées ces dernières heures. J'en reçois une dizaine par jour et le triple le samedi. En général je les entasse dans un coin, jusqu'à ce que je sois prêt à les lire pour attaquer une nouvelle toile. Mais l'une d'entre elles attire mon attention. Elle porte mon nom, alors je la prends.

J'ai rencontré un type super il y a trois semaines. Il m'a appris à danser, m'a redonné l'envie de flirter, m'a ramenée chez moi, m'a fait sourire, tout ça pour me prouver que TU N'ES QU'UN CON, OWEN !

PS : Tu portes des initiales idiotes.

Les confessions sont censées rester anonymes, Auburn. Celle-ci ne l'est pas. Quelque part, j'ai envie de rire, en même temps, ce message me rappelle que je l'ai complètement laissée tomber et que je suis sûrement la dernière personne qu'elle ait envie de voir venir la récupérer dans un bar.

Pourtant, je traverse la rue, ouvre la porte, la cherche du regard. Harrison me voit et m'indique les toilettes d'un mouvement de la tête.

– Elle se cache là. Elle veut pas te voir.

– Qu'est-ce qu'elle venait faire ici ?

Il hausse les épaules.

– Célébrer son anniversaire, à ce que j'ai cru comprendre.

Il rigole, là… Je me sens complètement nul.

– C'est son anniversaire ? Pourquoi tu ne m'as pas averti plus tôt ?

– Elle m'a fait jurer de ne pas t'appeler.

Je frappe à la porte des toilettes mais ne reçois aucune réponse. J'ouvre lentement et aperçois aussitôt les pieds qui dépassent de la dernière cabine.

Merde, Auburn !

Je me précipite mais m'arrête quand je constate qu'elle n'est pas évanouie. En fait, elle a les yeux grands ouverts et paraît même un peu trop à l'aise pour quelqu'un d'étalé sur le sol des toilettes d'un bar, la tête appuyée au mur.

La colère que je lis aussitôt sur son visage ne me surprend pas. À sa place, je n'aurais aucune envie de parler à un type comme moi. D'ailleurs je ne vais pas essayer de la faire parler ; je veux juste m'asseoir par terre en face d'elle.

Elle me regarde m'approcher puis m'installer, les genoux repliés entre les bras, la tête contre la paroi de la cabine.

Elle ne me quitte pas des yeux, ne parle pas, ne sourit pas. Elle se contente de respirer bruyamment, l'air excédé.

– Tu as une tête de déterré, Owen.

Ça m'amuse, parce qu'elle n'a pas l'air aussi saoule que je l'aurais cru. Et puis elle a sans doute raison, voilà au moins trois jours que je ne me suis pas regardé dans une glace. Ça m'arrive quand je me plonge dans mon travail. Je ne me suis pas rasé, je dois avoir les joues bien marquées.

Tandis qu'elle n'a pas mauvaise mine du tout, et c'est ce que je devrais sans doute lui répondre. Elle semble triste, peut-être un peu éméchée mais, pour une fille avachie dans les toilettes, je la trouve plutôt en forme.

Je sais, je devrais demander pardon pour ce que j'ai fait. Je sais, ce devrait être les premières paroles à franchir mes lèvres, mais j'ai peur qu'elle ne se mette à me poser des questions et je ne tiens pas à lui dire la vérité. Je préfère encore la voir dépitée par mon faux bond plutôt que dépitée par la raison qui m'y a poussé.

– Ça va ?

Elle lève les yeux au ciel, les laisse fixés au plafond mais je la vois aussi essayer de ravaler ses larmes. Finalement, elle les essuie du dos de la main, soit parce qu'elle s'efforce de reprendre son calme, soit parce qu'elle est trop irritée de me voir là. Sans doute les deux.

– Je me suis fait poser un lapin, ce soir, dit-elle les yeux toujours au plafond.

J'ignore comment il faut prendre cet aveu, parce que ma réaction initiale me pousserait plutôt à la jalousie, totalement déplacée en l'occurrence. Mais voilà, je n'aime pas imaginer que quelqu'un d'autre que moi puisse la mettre dans un tel état. Même si ça ne me concerne pas.

– Vous vous faites planter par un type, alors vous finissez la nuit dans un bar. Ça ne vous ressemble pas.

Son menton retombe sur sa poitrine et elle me regarde à travers ses cils.

– Je ne me suis pas fait planter par un type, Owen. Vous dites n'importe quoi. Et, pour votre information, j'aime boire. Sauf le cocktail que vous m'aviez offert.

Je ne devrais pas m'arrêter sur ce seul mot dans toute sa phrase, mais…

– Vous vous êtes fait planter par une fille ?

Je vous en prie, dites-moi que vous n'êtes pas lesbienne ! Ce n'est pas ainsi que je voyais les choses s'achever entre nous.

– Pas par une fille, répond-elle. Par une connasse d'égoïste de salope.

Ces paroles furibondes me font sourire malgré moi. La situation n'a pourtant rien de drôle, mais elle a une façon adorable de plisser le nez en lançant ces insultes.

J'étends les jambes, les écarte un peu pour les placer autour des siennes. Elle paraît au moins aussi anéantie que moi.

Quel couple nous formons !

J'ai envie de tout lui avouer, mais je sais que la vérité n'arrangerait en rien notre situation. La vérité n'a aucun sens face au mensonge et je ne sais même plus ce qui serait préférable entre nous.

Tout ce que je sais, c'est que, furieuse ou contente ou triste ou enthousiaste, elle irradie une énergie apaisante. Chaque jour de ma vie, j'ai l'impression de grimper à rebours un escalator qui descend. J'ai beau courir pour essayer d'atteindre le sommet, je reste sur place, à m'épuiser sans arriver à rien. Mais, quand je suis avec elle, je me sens plutôt sur un tapis roulant, qui m'emporte sans effort où je veux. J'ai l'impression de pouvoir enfin reprendre mon souffle, sans plus éprouver cette obligation constante de courir pour m'empêcher de toucher le fond.

Sa présence me calme, me détend, me donne l'impression que les choses ne sont peut-être pas aussi difficiles que je les vois en son absence. Alors tant pis si nous avons l'air complètement minables en ce moment, assis par terre dans les toilettes des dames, je n'ai aucune envie de me trouver ailleurs.

– OMG, dit-elle en se penchant pour m'attraper les cheveux.

Son visage devient grimaçant et je ne comprends pas comment ma coiffure peut à ce point l'indisposer.

– Il faut arranger ce gâchis, marmonne-t-elle.

S'appuyant au mur d'une main, à mon épaule de l'autre, elle se hisse sur ses pieds. Une fois debout, elle me tend la main.

– Allez, Owen, je vais réparer ce gâchis.

J'ignore si elle n'est pas trop bourrée pour arranger quoi que ce soit, franchement, mais ça va parce que je suis toujours sur mon tapis roulant ; je la suivrai sans effort où qu'elle aille.

– On se lave d'abord les mains, Owen, c'est sale par terre.

Elle va ouvrir le robinet, m'arrose la paume de savon, me regarde dans la glace.

Bon, je ne sais pas combien de verres elle a bus mais je ne m'attendais pas à ce genre de scène. Surtout après sa confession.

On se lave les mains en silence. Elle tire deux serviettes en papier, m'en tend une.

– Sèche-toi les mains, Owen.

Elle paraît si sûre d'elle que je préfère ne pas la contredire. Tant que je n'aurai pas mesuré son degré d'ivresse, mieux vaut ne pas provoquer d'autre réaction que celle que j'obtiens en ce moment.

Je me dirige vers la sortie. Auburn s'éloigne du lavabo, trébuche légèrement mais se rattrape au mur. Elle jette un regard mauvais sur ses chaussures.

– Foutus talons, maugrée-t-elle.

Sauf qu'elle ne porte pas de talons mais des ballerines.

On regagne le bar. Harrison a déjà fermé et éteint les lumières. Il hausse un sourcil quand on passe devant lui.

– Harrison ? lance-t-elle en pointant l'index vers lui.

– Auburn, répond-il seulement.

Elle agite le doigt et là, j'ai l'impression que mon ami étouffe un rire.

– Vous mettrez ces délicieux cocktails sur mon compte, d'accord ?

Il fait non de la tête.

– Ici, on clôt tous les comptes en fin de soirée.

Elle place la main sur sa hanche, fait la moue.

– Mais je n'ai pas d'argent, j'ai perdu mon sac.

Il se penche derrière le bar, en sort un sac.

– Vous ne l'avez pas perdu, dit-il en le déposant sur le comptoir.

Elle en paraît presque contrariée.

– Et merde ! Maintenant il faut que je paie. Mais je ne vous dois qu'un verre, parce que je suis sûre que vous n'avez pas mis d'alcool dans l'autre.

Il me lance un coup d'œil exaspéré avant de repousser l'argent.

– C'est offert par la maison. Joyeux anniversaire ! Et, pour info, vous avez bu trois verres. Tous avec de l'alcool.

Elle passe son sac en bandoulière.

– Merci. Vous êtes l'unique personne de tout l'État du Texas à m'avoir souhaité un joyeux anniversaire aujourd'hui.

Pourrais-je me haïr davantage qu'il y a trois semaines ? Oui, absolument.

Elle se tourne vers moi, le menton rentré.

– Ne fais pas cette tête-là, Owen ! On va te l'arranger ton gâchis, d'accord ?

Elle me prend par la main.

– Au revoir, Harrison. Je ne vous pardonnerai jamais d'avoir appelé Owen.

Le barman sourit puis m'adresse une moue anxieuse, l'air de me souhaiter : « Bonne chance ! »

Je hausse les épaules et me laisse entraîner vers la sortie. Nous y sommes presque quand elle me dit :

– J'ai reçu plein de cadeaux expédiés de Portland. Il y a plein de gens qui m'aiment, là-bas. Ma mère, mon père, mon frère et mes sœurs.

J'ouvre la porte, la laisse sortir d'abord. On est le 1er septembre – joyeux anniversaire – néanmoins il fait anormalement frais pour une nuit d'été au Texas.

– Tandis qu'ici, combien de gens qui prétendent m'aimer m'ont fait un cadeau ? D'après toi ?

Franchement, je n'ai pas envie de jouer à ce jeu. La réponse est évidente, et puis je voudrais rectifier cette mauvaise impression qu'elle a des Texans. Je lui proposerais bien d'aller chercher un cadeau tout de suite, mais pas quand elle est ivre et hors d'elle.

Elle frotte ses bras nus, regarde le ciel.

– Je déteste votre climat au Texas, Owen. C'est idiot, on a trop chaud le jour et froid la nuit, et on ne sait jamais comment ça va tourner le reste du temps.

J'ai envie de souligner que « le reste du temps », à part le jour et la nuit, doit être négligeable, mais j'ai peur qu'elle ne capte pas ce genre de subtilité... Elle continue de m'entraîner dans une direction qui ne nous mènera ni à ma galerie, ni à son appartement.

– Où va-t-on ?

Lâchant ma main, elle ralentit pour qu'on se retrouve côte à côte. J'ai envie de la retenir par le bras, afin qu'elle ne risque plus de trébucher sur ses « talons » mais, comme elle doit être en train de dessaouler, je suppose qu'elle ne va pas tarder à reprendre ses esprits. J'imagine qu'elle n'aura plus aucune envie de me voir auprès d'elle, encore moins de se retrouver dans mes bras.

– On y est presque, lance-t-elle en fouillant dans son sac.

Elle titube un peu. Chaque fois, je tends les mains, prêt à la rattraper au vol, mais elle arrive toujours à se redresser.

Sortant de son sac un trousseau de clés, elle le brandit si près de mon visage qu'il me cogne le nez.

– Là ! s'écrie-t-elle. J'ai retrouvé mes clés.

À croire qu'elle est toute fière de cet exploit. Elle pose le bras sur mon torse comme pour m'empêcher d'avancer plus loin, désigne le salon de coiffure devant lequel nous sommes arrêtés, et je passe instinctivement la main dans mes cheveux, comme pour les protéger.

Elle enfile la clé dans la serrure et, malheureusement, la porte s'ouvre sans peine. Elle me fait signe d'entrer.

– La lumière est sur la gauche, indique-t-elle.

J'entre et me tourne vers la gauche, mais elle rectifie :

– Non, O-wen. L'autre gauche.

Réprimant un sourire, je tends la main droite et finis par trouver l'interrupteur. La lumière jaillit. Auburn se dirige d'un pas ferme vers une rangée de fauteuils, jette son sac sur le comptoir puis attrape un siège par son dossier, le tourne vers moi.

– Assieds-toi.

C'est nul. Qui se laisserait approcher par une fille en état d'ébriété armée de ciseaux ?

Un mec debout devant ladite fille et qui se sent complètement coupable.

Je viens m'asseoir en soupirant et elle me retourne face à la glace, tandis qu'elle fouille entre peignes et ciseaux, tel un chirurgien en train de chercher l'outil qui va lui permettre de me découper la peau.

– Maintenant, dit-elle, il faut te laisser aller.

Elle se met à me peigner d'un air pensif.

– Tu prends des douches, au moins ?

– Ça m'arrive, oui.

Elle secoue la tête, l'air affligée, puis sort une paire de ciseaux, se place face à moi. Tout d'un coup, elle se met à l'œuvre ; alors je panique, essaie de me lever.

– Owen, arrête ! ordonne-t-elle en m'appuyant sur l'épaule.

D'un geste du bras, j'essaie doucement de l'éloigner de moi, mais elle me repousse encore. Les ciseaux sont toujours dans sa main gauche et, même si elle ne fait pas exprès, je les trouve un peu trop près de ma gorge à mon goût. Elle pause les mains sur mon torse. Visiblement, ma réaction l'a irritée.

– Tu as besoin d'une bonne coupe ! Ne t'inquiète pas, c'est gratuit. Il faut que je m'entraîne.

Là-dessus, elle pose un genou sur ma cuisse, puis l'autre.

– Calme-toi, reprend-elle.

À présent qu'elle me bloque littéralement sur mon siège, elle se met en devoir de me massacrer les cheveux.

En tout cas, elle n'a plus à s'inquiéter, je ne risque pas de m'échapper.

J'ai son buste sous le nez et, bien que son chemisier reste bien fermé, cette vue imprenable me laisse cloué dans mon fauteuil. Je pose les mains sur ses hanches pour la faire tenir tranquille.

Au moment où je la touche, elle s'immobilise, baisse les yeux vers moi. On ne se dit rien mais je sais qu'elle a compris. Je suis trop proche de sa poitrine pour ne pas repérer sa réaction. Son souffle s'arrête en même temps que le mien.

Dès que nos regards se rencontrent, elle détourne nerveusement les yeux et se met à me tailler des mèches. Je dois dire qu'on ne m'a jamais coupé les cheveux ainsi.

– Tu as vraiment une sacrée tignasse, Owen.

Comme si je le faisais exprès pour l'embêter.

– Il ne faudrait pas les mouiller d'abord ?

Je dis ça… aussitôt ses mains se plaquent sur ma tête et elle s'assied sur ses genoux. On se retrouve les yeux dans les yeux. Je garde les mains sur ses hanches mais je commence à apprécier la situation ; jusqu'au moment où en voyant trembler ses lèvres, je me rends compte que je suis bien le seul.

Ses bras lui retombent le long du corps et elle laisse tomber peigne et ciseaux sur le plancher. Des larmes gouttent sous ses paupières, je ne sais que faire pour les arrêter puisque je ne sais pas d'où elles viennent.

– J'ai oublié de les mouiller, geint-elle. Je suis la pire coiffeuse du monde entier, Owen.

Et la voilà qui pleure. Elle porte les mains à son visage pour cacher ses larmes, ou son embarras, ou les deux. Je me penche, lui dégage les yeux.

– Auburn.

Mais elle ne soulève pas les paupières et garde la tête baissée, refusant de me répondre. Alors je répète :

– Auburn.

Cette fois, je lui prends les joues. Leur douceur me laisse pantois ; la soie, le satin et une forme d'envoûtement s'emparent de mes paumes.

Dire que j'ai déjà tout gâché ! Comment réparer, maintenant ?

Je l'attire contre moi et, à ma grande surprise, elle me laisse faire. Elle garde les bras le long du corps mais enfouit le visage dans mon cou. Bon sang, pourquoi ai-je tout gâché, Auburn ?

Passant la main sur sa tête, je pose les lèvres sur son oreille. Je voudrais qu'elle me pardonne mais je ne sais pas si elle pourra le faire sans recevoir un minimum d'explications. L'ennui étant que c'est moi qui lis les confessions. Je n'ai pas l'habitude d'en rédiger, encore moins d'en exprimer. Pourtant, j'aimerais tellement lui avouer qu'à mon goût, les choses devraient prendre une autre tournure. Qu'elles auraient surtout dû en prendre une autre il y a trois semaines.

Je la tiens serrée contre moi pour qu'elle sente bien ma sincérité.

– Désolé de ne pas être venu.

Aussitôt, elle se raidit, comme si mes excuses la faisaient retomber sur terre. J'ignore si je dois m'en réjouir ou non. Je la vois se détacher lentement de moi. Je guette une réponse, ou une réaction, mais elle reste sur ses gardes.

Comment le lui reprocher ? Elle ne me doit rien du tout.

Tournant la tête sur le côté, elle essaie de se dégager de ma main toujours collée contre sa nuque, et c'est moi qui, finalement, la retire. Aussitôt, Auburn se remet debout.

– Tu as reçu ma confession, Owen ?

Elle parle d'une voix ferme, dégagée des larmes qui la consumaient il y a encore quelques instants.

– Oui.

Elle hoche la tête en serrant les dents, s'empare de son sac.

– Très bien, conclut-elle en se dirigeant vers la porte.

Je me lève lentement, redoutant de me regarder dans la glace alors qu'elle n'a pas fini de me coiffer. Par bonheur, elle éteint la lumière sans m'en laisser le temps.

– Je rentre chez moi, annonce-t-elle en ouvrant. Je ne me sens pas bien.

Neuf

Auburn

J'ai quatre petits frères et sœurs âgés de six à douze ans. Mes parents étaient encore au lycée quand je suis née, et ils ont attendu plusieurs années avant de décider d'avoir d'autres enfants. Ils ne sont jamais allés à l'université, et mon père travaille dans une manufacture depuis l'âge de dix-huit ans. Le budget familial a toujours été serré. Par exemple, il n'était pas question de laisser l'air conditionné tourner la nuit.

– C'est à ça que servent les fenêtres, disait mon père si quelqu'un se plaignait.

J'ai dû hériter de sa tendance à faire des économies de bouts de chandelles, et ça ne m'a pas vraiment dérangée quand que je me suis installée chez Emory. Elle-même risquait de se faire expulser après que son ancienne coloc l'ait plantée en lui laissant la moitié du loyer sur les bras. Alors pour ce qui est de l'air conditionné, ce serait plutôt du luxe.

Ce genre de considération était tolérable à Portland mais, alors que je supporte depuis un mois le climat bipolaire du Texas, il a bien fallu que j'adapte mes rites de sommeil. Pour commencer, j'ai remplacé la couette par plusieurs couches de draps. Comme ça, si j'ai trop chaud au milieu de la nuit, j'en repousse un ou deux.

Cela dit, pourquoi ai-je si froid en ce moment ? Et pourquoi ai-je l'impression de me trouver blottie sous une couette ? Chaque fois que j'essaie d'ouvrir les yeux et de me réveiller pour trouver des réponses à mes questions, je me rendors parce que je ne me suis jamais sentie aussi bien. Comme un angelot pelotonné sur son petit nuage.

Euh… Pourquoi un angelot ? Je suis morte, ou quoi ?

Je m'assieds d'un coup, ouvre les yeux mais j'ai tellement peur que c'est à peine si j'ose les promener autour de la pièce. Je vois la cuisine, la porte de la salle de bains, l'escalier qui descend vers la galerie.

Je suis dans l'appartement d'Owen.

Pourquoi ?

Je suis dans le grand lit confortable d'Owen.

Pourquoi ?

Cette fois, je tourne la tête sur le côté, mais Owen n'est pas là, ouf ! Alors je vérifie si je ne suis pas toute nue, ouf !

Qu'est-ce qui se passe ?

Qu'est-ce que tu fiches, Auburn ? Pourquoi tu as la tête comme un trampoline ?

Et puis ça me revient, petit à petit. D'abord je me rappelle qu'on m'a posé un lapin. *Connasse.* Je me rappelle Harrison. Je me rappelle avoir couru aux toilettes quand il m'a menacée d'appeler Owen.

Je déteste Harrison. Je me rappelle aussi le salon de coiffure et… *Oh non ! Auburn, c'est pas vrai…*

Je suis montée sur ses genoux pour lui couper ses fichus cheveux.

Je pose une main sur mon front. C'est fini. Je ne boirai plus jamais. L'alcool vous pousse trop à commettre des boulettes. Je ne peux pas me le permettre. Il faudrait que j'essaie de me barrer au plus vite, et c'est bien dommage parce que j'emporterais volontiers ce lit avec moi.

J'en sors sans faire de bruit, me dirige vers la salle de bains, ferme la porte derrière moi et me mets aussitôt à fouiller dans les tiroirs, à la recherche d'une brosse à dents inutilisée. Rien. Alors tant pis, j'utilise un doigt, et du dentifrice, et aussi une énorme quantité de bain de bouche à la gaulthérie. Je dois reconnaître qu'Owen a un goût très sûr en matière d'articles de toilette.

Où est-il, au fait ?

En quittant la salle de bains, je me mets en quête de mes chaussures et trouve des ballerines au pied du lit. Tiens, j'aurais pourtant juré que je portais des talons aiguilles, hier soir. Allez, promis, je ne bois plus une goutte d'alcool.

Je me dirige vers l'escalier en espérant qu'Owen ne se trouve pas dans la galerie. On dirait que non. Finalement, il est sans doute parti afin de ne pas être là à mon réveil. Il a certainement d'excellentes raisons pour ça. Donc je doute qu'il ait changé d'avis sur moi. Autrement dit, c'est le moment ou jamais de filer sans demander mon reste.

– Tu ne vas pas pouvoir m'éviter constamment, Owen. Il faut qu'on en reparle avant lundi.

Je m'arrête au pied de l'escalier, me plaque contre le mur. Merde. Owen n'est pas tout seul. Mais qu'est-ce qu'il fiche ? J'ai envie de m'en aller, moi.

– Je sais ce que j'ai à faire, papa.

Papa ? Génial. Je ne vais tout de même pas me taper une pseudo marche post-coïtale devant son fichu père ! N'empêche que ça s'annonce mal. J'entends des pas qui s'approchent, alors je file dans l'escalier, remonte les marches deux à deux, mais les pas s'éloignent aussitôt.

Je m'arrête, voilà les pas qui reprennent et je remonte encore deux marches. Ils s'éloignent de nouveau.

Celui qui marche doit faire les cent pas, mais il finit par s'arrêter.

– Il faut que j'envisage de fermer la galerie, dit Owen. Ça pourrait prendre plusieurs mois avant que je puisse la rouvrir, alors je dois vraiment m'en occuper dès aujourd'hui.

Fermer la galerie ? Je ne peux m'empêcher de redescendre pour tâcher de mieux entendre la conversation. Cette curiosité inhabituelle me donne l'impression de ressembler à Emory.

– Il s'agit bien de la galerie ! maugrée son père irrité.

Les pas reprennent.

– Pour moi, rien ne compte davantage, rétorque Owen.

Il paraît encore plus exaspéré que son père. Les pas s'arrêtent et un long silence s'écoule avant que celui-ci ne reprenne en soupirant :

– Tu as le choix, Owen. Je ne demande qu'à t'aider.

Je ne devrais pas écouter ça. Ce n'est pas mon genre de me mêler des histoires des autres et je m'en veux un peu. Seulement je n'arrive pas à remonter pour autant.

– Tu veux m'aider ? s'esclaffe Owen incrédule. Alors laisse-moi tranquille !

Mon cœur s'arrête de battre. Je le sens qui m'envahit la gorge. Il serait temps que je trouve une sortie de secours pour m'enfuir au plus vite.

– Owen…

– Va-t'en !

Je ferme les yeux, sans trop savoir qui je plains le plus en ce moment, d'Owen ou de son père. J'ignore l'objet de leur dispute et, bien entendu, ça ne me regarde pas, mais si je dois faire face à Owen, autant me sentir prête à affronter son humeur, quelle qu'elle soit.

Des pas. J'entends des pas qui se rapprochent, d'autres qui s'éloignent, et…

J'ouvre lentement un œil, puis l'autre. J'essaie de lui sourire, car il a l'air trop anéanti, au pied de l'escalier. Il porte une casquette de base-ball bleue, qu'il soulève et rabaisse en promenant la main sur son crâne. Puis il se tient la nuque, soupire. Je ne l'ai jamais vu arborer de couvre-chef, mais ça lui va bien. Je ne sais pas pourquoi il semble difficile d'imaginer un artiste-peintre avec une casquette. En tout cas, il assume parfaitement.

S'il ne semble plus aussi en pétard que tout à l'heure, il paraît quand même anxieux. Ce n'est plus le type sidéré que j'ai rencontré sur le pas de sa porte, il y a trois semaines.

– Désolée, dis-je en cherchant une excuse pour ma présence indiscrète dans l'escalier. Je voulais partir et je vous ai entendus, tous les deux…

Il grimpe les quelques marches qui nous séparent, alors je me tais.

– Pourquoi tu t'en vas ?

Il a l'air déçu et je ne comprends pas ; je croyais qu'il voulait que je m'en aille. Franchement, je ne vois pas ce qui le surprend dans mon intention de partir alors qu'il ne m'a pas fait signe en trois semaines. Il ne s'attendait tout de même pas à ce que je passe la journée ici, avec lui.

Sans trop savoir que répondre, je hausse les épaules.

– Je… je me suis réveillée et… je veux m'en aller.

Il me prend par la taille pour essayer de me faire remonter avec lui, mais je le repousse. Mon expression indignée doit achever de le convaincre qu'il n'a pas à me donner d'ordres. J'ouvre la bouche pour continuer mais il me devance :

– Pas tant que tu n'auras pas arrangé ma coiffure.

Oh !

Il ôte sa casquette, passe une main dans ses cheveux en bataille.

– J'espère que tu les coupes mieux quand tu n'as pas bu.

Je me couvre la bouche pour étouffer un rire. Deux énormes mèches dépassent de la masse, dont une au beau milieu du front.

– Désolée…

J'ajouterais que nous sommes quittes, maintenant. En massacrant des cheveux aussi beaux que les siens, je lui ai plus ou moins rendu la monnaie de sa pièce. Il ne me reste qu'à m'attaquer à ceux de Lydia et tout ira beaucoup mieux.

Remettant sa casquette, il gravit l'escalier.

– On peut y aller maintenant ? propose-t-il.

Ça tombe bien, c'est justement mon jour de congé, j'ai donc tout le temps de réparer les dégâts que j'ai provoqués. Mais j'ai moyennement envie de me rendre au salon de coiffure quand je n'y suis pas attendue. Emory m'avait dispensée de tout le week-end pour mon anniversaire. Elle devait penser que, comme la plupart des jeunes de mon âge, j'avais besoin d'au moins deux jours pour faire la fête. Voilà un mois que je vis chez elle, alors si elle n'a pas encore remarqué, elle va vite découvrir que je n'ai pas de vie privée.

Je me rends compte que je suis arrêtée sur les marches alors qu'Owen disparaît de ma vue. Je remonte vers son appartement mais, en haut de l'escalier, mes pieds s'arrêtent. Il est en train de changer de t-shirt ; le dos tourné, il ôte celui qu'il portait, tout taché de peinture. J'observe les muscles de ses épaules qui roulent et se contractent sous le mouvement. Je me demande s'il a jamais fait d'autoportrait.

Je serais cliente.

En se tournant pour prendre l'autre t-shirt, il s'aperçoit que je le regarde ; je détourne les yeux, meilleur moyen de prouver que j'avais des arrière-pensées… Oh non ! Si je pouvais m'éclipser tout de suite…

– C'est bon ? interroge-t-il.

– C'est bon quoi ?

Rassurée par le bruit de nos voix, j'émerge de l'embarras où j'étais en train de plonger.

– On peut s'occuper de mes cheveux maintenant ?

Il enfile le t-shirt propre, d'un gris sinistre qui couvre aussitôt le chef-d'œuvre qu'est son torse.

Ouille ! C'est quoi ces pensées imbéciles qui me brouillent l'esprit ? Qu'est-ce que j'ai à me raconter des histoires de muscles, de tablettes de chocolat ou de peau si irréprochables que j'ai envie de courir derrière son père pour le féliciter d'avoir engendré un fils aussi parfait…

Je me racle la gorge.

– D'accord. Je n'ai rien de prévu.

Excellent moyen de passer pour une débile, Auburn ! Reconnaître que tu n'as rien de mieux à faire un samedi que de reluquer son corps à moitié nu. Très intéressant.

Il remet sa casquette avant d'enfiler ses chaussures.

– Prête ?

J'acquiesce et reprends l'escalier. Je commence à les détester, ces marches.

Quand Owen ouvre le portail, le soleil brille tellement que je commence à m'interroger sur mon immortalité. Et si j'étais devenue vampire durant la nuit ? Je m'arrête, me cache les yeux sous la main.

– Bon sang, ça brille !

Si c'est ça, la gueule de bois, je ne comprends pas comment on peut supporter de devenir alcoolique.

Owen referme, s'approche de moi.

– Là, dit-il.

Il pose sa casquette sur ma tête, la descend sur mes yeux.

– Ça ira mieux comme ça.

J'ajuste le rebord en le tirant encore davantage vers mes paupières.

– Merci.

Il rouvre le portail et je baisse la tête pour ne pas prendre le soleil en pleine figure. Je sors, j'attends qu'il ferme à clé derrière nous, et on se met à marcher. Par chance, dans la direction opposée au soleil. Ainsi je peux vérifier où nous allons.

– Comment ça va ? demande Owen.

Il me faut bien six pas pour lui répondre :

– Je ne comprends pas : pourquoi les gens continuent à boire si c'est pour se sentir aussi mal le lendemain ?

Il lui faut huit pas pour répliquer :

– C'est un moyen de s'évader.

Je lui jette un coup d'œil mais me hâte de regarder à nouveau devant moi, car le seul fait de tourner la tête me donne le vertige.

– Je comprends, dis-je, mais est-ce que ça vaut la peine de se mettre dans un tel état pour quelques heures d'évasion ?

Il ne dit rien pendant huit pas. Neuf. Dix. Onze.

– Tout dépend de la réalité à laquelle tu veux échapper.

Pensée profonde, Owen.

J'aurais tendance à croire que ma réalité est plutôt nulle, mais certainement pas assez pour me valoir un tel état tous les matins. En revanche, ça explique peut-être pourquoi tant de gens deviennent alcooliques. On boit pour échapper à une douleur émotionnelle et, le lendemain, on recommence pour échapper à la douleur physique qui en découle. Si bien qu'on boit de plus en plus et que, bientôt, on ne dessaoule plus, et que ça devient aussi nul, si ce n'est pire, que la réalité à laquelle on voulait échapper au début. Sauf que maintenant, on doit trouver une évasion à l'évasion, alors on se rabat sur quelque chose d'encore plus fort que l'alcool. Et voilà ce qui pousse les alcooliques à devenir des drogués.

Cercle vicieux.

– Tu veux qu'on en parle ? me demande-t-il.

Je ne commets plus l'erreur de le regarder mais je suis curieuse de savoir où il veut en venir.

– Parler de quoi ?

– De ce à quoi tu voulais échapper hier soir.

– Non, Owen, dis-je en me forçant à le scruter malgré mon mal de tête. Tu veux qu'on parle de la raison qui te pousse à fermer ta galerie ?

Ma question le prend par surprise, je le vois dans ses yeux, avant qu'il ne se détourne.

– Non, Auburn.

Arrivés à hauteur du salon, on s'arrête ensemble. Je pose une main sur la porte, ôte la casquette de ma tête pour la replacer sur la sienne, obligée de me hisser sur la pointe des pieds pour y parvenir.

– Quelle super conversation ! Maintenant, on arrête de parler et on te coiffe.

Il m'ouvre et me laisse passer.

– Exactement ce que je voulais faire.

On entre dans le salon et je lui fais signe de me suivre. Je sais maintenant que ses cheveux seront beaucoup plus dociles si je les humidifie ; donc je l'emmène directement vers les bacs. Je sens le regard d'Emory me suivre alors que nous passons devant elle et, du coup, je me demande pourquoi elle n'a pas rameuté la terre entière en constatant mon absence cette nuit, ou, au moins téléphoné pour me faire prononcer une phrase secrète.

Sans lui laisser le temps de m'interpeler, je m'excuse d'office :

– Désolée de ne pas t'avoir appelée cette nuit.

Maintenant, c'est Owen qu'elle guette.

– T'inquiète. Quelqu'un m'avait avertie que tu n'étais pas morte.

Là, je fais volte-face vers Owen, pour constater, à son haussement d'épaule, que c'est bel et bien lui qui a prévenu Emory. Pas sûr que ça me plaise, mais ce n'est pas avec ce genre d'attention que je pourrai lui en vouloir plus longtemps.

Dans la salle du fond, tous les bacs sont vides ; je choisis le plus éloigné de la porte, en ajuste la hauteur et fais signe à Owen de venir. Je mets un peu d'eau à couler, jusqu'à ce qu'elle soit assez tiède à mon goût, tout en le laissant pencher la tête dans le bac. Je m'efforce de me concentrer sur ce que je fais, sans plus penser à son visage ; mais lui ne me quitte pas une seconde des yeux tandis que je passe les mains dans ses cheveux et forme une épaisse mousse avec le shampooing. Voilà plus d'un mois que je fais ce genre de chose, mais la majorité de mes clients sont plutôt des femmes. Je n'avais jamais fait attention à l'intimité que pouvait créer ce geste.

Il faut dire que personne ne me scrute si ostensiblement pendant que j'essaie de travailler. Ça me fiche le trac. Mon pouls s'accélère, mes doigts s'agitent.

– Tu es folle de rage ? finit-il par demander.

Cette fois, mes mains se figent. Quelle question de bébé ! Je me sens comme une gamine à qui on ferait la tête. En même temps, pas facile d'y répondre.

Je lui en voulais à mort il y a trois semaines, mais là, je n'éprouve plus de colère. En fait, maintenant que je me retrouve en sa présence, maintenant que je vois combien il fait attention à moi, j'ai plutôt l'impression qu'il devait avoir une excuse tout à fait valable pour ne pas se manifester, et que ça n'avait rien à voir avec ce qu'il éprouvait pour moi. J'aimerais seulement qu'il puisse s'expliquer.

En attendant, je me remets au boulot.

– C'est vrai que j'ai piqué ma crise, seulement tu m'avais prévenue. Tu avais dit que les filles passaient après le reste. Alors, disons que je suis déçue, vexée. Mais pas folle de rage non plus.

Un peu long comme explication. Trop beau pour lui.

– Je t'avais dit que mon art passait avant tout, en même temps je ne suis pas le dernier des salauds. Je préviens quand j'ai besoin d'espace pour peindre.

Je lui jette un bref regard puis reporte mon attention sur la bouteille d'après-shampooing. J'en verse un peu dans ma paume puis l'étale sur ses cheveux.

– Ainsi, tu as la courtoisie de prévenir tes petites amies que tu vas disparaître, tandis que celles qui ne baisent pas avec toi peuvent aller se faire voir ?

Je lui frictionne le crâne sans douceur.

Je crois que j'ai changé d'avis… je suis folle de rage.

Il se redresse d'un coup, se tourne vers moi.

– Ce n'est pas ce que je voulais dire, Auburn.

L'eau lui dégouline sur le visage, dans le cou.

– Je voulais dire que ce n'est pas mon art qui m'a éloigné de toi. C'était autre chose. Ne crois pas que je ne voulais pas revenir, ce serait une erreur.

– Tu es trempé, dis-je entre mes dents.

Je l'attire contre le bac, sors la douche et commence à le rincer. De nouveau, il me fixe, mais je ne tiens pas à établir un contact visuel avec lui, ni à entendre ses excuses parce que, franchement, je n'ai aucune envie de sortir avec quelqu'un ces temps-ci. Pourtant la curiosité me ronge. Je voudrais savoir pourquoi il ne s'est pas manifesté, pourquoi il n'a fait aucun effort pour essayer de me joindre depuis.

J'achève de l'essorer et je vide le bac.

– Tu peux te rasseoir.

J'attrape une serviette pour tamponner ses cheveux, en absorber le maximum d'eau, puis je la jette dans le panier à l'autre bout de la pièce. Je m'apprête à repasser devant lui quand il me saisit le poignet et se lève.

Je n'essaie pas de me dégager. Je sais que je devrais mais je suis trop curieuse de voir ce qu'il va faire. Et puis j'aime tant sentir son contact, j'en reste le souffle court.

– Je t'ai menti, avoue-t-il tranquillement.

Je n'aime pas ces mots, encore moins la sincérité de son expression.

– Je ne…

Il cherche un peu ses mots, soupire lentement :

– Je ne suis pas revenu parce que je n'en voyais pas l'intérêt. Je pars lundi.

Il a achevé sa phrase au galop et je n'aime pas ça du tout.

– Tu pars ?

Ma voix ne parvient pas à cacher ma déception. J'ai l'impression de me faire larguer, alors qu'on est même pas ensemble.

– Vous partez ? demande Emory.

Je me retourne et la vois entrer suivie d'un client qu'elle accompagne vers un bac. Elle interroge Owen du regard. Celui-ci change d'expression, toute spontanéité oubliée. Je sors, me dirige vers mon poste de travail. Il me suit sans rien dire.

Dans le plus grand silence, je le coiffe en cherchant un moyen de réparer le massacre d'hier soir. Le mieux serait de tout couper mais ça le changera complètement, et je ne suis pas certaine qu'il tienne à porter les cheveux presque ras.

– Ce sera court, lui dis-je. J'y suis pas allée de main morte.

Il éclate de rire, exactement ce dont j'ai besoin en ce moment ; le meilleur moyen d'apaiser l'atmosphère de la pièce voisine.

– Pourquoi tu m'as laissé faire ?

– C'était ton anniversaire. J'aurais fait tout ce que tu pouvais me demander.

Owen le baratineur est de retour. Ça me plaît autant que ça me déplaît. Je recule d'un pas pour examiner sa chevelure. Une fois que je vois comment réparer les dégâts, j'attrape les ciseaux et le peigne ; ce qui me rappelle que je les avais jetés par terre hier soir. Ce matin, Emory a dû trouver un drôle de foutoir en entrant. Je n'avais rien nettoyé, laissant traîner les mèches d'Owen, mais tout est parti maintenant. Il faudra que je la remercie.

Je me mets à lui couper les cheveux, en faisant de mon mieux pour ne pas penser à autre chose. Entretemps, Emory est rentrée dans le salon pour venir s'asseoir dans le fauteuil de son propre poste. Elle nous observe. D'un coup de pied, elle fait tourner son siège.

– Vous partez pour toujours ou juste pour un petit moment ? demande-t-elle.

Haussant un sourcil, il m'interroge du regard.

C'est vrai qu'on n'avait pas fait les présentations.

– Owen, voici Emory. Ma coloc spéciale.

Il lui adresse un léger mouvement de la tête sans trop bouger. Il doit avoir peur que je ne fasse qu'aggraver les choses, alors il se tient aussi immobile que possible.

– Quelques mois sans doute, lui répond-il. Pas définitivement. Question de travail.

– Dommage, murmure Emory l'air contrarié. Je vous aime déjà beaucoup plus que l'autre mec.

J'ouvre grand les yeux, fais volte-face.

– Emory !

Ce n'est pas vrai, elle n'a pas dit ça !

Owen reporte lentement son attention vers moi.

– L'autre mec ?

– Non, non, c'est une erreur, assuré-je. Il n'y a pas d'autre mec.

– Oh ça va ! rétorque-t-elle en se bloquant du pied pour cesser de tourner.

Elle désigne Owen.

– C'est un mec, que je sache ? Un mec avec qui tu viens de passer la nuit, non ? Un mec que je trouve beaucoup plus sympa que l'autre, et ça te fait mal au cœur qu'il parte.

Qu'est-ce qu'elle a, cette fille ? Je sens l'œil d'Owen posé sur moi mais je suis trop gênée pour répondre. Je jette un regard mauvais sur Emory.

– Moi qui commençais à t'apprécier parce que tu n'aimes pas les ragots…

– Ça n'a rien d'un ragot quand je vous le dis à tous les deux en face. Ça s'appelle de la conversation. On discute de votre attrait mutuel, on a l'impression que tous les deux vous allez… tomber amoureux… comme…

Elle marque une pause avant de reprendre :

– Je déteste les métaphores. Tu as envie de tomber amoureuse mais maintenant qu'il doit partir, tu es triste. Sauf que tu n'as plus besoin d'être triste puisque tu sais, grâce à moi, qu'il ne part que pour quelques mois. Pas pour toute la vie. Alors ne te précipite pas dans les bras de l'autre mec.

Owen se remet à rire, mais pas moi. Je saisis le sèche-cheveux pour couvrir ses paroles et j'achève de le coiffer. Finalement, les cheveux courts lui vont très bien. Ça n'en souligne que davantage ses yeux qui paraissent plus brillants. Au point que j'ai toutes les peines du monde à ne pas les scruter.

Dès que j'arrête le séchoir, Emory se remet à parler.

– Alors, quand est-ce que vous partez, Owen ?

C'est moi qu'il fixe quand il lui répond :

– Lundi.

Elle frappe le bras de son siège.

– Ça tombe bien ! Auburn ne travaille pas aujourd'hui ni demain. Comme ça vous allez pouvoir passer tout le week-end ensemble.

Je ne lui dis pas de la boucler, parce que je sais que ça ne suffira pas à la faire taire. Je détache la cape qui protégeait Owen, la range dans un tiroir, tout en fusillant Emory du regard.

– J'aime assez cette idée, dit-il.

Sa voix me fait frémir et je vais bientôt mettre la pièce sous vide à force de respirer comme une malade chaque fois que je l'entends. Je le vois dans la glace, penché sur son siège, en train de contempler mon reflet.

Il veut passer le week-end avec moi ? Sûrement pas ! Ça signifierait que d'autres choses se produiraient sûrement, et je ne sais pas si je suis prête pour ça. D'autant que j'ai à faire… et merde, je n'ai rien d'autre à faire. C'est le week-end où Lydia part à Pasadena. Plus d'excuse.

– Voyez-la qui se cherche des excuses, lance Emory amusée.

Tous les deux ont tourné la tête vers moi et guettent ma réponse. Je saisis la casquette d'Owen, la pose sur ma tête puis file vers la porte. Je ne suis pas tenue d'offrir un week-end à Owen, ni un spectacle à Emory. Dans la rue, je prends la direction de l'appartement, qui se trouve être également celle de la galerie. Pas étonnant qu'il surgisse à côté de moi.

Nous marchons au même rythme et je me remets à compter nos pas. Je me demande si nous n'allons pas finir par atteindre la galerie sans avoir prononcé un mot.

Treize, quatorze, quinze…

– À quoi penses-tu ? demande-t-il paisiblement.

J'arrête de compter, parce que je ne marche plus. Owen non plus. Owen qui s'est planté juste devant moi, et me fixe de ses yeux d'Owen, parfaitement mis en valeur par sa nouvelle coiffure.

– Je ne passe pas le week-end avec toi, dis-je. Je n'arrive pas à croire que tu aies pu l'insinuer.

– Je n'ai rien insinué du tout. C'est ta drôle de coloc qui en a parlé. J'ai juste dit que cette idée me plaisait.

Les bras croisés, je contemple le trottoir et me demande pourquoi je fulmine ainsi. Il ne suffira pas de m'éloigner pour me calmer, c'est là l'ennui. Parce que cette idée de week-end me tente énormément et quand je pense que je n'arrive pas à lui trouver un côté négatif, ça m'énerve encore plus. À vrai dire, il me doit toujours des explications, des excuses. Si Harrison ne lui avait pas téléphoné, hier soir, je n'aurais sans doute plus jamais entendu parler de lui. Cette pensée écrase quelque peu ma confiance en moi et j'ai du mal à admettre qu'il veuille soudain passer du temps avec moi.

Je décroise les bras, pose les mains sur mes hanches, relève la tête vers lui.

– Pourquoi tu ne m'as pas au moins annoncé que tu t'en allais avant de me poser un lapin ?

Je sais qu'il a déjà tenté de s'expliquer, mais ça ne suffit pas, parce que je suis encore furieuse contre lui. Évidemment, il n'allait pas se lancer dans une nouvelle relation alors qu'il s'apprêtait à partir, mais dans ce cas, il n'aurait jamais dû me dire qu'il allait repasser le lendemain soir.

Imperturbable, il s'avance d'un pas.

– Je ne suis pas revenu parce que je tiens à toi.

– Quelle explication idiote !

Il s'approche encore, se retrouve juste devant moi, et se remet à parler d'une voix si basse que j'en ai le cœur retourné.

– Je savais que j'allais partir et je tiens à toi. Deux choses qui ne vont pas bien ensemble. J'aurais dû te dire que je ne reviendrais pas, mais je n'avais pas ton numéro.

Et puis quoi encore ?

– Tu savais où j'habitais.

Il ne répond que d'un soupir, change de pied d'appui, tandis que je m'autorise enfin à le fixer dans les yeux. Il a l'air de s'excuser, mais j'ai appris à ne pas me fier aux expressions d'un homme, juste à ses actes et, jusque-là, il ne s'est pas montré des plus fiables.

– J'ai merdé, marmonne-t-il. Désolé.

Au moins il ne se cherche pas d'excuses. J'imagine qu'il faut un minimum d'honnêteté pour reconnaître ses torts même si on n'est pas trop disposé à expliquer pourquoi on a pu agir ainsi. Il faut lui accorder ça.

Je ne sais pas trop s'il s'est jamais autant approché de moi mais maintenant, il est vraiment très près, au point que les passants doivent croire qu'on est en pleine rupture ou sur le point de s'envoyer en l'air.

Un pas de côté, et je le contourne, reprends la marche jusqu'à sa galerie. Je ne sais d'ailleurs pas pourquoi je m'arrête devant son portail. Je ferais mieux de continuer vers mon appartement, pourtant je reste là, à le regarder tourner la clé dans la serrure tout en vérifiant que je suis toujours derrière lui.

J'ai tort. Je devrais fuir ce qui s'annonce comme les deux plus beaux jours depuis une éternité, mais suivis de mon pire lundi depuis une éternité.

Si je passe le week-end avec lui, ce sera dans l'euphorie où m'avait mise l'alcool hier soir. Ce sera gai, ardent, à m'en faire oublier tout le reste. Et puis viendra lundi. Owen partira, pour me laisser avec une gueule de bois bien pire que celle qui m'attend si je m'éloigne de lui maintenant.

Il ouvre le portail et une bouffée d'air frais m'entoure et m'attire. Je jette un coup d'œil à l'intérieur puis vers Owen. Il doit lire l'appréhension dans mes yeux, car il me prend la main et m'entraîne. Sans trop savoir pourquoi, je me laisse faire. Le portail se ferme derrière nous et l'obscurité nous encercle.

J'écoute l'écho de mon cœur, car je suis certaine qu'il bat assez fort pour nous assourdir. Je sens Owen près de moi, pourtant nous ne bougeons ni l'un ni l'autre. Je l'entends respirer, je perçois sa présence, j'hume l'odeur de l'après-shampooing mêlée à ce Je-ne -sais-quoi qui évoque la pluie…

– C'est la perspective de passer le week-end avec quelqu'un que tu connais à peine qui te fait tant douter ? Ou juste la perspective de passer le week-end avec moi ?

– Ce n'est pas toi qui me fais peur, Owen. En fait, si ça me tente, c'est à cause de toi.

Il recule d'un pas, et mes yeux se sont assez habitués à l'obscurité pour que je puisse maintenant distinguer son visage. Il a l'air optimiste, content, souriant. Comment dire non à une telle expression ?

– Et si j'accepte juste pour aujourd'hui ? Ensuite on avisera.

Cette suggestion le fait rire, comme s'il trouvait idiot que je ne veuille pas rester tout le week-end après avoir passé la journée avec lui.

– D'accord, dit-il. On va chez Target.

– Target ?

Tout sourire, il replace la casquette sur ma tête et me pousse vers le soleil.

– Je n'ai rien à t'offrir à manger. On va faire les courses.

Dix

Owen

Je ne sais plus combien de mensonges je lui ai dits, pourtant ce n'est pas le genre de personne à qui j'ai envie de mentir. Mais je ne savais pas comment lui avouer la vérité. J'avais peur de la lâcher et aussi peur de préciser que je ne pars pas lundi, je passe en jugement. Et, après ma comparution, je me retrouverai soit en prison soit en cure de désintoxication selon qui gagnera, de moi ou de Callahan Gentry.

Quand mon père est passé à la galerie ce matin, j'ai pris garde de ne pas trop en dire parce que je savais qu'Auburn pouvait écouter. Mais j'ai eu plus de mal que prévu à garder mon calme. Je voulais juste qu'il voie ce que ça me faisait. J'avais envie de lui prendre la main et de l'entraîner dans l'escalier pour qu'il la découvre, endormie dans mon lit. J'avais envie de dire : « Regarde-la, papa. Regarde ce que ton égoïsme me coûte. »

Finalement, j'ai fait comme d'habitude. J'ai laissé le souvenir de ma mère et de mon frère me dissuader de lui tenir tête. Ils me servent d'excuse. À moi autant qu'à lui. Voilà des années qu'ils nous servent d'excuse et je crains que, si jamais je ne trouve pas un moyen d'utiliser cette nuit-là, Callahan et Owen Gentry ne soient plus jamais père et fils.

Rien encore ne m'avait pourtant donné une telle envie de mettre un terme à ce mode de vie. J'avais beau essayer, j'avais beau y réfléchir, chaque fois j'étais vaincu par mon sentiment de culpabilité ; mais là, je ne me suis jamais senti aussi fort qu'en présence d'Auburn, jamais aussi motivé. Je pense encore aux premiers mots que j'ai dits en la voyant apparaître devant ma porte :

– Vous venez me sauver ?

C'est cela, Auburn ? En tout cas, ça donne cette impression et voilà longtemps que j'avais perdu toute forme d'espoir.

– Où vas-tu ? me demande-t-elle.

Sa voix pourrait servir de thérapie. Elle pourrait entrer dans une salle remplie de grands dépressifs et il lui suffirait d'ouvrir un livre et de se mettre à leur faire la lecture pour les guérir.

– Chez Target.

Elle me donne un coup d'épaule en riant, et ça me fait plaisir de voir revenir cet aspect de sa personne. Elle était restée plutôt sérieuse toute la journée.

– Je ne parlais pas de maintenant, gros malin, mais de lundi. Où vas-tu ? Pourquoi t'en aller ?

Je regarde le trottoir d'en face.

Je regarde le ciel.

Je baisse la tête vers mes pieds.

Je pose les yeux partout sauf sur elle, parce que je n'ai pas envie de lui mentir encore. Je l'ai déjà fait une fois aujourd'hui, c'est une fois de trop.

Je lui prends la main. Elle se laisse faire, ce qu'elle n'accepterait jamais si elle savait la vérité ; je regrette quand même de lui avoir menti. Plus j'attendrai pour reconnaître les faits, plus ce sera difficile.

– Auburn, je n'ai pas trop envie de répondre à cette question, d'accord ?

Je contemple toujours mes pieds. Je ne tiens pas à ce qu'elle lise sur mon visage que je la trouve folle d'avoir accepté de passer le week-end avec moi, parce qu'elle mérite infiniment mieux que ce que je pourrais lui donner. Non pas qu'elle vaille mieux que moi. À vrai dire, elle serait parfaite pour moi et je serais parfait pour elle, mais comment lui imposer les mauvais choix que j'ai faits dans la vie ? Tant que je n'aurai pas trouvé le moyen de réparer mes erreurs, je ne vaudrai pas plus de deux jours avec elle. Bon, elle dit vouloir vérifier comment se passera la première journée avant de décider de rester ou non, mais on sait aussi bien l'un que l'autre que c'est n'importe quoi.

Elle me serre la main.

– Si tu ne me dis pas pourquoi tu t'en vas, je ne te dirai pas pourquoi je suis venue m'installer ici.

Moi qui espérais en apprendre le maximum sur son compte pendant ce week-end… J'avais déjà prévu un interrogatoire en feu roulant. Voilà maintenant qu'il va falloir reculer, parce qu'il n'est pas question que je lui parle de ma vie. Pas pour le moment, en tout cas.

– Comme tu voudras.

J'arrive enfin à soutenir son regard. Elle me serre de nouveau la main et *je ne supporte pas de te voir aussi belle, Auburn*. L'expression apaisée de toute inquiétude, de toute colère, de toute culpabilité. Le vent lui envoie quelques mèches sur la bouche, qu'elle écarte du bout des doigts.

Un jour, je peindrai ce moment.

En attendant, je l'emmène chez Target. Faire des courses.

Parce qu'elle reste avec moi.

Tout le week-end.

*

*   *

Elle est souvent du genre réservé, mais pas en matière de nourriture. Elle sait très bien qu'elle ne restera chez moi que deux jours, ce qui ne l'empêche pas d'en acheter pour deux semaines.

Je la laisse faire, parce que je veux que ce soit le plus beau week-end de sa vie ; la pizza congelée et les corn flakes vont m'aider à rendre la chose possible.

– Je crois qu'on a tout, décrète-t-elle devant le chariot rempli à ras bord. Mais on va devoir prendre un taxi pour rentrer. On ne pourra pas porter tout ça.

Je l'entraîne vers une file d'attente.

– On a oublié quelque chose, dis-je.

– Quoi ? On a acheté tout le magasin.

Je retourne vers les rayons.

– Ton cadeau d'anniversaire.

Si je m'attendais à la voir courir vers moi en protestant, comme n'importe quelle autre fille à sa place, j'en suis pour mes frais. Elle bat des mains. Je crois même qu'elle a poussé un petit cri de joie.

– Combien je peux dépenser ? demande-t-elle en me serrant le bras.

Ça me rappelle le jour où mon père nous a emmenés chez Toys "R" Us, Carey et moi. Mon frère avait deux ans de plus que moi, mais nos anniversaires tombaient à une semaine d'écart. Alors, du temps où Callahan Gentry savait encore se comporter en père, on le fêtait tous ensemble. Je me rappelle une fois, en particulier ; il voulait que l'achat en lui-même tourne à la fête et nous avait dit de choisir chacun un numéro d'allée et un numéro de rayon. Une fois devant le rayon en question, nous pourrions prendre ce que nous voudrions. C'est Carey qui a commencé ; l'heureux veinard s'est retrouvé devant les Lego. Mon tour venu, je n'ai pas eu autant de chance, puisque mon choix nous a portés chez les poupées Barbie. Je me souviens encore à quel point j'en ai été bouleversé. Quant à Carey, c'était le genre de frère qui, quand il ne me tapait pas dessus, se montrait ultra protecteur. Il a demandé à mon père :

– Et si on inversait ? Au lieu de l'allée quatre et du rayon trois, on pourrait faire l'allée trois et le rayon quatre ?

Mon père lui a décoché un sourire empreint de fierté.

– Toi, tu ferais un bon avocat.

Cette fois, on s'est retrouvés au rayon sports. Je ne sais plus ce que j'ai choisi. En revanche, je n'ai jamais oublié cette journée ; malgré ce moment de terreur au rayon Barbie, elle compte parmi les meilleurs souvenirs que je garde de nous trois.

Je prends la main d'Auburn, cesse de pousser le chariot.

– Choisis un numéro d'allée.

Haussant un sourcil, elle regarde derrière elle, à la recherche d'une indication, alors je lui bloque la vue.

– On ne triche pas ! Choisis un numéro d'allée et un numéro de rayon. À cet endroit-là, je t'achèterai ce que tu voudras.

Elle sourit. Ce jeu lui plaît.

– Alors le treize porte-bonheur, dit-elle. Comment savoir combien il y a de rayons ?

– Dis un chiffre. Tu auras peut-être de la chance.

La lèvre inférieure serrée entre le pouce et le majeur, elle se concentre.

– Si je dis rayon un, est-ce que ça serait l'étagère du haut ou du bas ?

– Du bas.

Son œil s'illumine.

– Alors allée treize, rayon deux.

À voir son enthousiasme, on dirait qu'elle n'a jamais reçu de cadeau de sa vie. Et elle se mord la lèvre inférieure pour tenter de cacher sa joie.

Elle est adorable.

Je me retourne. Nous nous trouvons au bout de l'allée treize.

– On dirait que ce sera soit des articles de sport, soit du matériel électronique.

– Ou des bijoux, dit-elle en sautillant sur place.

Et merde ! Les bijoux sont à côté. Je risque d'avoir à payer le cadeau d'anniversaire le plus cher de ma vie. Elle me lâche la main, pousse le chariot en hâte dans l'allée.

– Allez, Owen !

Si je savais qu'un cadeau pouvait la mettre dans cet état, je lui en aurais acheté un le jour de notre rencontre. Et tous les jours depuis.

On est encore en train de parcourir l'allée treize ; on passe le rayon bijoux, le rayon électronique, éliminant donc ces deux possibilités. On s'arrête juste avant l'allée douze et, bien qu'on soit aux articles de sport, elle a encore l'air tout excitée.

– Je n'ose pas !

Sur la pointe des pieds, elle repart vers la treize, contourne la tête de gondole, jette un coup d'œil dans l'allée, me regarde puis se fend d'un immense sourire.

– Les tentes !

Et elle disparaît.

Je la suis avec le chariot, la retrouve en train de tirer une tente de l'étagère.

– Je veux celle-ci ! s'exclame-t-elle.

Puis elle la remet.

– Non, non, celle-là, marmonne-t-elle comme pour elle-même. Il préfère le bleu.

Elle attrape la bleue ; je l'aiderais bien mais préfère ne pas bouger et me contente d'absorber ses paroles.

Il préfère le bleu.

J'ai envie de lui demander de qui elle parle et pourquoi elle songe à camper avec quelqu'un qui aime tant le bleu. Mais je ne dis rien parce que je ne suis pas censé faire de commentaires. Elle m'accorde deux jours, pas l'éternité.

Deux jours.

Ça ne me suffira pas, Auburn. Et celui qui adore le bleu n'aura aucune chance d'entrer sous cette tente parce que je vais m'arranger pour que la seule chose à laquelle elle songe la prochaine fois qu'elle en voit une soit *Oh My God* !

*

* *

Je charge toutes les courses dans le taxi et retourne chercher la tente. Auburn me l'arrache des mains sans me laisser le temps de la placer dans le coffre.

– C'est moi qui la prends. Je veux passer chez moi avant d'aller te rejoindre à la galerie. Alors j'emporte ça.

– Mais pourquoi ?

Ses joues rosissent.

– Tu pourrais me déposer au passage ? Je te retrouve chez toi dans deux heures.

Je n'y tiens pas du tout. Elle pourrait changer d'avis.

– Oui, d'accord, dis-je.

Je lui ouvre la portière arrière. Elle a dû comprendre que je ne tenais pas à la laisser rentrer chez elle, cependant j'essaie de cacher ma déception. En entrant dans le taxi, je la prends par la main. Mais elle indique son adresse au chauffeur.

Je regarde par la fenêtre quand je sens ses doigts serrer les miens.

– Owen ?

Ce sourire désarmant me fait grincer des dents.

– J'ai juste envie de prendre une douche et d'emporter quelques vêtements avant de te rejoindre. Mais je te promets de venir, ça te va ?

Son expression me rassure.

Pas trop sûr de la croire, je hoche pourtant la tête. C'est peut-être sa façon à elle de me faire payer mes faux bonds. Elle lit l'hésitation dans mes yeux et ça la fait rire.

– Owen Mason Gentry, déclare-t-elle en plaçant la tente à côté d'elle.

Après quoi, elle vient s'installer sur mes genoux. Je la prends par la taille sans trop savoir où elle veut en venir, mais ça ne m'inquiète pas assez pour l'arrêter. Elle me prend le visage entre ses mains.

– Owen, arrête de bouder et de douter.

– Tu fais des rimes, maintenant ?

Elle éclate de rire. Ai-je dit que je l'aimais ? Non. Parce que ce serait de la folie. Et impossible.

– Je suis la reine de la rime. Ce n'est qu'une question de frime.

Ses mains retombent sur mon torse et elle jette un coup d'œil vers le plafond, comme si elle réfléchissait au vers suivant de son poème.

– Alors crois-moi, Owen. Tout en moi n'est pas haine.

Elle joue les séductrices et ça marche. En même temps, elle ne peut pas s'empêcher de rire d'elle-même, ce qui lui va encore mieux.

Le taxi s'arrête devant son immeuble. Elle va récupérer sa tente lorsque je lui saisis le visage et l'attire contre moi, pour lui glisser à l'oreille :

– Va prendre ta douche. Va et sois rapide. Qu'enfin je te touche, Auburn Mason Reed.

Quand je recule, elle a perdu son sourire et aussi sa respiration, semble-t-il. Sa réaction me plaît. Je lui ouvre la portière, l'arrachant à sa pâmoison.

– Quel complexe de supériorité, Owen !

Elle se penche pour prendre sa tente. Une fois qu'elle est sortie du taxi, je lui souris et elle en fait autant, mais ni l'un ni l'autre ne nous disons au revoir. Je ne le lui dirai pas avant lundi matin.

*

*   *

Je suis sur le point de sonner à sa porte. Je sais qu'elle n'est partie qu'une heure et qu'elle n'a pas eu le temps de revenir vers ma galerie, mais je n'ai pu m'empêcher de penser à elle, toute seule dans la rue. Déjà, je n'aime pas songer qu'elle effectue ce trajet deux fois par jour pour se rendre au travail et en revenir…

Cela dit, je ne voudrais pas non plus la bousculer, ni lui donner à penser que je ne la crois pas. Je ferais peut-être mieux de rester dans l'escalier et d'attendre qu'elle ouvre. Ainsi, j'aurais l'air d'arriver au moment où elle part. En outre, si elle n'a pas réagi dans deux heures, je pourrai en conclure qu'elle a changé d'avis. Dans ce cas, je n'aurai plus qu'à m'en aller et elle ne saura même pas que je suis venu.

Et si elle était déjà partie, si je l'avais manquée par exemple parce qu'elle aura pris un taxi ? Elle pourrait tout aussi bien se trouver en ce moment devant chez moi, alors que j'ai suivi la décision idiote de venir la chercher. Merde !

– Vous voulez entrer ?

Je me retourne pour découvrir Emory sur le seuil, son sac dans une main, ses clés dans l'autre.

– Auburn est toujours là ?

Elle hoche la tête, m'ouvre grand la porte.

– Oui, dans sa chambre. Elle vient de sortir de la douche.

J'hésite, gêné d'entrer chez elle sans qu'Auburn m'y ait invité. Emory capte mon embarras, alors elle se penche vers l'intérieur :

– Auburn ! Le mec avec qui tu devrais coucher est là ! Pas le flic, l'autre !

Le flic ?

Emory revient vers moi, l'air d'affirmer que je suis le bienvenu. J'aimerais pouvoir lui en dire autant mais, chaque fois qu'elle parle, elle mentionne « l'autre mec ». Je me demande si ce n'est pas lui qui aime tant le bleu.

J'entends Auburn lancer une sorte de grognement :

– Je te jure, Emory, tu aurais besoin de prendre des leçons de bonnes manières.

Elle apparaît sur le seuil tandis que sa coloc passe devant moi et s'éclipse.

Avec ses cheveux mouillés, Auburn a passé un autre jean, un autre t-shirt. J'apprécie qu'elle ne fasse pas de chichis. Elle me dévisage des pieds à la tête.

– Ça ne fait même pas une heure, monsieur l'Impatient.

Elle ne paraît pas irritée. Tant mieux. Elle me fait signe d'entrer, alors je la suis dans l'appartement.

– Je t'aurais aussi bien attendu dehors, dis-je.

Elle s'en va dans sa chambre chercher un sac à dos qu'elle jette sur le bar avec un regard interrogateur.

– Tu t'en fais trop pour moi, Owen. Lundi, tu ne vas pas rigoler.

Elle lâche ça sur le ton de la plaisanterie, mais ne se rend pas compte à quel point elle a raison.

– Oh !

Elle retourne vers le salon, sort la tente de sous le canapé.

– Aide-moi à la dresser avant qu'on s'en aille, dit-elle en repartant vers sa chambre. Elle est minuscule, ça ne devrait pas nous prendre longtemps.

Je ne comprends pas un mot de ce qu'elle raconte : dresser une tente dans sa chambre ? Ce qui ne paraît pas la troubler le moins du monde, alors je ne pose pas de question. Après tout, si ça peut lui faire plaisir…

– Je voudrais la mettre là, indique-t-elle en écartant un tapis de yoga au pied du lit.

J'inspecte la pièce, à la recherche de détails qui me permettraient d'en savoir un peu plus sur elle sans poser de questions. Pas un tableau, pas un portrait sur les murs ni sur la commode, et le placard est fermé. À croire qu'elle a décidé un beau jour de quitter Portland sans emporter de bagages avec elle. Et pourquoi cela ? Ne s'agit-il pas d'un départ permanent ?

Je l'aide à dresser la tente, effectivement beaucoup plus petite que je ne l'aurais imaginé. C'est fait en moins de cinq minutes mais, apparemment, cela ne suffit pas à Auburn. Elle va chercher deux couvertures dans le placard, les dépose dans la tente et se glisse dessous.

– Prends deux oreillers sur mon lit, me demande-t-elle. Il faut qu'on s'allonge là quelques minutes avant de partir.

Je prends les coussins et m'agenouille devant la tente, les lui tends pour qu'elle les prenne, puis la rejoins à l'intérieur. Mais là, je m'allonge sur le côté au lieu de faire exactement ce que je voudrais, c'est-à-dire m'allonger sur elle.

Je suis trop grand pour cette tente, mes pieds dépassent, mais les siens aussi.

– On dirait que tu as acheté une tente pour des personnages imaginaires.

Elle se hisse sur un coude en secouant la tête.

– Je n'ai rien acheté, c'est toi qui l'as payée. C'est une tente d'enfant, Owen. Évidemment qu'on est trop grands pour elle.

Ses yeux se posent sur la fermeture à glissière en haut de l'ouverture.

– Regarde, dit-elle en tirant dessus.

Un filet descend et elle continue à le fermer jusqu'à ce qu'on soit séparés par une sorte d'écran maillé. Elle pose la tête sur son bras, me sourit.

– On se croirait dans un confessionnal.

De l'autre côté, dans la même posture, je l'interroge :

– Lequel des deux se confesse ?

Elle plisse les yeux, tend l'index vers moi :

– À mon avis, tu dois encore quelques petites confessions au monde.

Je lui effleure le doigt à travers le filet ; elle ouvre la paume, la presse contre la mienne.

– On pourrait y passer la nuit, Auburn. J'ai tant de confessions à faire.

Je pourrais lui dire comment je la connais. Lui apprendre pourquoi je cherche tant à la protéger. Mais il est des secrets que j'emporterai dans ma tombe, et celui-là en fait partie.

À la place, je lui fais un autre aveu, sans risque et qui ne signifie pas grand-chose pour moi :

– J'ai trois numéros dans mon téléphone. Celui de mon père, celui d'Harrison et celui de mon cousin Riley, encore que lui, je ne lui aie pas parlé depuis plus de six mois. C'est tout.

Elle ne réagit pas. Elle ne sait pas quoi dire : qui n'a que trois numéros dans son téléphone ? Quelqu'un qui a des ennuis, vraisemblablement.

– Pourquoi tu n'en as pas plus ?

J'aime bien son expression ; elle semble souffrir pour moi, comme si elle comprenait qu'elle n'était pas la seule personne solitaire à Dallas.

– Après mes études secondaires, j'ai en quelque sorte suivi ma propre voie, je me suis concentré sur mon art et rien d'autre. J'ai perdu tous mes anciens contacts quand j'ai changé de téléphone il y a un an et, dès lors, je me suis rendu compte que je n'appelais pour ainsi dire personne. Mes grands-parents sont morts il y a des années. Je n'ai qu'un cousin et, comme je te l'ai dit, on ne se parle pas beaucoup. À part ceux d'Harrison et de mon père, je n'ai besoin d'aucun autre numéro.

Du bout des doigts, elle parcourt ma paume ; ce n'est plus moi qu'elle regarde, mais sa main.

– Montre-moi ton téléphone, demande-t-elle.

Je le sors de ma poche, le lui tends sous le filet, parce que j'ai dit la vérité. Elle peut vérifier. Trois numéros, c'est tout.

Ses doigts s'activent sur l'écran durant quelques secondes et puis elle me rend mon appareil.

– Là. Maintenant, tu en as quatre.

Je peux effectivement constater qu'elle a ajouté son contact. Le nom qu'elle a entré pour la désigner me fait rire.

Auburn Mason-le-plus-beau-des-noms-de-famille Reed.

Je range mon téléphone dans ma poche avant de poser à nouveau ma main sur celle d'Auburn.

– À ton tour, lui dis-je.

– Ah non ! Tu as encore beaucoup de choses à te faire pardonner. Continue.

Je roule sur le dos en soupirant. Je n'ai aucune envie de lui en dire plus, et j'ai peur que, si on ne sort pas bientôt de cette tente, je ne me laisse entraîner à tout lui raconter, y compris ce qu'elle ne voudra pas savoir. Encore que ce soit peut-être la meilleure solution. Au fond, si je lui dis la vérité, elle finira peut-être par l'accepter et me fera confiance en sachant que je reviendrai bientôt et que tout pourra changer… Si je lui dis la vérité, nous aurons peut-être une chance de nous retrouver au-delà de lundi.

– Le soir où je ne suis pas venu te chercher ?

Je marque une pause parce que j'ai le cœur qui bat trop fort, j'ai du mal à réfléchir. Il faut pourtant que je reconnaisse la vérité, mais je ne sais pas comment la présenter. J'ai beau tourner l'annonce dans tous les sens, je sais qu'Auburn la prendra mal. Cependant, j'en ai assez de jouer les innocents devant elle.

Alors je me retourne sur le côté pour lui faire face, j'ouvre la bouche, sur le point de me lancer, quand on frappe à la porte d'entrée.

Son air surpris me confirme qu'elle n'attendait pas de visiteur.

– Je vais voir. Reste ici.

Aussitôt, elle sort de la tente tandis que je me remets sur le dos et respire. Quelques secondes plus tard, elle revient, s'agenouille à ma hauteur.

– Owen.

Son intonation affolée m'alerte aussitôt ; je me soulève sur les coudes tandis qu'elle passe la tête par l'ouverture.

– Je dois ouvrir mais ne sors surtout pas de ma chambre, d'accord ? Je t'expliquerai tout dès qu'elle sera partie. Promis.

Impressionné par son émoi, j'accepte, même si je déteste l'idée qu'elle veuille me cacher à la personne qui a frappé.

Auburn s'en va, referme soigneusement la porte de la chambre. Je retombe sur l'oreiller, tout en écoutant ce qui se passe dans l'entrée. Je vais sûrement avoir droit à une de ses confessions, bien qu'elle n'ait pas vraiment semblé prête à la partager avec moi.

J'entends la porte d'entrée s'ouvrir, et une voix d'enfant qui couine :

– Maman, regarde ! Regarde ce que mamie Lydia m'a acheté !

Et Auburn de répondre :

– Waouh ! C'est exactement celui que tu voulais.

Il vient de t'appeler maman ?

J'entends des pas retentir sur le sol, puis une voix de femme.

– Je sais, je ne t'avais pas prévenue. Mais voilà des heures qu'on aurait dû partir pour Pasadena. Seulement, ma belle-mère vient d'être admise à l'hôpital et Trey est de permanence…

– Oh non, Lydia ! coupe Auburn.

– Oh, elle va bien ! Encore ses histoires de diabète, ça n'arriverait pas si elle prenait ses médicaments comme je le lui ai dit. Mais non, et après elle compte sur la famille pour s'occuper d'elle à sa place.

J'entends une poignée tourner.

– AJ, non ! s'écrie Auburn. Tu n'entres pas dans la chambre de maman.

– Enfin voilà, reprend la femme, il faut maintenant que je lui apporte ses affaires et ils n'acceptent pas les enfants à l'USI, alors je voudrais que tu t'occupes de lui pendant quelques heures.

– Bien sûr, répond Auburn. Ici ?

– Oui, je n'ai pas le temps de vous ramener chez nous.

– Bon.

Auburn paraît plutôt contente. Comme si elle n'avait pas l'habitude que cette femme lui fasse tellement confiance. Au point qu'elle ne semble pas se rendre compte qu'AJ tourne la poignée.

– Je reviendrai le chercher tout à l'heure, poursuit la femme.

– Il peut passer la nuit ici, répond Auburn avec empressement. Je le ramènerai demain matin.

La porte de sa chambre est maintenant ouverte et un petit garçon tombe à genoux devant l'entrée de la tente. Je me soulève sur les coudes et lui souris, parce qu'il me sourit.

– Pourquoi tu es dans la tente ? me demande-t-il.

Je pose un doigt sur ma bouche.

– Chut !

L'air ravi, il vient me rejoindre. Il doit avoir dans les cinq ans, mais n'a pas les yeux verts d'Auburn ; ils sont totalement différents, à la fois bruns, gris et verts. Comme sur une peinture.

Il n'arbore pas non plus la teinte unique de ses cheveux ; les siens sont brun foncé. Il doit tenir de son père, pourtant je vois beaucoup d'Auburn en lui. Surtout dans son expression, et dans sa curiosité.

– C'est une tente secrète ? demande-t-il.

– Oui. Et personne ne sait qu'elle est là, alors ça reste entre nous, d'accord ?

Tout content d'avoir un secret, il hoche la tête.

– Je dirai rien.

– Très bien. Parce que ce ne sont pas les muscles qui rendent les hommes forts, mais les secrets. Plus tu en as, plus tu es fort, à l'intérieur.

– Je veux être fort.

Je m'apprête à lui dire de retourner dans le salon avant d'attirer l'attention sur moi, quand j'entends la porte de la chambre s'ouvrir tout grand.

– AJ, viens embrasser mamie Lydia, dit la femme.

Ses pas se rapprochent. AJ écarquille les yeux.

– Lydia, attendez ! lance la voix d'Auburn un rien paniquée.

Sauf qu'elle l'a dit une seconde trop tard, parce que je n'ai pas eu le temps de retirer mes pieds à l'intérieur de la tente avant l'entrée de cette femme dans la chambre.

J'entends ses pas s'interrompre aussitôt. Inutile de voir son visage pour savoir qu'elle n'est pas très contente qu'AJ se trouve en ce moment près de moi.

– AJ ! s'écrie-t-elle d'un ton ferme. Sors de cette tente, mon chéri.

Le gamin me décoche un sourire et pose un doigt sur sa bouche.

– Je suis pas dans une tente, mamie Lydia. Y'a pas de tente ici.

– Lydia, je vais vous expliquer, intervient Auburn en se penchant vers nous.

Elle fait signe à AJ de sortir et nos yeux se croisent un quart de seconde.

– C'est un ami, dit-elle. Il m'aidait à dresser la tente pour AJ.

– Viens, mon trésor, dit Lydia en tendant la main à l'enfant. Peut-être que ça ne te gêne pas de laisser ton fils en présence d'un total inconnu, mais moi si.

Je perçois aussitôt la déception d'Auburn. Qui envahit également AJ lorsqu'il comprend que sa grand-mère ne va finalement pas le laisser là. Je le suis, sors de la tente, me lève.

– C'est bon, je m'en vais, dis-je. Nous venions juste de terminer de la dresser pour lui.

La femme me toise d'un air dédaigneux. J'en ferais bien autant pour elle mais mieux vaut ne pas aggraver les choses pour Auburn. En revanche, je m'aperçois que j'ai déjà vu cette dame. Ça remonte à un moment, mais elle n'a pas changé, à part ses cheveux noirs et raides, peut-être un peu plus grisonnants. Elle paraît toujours aussi stoïque et intimidante qu'il y a quelques années.

Elle se penche vers AJ.

– Va chercher ton jouet. On doit partir.

Auburn la suit dans le salon.

– Lydia, s'il vous plaît ! C'est lui qui part.

Ce disant, elle me désigne de la main.

– Je vais rester seule avec AJ, promis.

Lydia s'arrête devant la porte d'entrée, l'air excédée.

– Tu le verras dimanche soir. Je vais me débrouiller. Ça m'apprendra à venir chez toi à l'improviste.

Elle lance un regard vers AJ, resté en arrière.

– Dis au revoir à ta mère, AJ.

Le visage crispé d'Auburn se détend soudain en un sourire quand elle vient s'agenouiller devant le petit garçon. Elle le serre dans ses bras.

– Désolée, mais tu vas devoir repartir avec mamie Lydia, ce soir, d'accord ?

Elle se détache de lui, lui passe la main dans les cheveux.

– On se verra dimanche soir.

– Mais j'ai envie de rester ici !

Elle essaie de cacher sa déception, lui caresse encore la tête pour se donner l'air décontracté.

– Un autre soir, d'accord ? Maman doit se lever très tôt pour travailler, demain. Ce ne sera pas drôle pour toi si on va se coucher tout de suite après le dîner.

– Si ça sera drôle, insiste-t-il en désignant la chambre. On pourrait dormir sous la tente…

C'est là qu'il lève les yeux vers moi, s'apercevant qu'il vient de mentionner notre secret. Alors il secoue la tête.

– Y'a pas de tente. Je me suis trompé.

J'ai beau m'en vouloir à mort d'être la cause de toute cette scène, ce gamin m'amuse.

– AJ, on s'en va !

Auburn le serre encore dans ses bras et lui murmure :

– Je t'aime et je t'aimerai toujours.

Elle lui dépose un baiser sur la joue avant de prendre la main de Lydia. Auburn ne se retourne même pas pour dire au revoir à la femme, et je la comprends. Dès que la porte s'est refermée, elle se lève, passe devant moi, fonce dans sa chambre et se réfugie sous la tente dont elle referme l'ouverture.

Et je l'entends pleurer.

Maintenant, je comprends tout. Pourquoi elle en voulait tant à Lydia de lui avoir fait faux bond pour son anniversaire, car cela voulait dire qu'elle n'a pu le passer avec AJ.

Pourquoi elle a dit qu'il préférait le bleu.

Pourquoi elle est venue au Texas, alors qu'elle semble si peu s'y plaire.

Et pourquoi je suis désormais dans la totale impossibilité de me détacher d'elle. Pas après avoir vu ça. Pas après avoir vu l'incroyable amour qu'elle porte à ce petit enfant.

Onze

Auburn

J'entends la tente se rouvrir, je sens une main se poser sur mon poignet, suivie d'un bras qui se glisse sous mon oreiller. Owen m'attire contre lui et j'ai aussitôt envie de me dégager. En même temps, je suis surprise du réconfort que je trouve entre ses bras. Je ferme les yeux, attends ses questions. Je profiterai de cette douceur jusqu'à ce qu'il gâche tout avec sa curiosité.

Ses mains remontent le long de mes bras, me caressent doucement. Au bout de plusieurs minutes de silence, il trouve mes doigts, les entremêle avec les siens.

– Quand j'avais seize ans, énonce-t-il doucement, ma mère et mon frère aîné sont morts dans un accident. C'était moi qui conduisais.

Je ferme les paupières. Impossible d'imaginer une chose pareille. Soudain, mes problèmes paraissent futiles.

– Mon père est resté plusieurs semaines dans le coma. Je n'ai pas quitté son chevet un seul jour. Pas parce que je tenais à être là quand il se réveillerait, mais parce que je ne savais pas où aller.

La maison était déserte. Mes amis avaient leur vie, je ne les ai pas beaucoup vus après l'enterrement. J'avais quelques membres de la famille éloignée qui passaient nous voir au début mais ça n'a pas duré. À la fin du premier mois, nous n'étions plus que papa et moi, dans la chambre. J'étais terrorisé à l'idée que, s'il mourait lui aussi, je n'aurais plus aucune raison de vivre.

Lentement, je roule sur le dos, le regarde.

– Et que s'est-il passé ?

Owen passe les doigts sur mon front, pour écarter les cheveux qui s'y collaient.

– Il s'en est tiré, bien sûr. Il s'est réveillé un mois jour pour jour après l'accident. J'étais content qu'il se réveille, évidemment, mais il a bien fallu que je lui annonce ce qui s'était passé. Il ne se rappelait rien de la journée qui a précédé le choc, ni des moments qui ont suivi. Et quand j'ai dû lui annoncer que maman et Carey étaient morts, j'ai vu la vie quitter ses yeux. Depuis, je ne l'ai pas vue revenir.

J'essuie une larme.

– Je suis navrée.

Il fait non de la tête, comme s'il se passait de mes condoléances.

– Ce n'est pas une chose sur laquelle je m'apitoie. Je n'étais pas responsable de l'accident. Bien sûr, ils me manquent et j'en souffre tous les jours, mais je sais aussi que la vie doit continuer.

Ses doigts se promènent doucement sur ma joue. Il ne me fixe pas, ses yeux partent plus loin, dans le vague.

– Parfois, ils me manquent tellement, ça me fait mal ici, dit-il en se frappant la poitrine du poing. J'ai l'impression que quelqu'un me serre le cœur de toutes ses forces.

Je vois très bien ce qu'il veut dire. C'est ce que je ressens chaque fois que je pense à AJ et au fait qu'il ne vive pas avec moi.

– Lorsque j'éprouve cette sensation, reprend-il, je pense à tout ce qui me manque le plus. Comme le sourire de ma mère ; quoi qu'il arrive, il avait le don de me réconforter. Même si on était fâchés, elle n'avait qu'à s'agenouiller pour me sourire, et j'étais réconforté. Même quand elle était de mauvaise humeur, elle y arrivait. Parce que pour elle, rien ne comptait plus que mon bonheur. Et ça me manque. Parfois, ça me manque tellement qu'une seule chose m'apaise : la peindre.

Il part d'un petit rire en ajoutant :

– Je dois avoir une vingtaine de portraits de ma mère. Ça fait un peu psycho.

Je ris avec lui mais, en constatant combien il aime sa mère, je sens de nouveau la douleur m'oppresser la poitrine, et mon rire s'étrangle. Je me demande si AJ éprouvera jamais de tels sentiments envers moi, car, actuellement, je ne peux pas être le genre de mère que je souhaiterais pour lui.

Owen me prend la joue dans la main, me contemple d'un air grave.

– J'ai vu comment tu le regardais, Auburn. J'ai vu comment tu lui souriais. Comme ma mère quand j'étais petit. Alors je me fiche de ce qu'une femme peut penser de toi en tant que mère ; je te connais à peine, mais j'ai senti combien tu aimais ce petit garçon.

Je ferme les yeux, laisse ses paroles panser mes blessures de maman.

Je suis mère depuis plus de quatre ans maintenant.

Quatre.

Et, depuis quatre ans, Owen est la première personne à me donner l'impression que je pourrais être une bonne mère. Bien qu'il me connaisse à peine, qu'il ignore tout de ma situation, je sens sa conviction dans ses paroles. Le simple fait qu'il croie en ce qu'il affirme, m'y fait croire, moi aussi.

– C'est vrai ? dis-je en rouvrant les yeux. Parce que, parfois, j'ai l'impression…

Il m'interrompt d'un mouvement catégorique de la tête.

– Non ! Je ne connais pas ta situation et je suppose que si tu avais eu envie que je la connaisse, tu m'aurais déjà tout raconté. Alors je ne demande rien. Mais je peux te dire que ce que je viens de voir, c'était une femme qui profite de tes points faibles. Ne la laisse pas te mettre dans cet état, Auburn. Tu es une bonne mère.

D'autres larmes m'échappent et je détourne vivement la tête. Je sais au fond de moi que je pourrais être une bonne mère si Lydia m'en laissait la chance. Je sais que je ne suis pas responsable de la tournure qu'ont prise les choses. J'avais seize ans, je n'étais pas prête quand je l'ai mis au monde. Mais je n'aurais jamais cru que cela fasse tant de bien que quelqu'un d'autre croie en vous.

En découvrant l'existence d'AJ, Owen aurait aussi bien pu disparaître à jamais de ma vie. En découvrant que je n'avais pas la garde de mon fils, il aurait pu me juger. Mais non, il profite de l'occasion pour m'encourager, me réconforter. Personne n'a jamais eu cette réaction depuis la mort d'Adam.

Je ne saurai me contenter de lui dire merci. Je préfère le regarder dans les yeux. Il semble encore hésiter, alors je passe une main derrière sa tête, lève ma bouche vers la sienne.

Je l'embrasse doucement et il ne fait rien pour m'en empêcher, mais ne cherche pas non plus à prolonger cet instant. Simplement, il accepte le baiser, pousse un profond soupir. Je n'ouvre pas les lèvres et ni l'un ni l'autre ne tentons d'aller plus loin. Je crois que nous avons tous les deux compris qu'il s'agissait davantage d'un « je te remercie » que d'un « je te désire ».

Quand je me détache de lui, il a les yeux clos et semble aussi apaisé que je le suis grâce à lui.

Je me rallonge sur l'oreiller et le vois soulever lentement les paupières. Un sourire lui étire les lèvres. Il est allongé auprès de moi et nous contemplons tous les deux le haut de la tente.

Petit à petit, j'en viens à expliquer ma propre situation :

– Son père était mon premier amour.

Je ne raconte pas ça à beaucoup de gens, mais, sans trop savoir pourquoi, je tiens à ce qu'Owen le sache.

– J'avais quinze ans quand il est mort. Quinze jours plus tard, j'ai appris que j'étais enceinte. Lorsque mes parents l'ont découvert, ils ont voulu que je le fasse adopter. À part moi, ils avaient quatre autres bouches à nourrir et c'était déjà très dur pour eux. Ils ne pouvaient en aucun cas y ajouter un bébé ; sauf que moi, je n'avais absolument pas l'intention d'abandonner mon enfant. C'est là que Lydia nous a proposé un compromis. Si j'acceptais de lui confier la garde du nouveau-né, je pourrais vivre avec elle et l'aider à l'élever. Elle voulait la garantie que je ne le ferais pas adopter et, pour cela, elle demandait la garde exclusive de l'enfant. Elle disait aussi que ce serait plus facile en matière d'assurance médicale. Je n'ai pas posé de question. J'étais jeune, je ne comprenais rien à rien. Je voyais une seule chose : c'était le seul moyen pour moi de garder AJ, alors j'ai accepté. J'aurais signé n'importe quoi pour continuer à le voir. Quand AJ est né, elle a presque aussitôt mis la main dessus. Elle n'était jamais contente de ce que je faisais. Je me sentais ignare. Peu à peu, je me suis mise à croire tout ce qu'elle disait. Je n'avais aucune expérience, elle avait élevé d'autres enfants, d'où je concluais qu'elle en savait plus que moi. Le temps que je termine le lycée, c'était Lydia qui décidait de tout. Entre autres du fait qu'il allait rester avec elle pendant que je ferais mes études à l'université.

Owen me prend la main, la serre, et ce geste d'encouragement me réconforte car cette confession n'a rien de facile pour moi.

– Au lieu de partir quatre ans à l'université, je me suis inscrite dans une école de cosmétologie qui ne durait qu'un an. Une fois mon diplôme obtenu, je comptais trouver un emploi et prendre AJ avec moi. Mais, trois mois avant la fin de l'année scolaire, son mari est décédé. Alors elle est revenue au Texas, pour se rapprocher de Trey, son autre fils. Et elle a emmené le mien avec elle.

– Et voilà pourquoi tu t'es installée au Texas ? soupire Owen. Tu ne pouvais l'empêcher de quitter l'Oregon ?

– Elle avait le droit de l'emmener où elle voulait. Elle disait que le Texas c'était mieux pour élever un enfant et que si je voulais le meilleur pour AJ, je viendrais moi aussi, une fois mon diplôme obtenu. Mon dernier cours s'est achevé à dix-sept heures, un vendredi et, moins de vingt-quatre heures plus tard, j'arrivais dans l'appartement.

– Et tes parents ?

– Ils approuvaient mes décisions mais ne sont jamais intervenus. Ils ne connaissent pas vraiment AJ, puisque je suis partie de chez eux dès ma grossesse. Et puis ils ont déjà assez de soucis comme ça. Je n'ai aucune envie de leur dire comment Lydia me traite, ça ne ferait que les culpabiliser davantage de m'avoir laissée partir il y a si longtemps.

– Alors tu leur dis que tout va bien ?

Du coup, je ne peux m'empêcher de le regarder dans les yeux, un peu inquiète de ce que je pourrais y lire. Mépris ? Déception ? Mais non, rien de tout ça. Plutôt de la compassion, et un soupçon de colère.

– Je peux dire que je déteste Lydia ? demande-t-il.

– Moi aussi je la déteste, dis-je en riant. Mais en même temps, je l'aime bien. Elle porte le même amour que moi à AJ, et je sais que lui aussi l'aime beaucoup. C'est important, tu sais. Mais je ne lui aurais jamais laissé la garde si j'avais su que ça se terminerait comme ça. Je croyais qu'elle voulait m'aider, maintenant, je me rends compte qu'elle se sert d'AJ pour remplacer le fils qu'elle a perdu.

Owen se retourne complètement pour me faire face, presque solennellement.

– Tu vas le récupérer, dit-il. Aucun tribunal ne refuserait de te rendre ton fils.

– Malheureusement j'ai déjà vérifié. Un tribunal n'arrache pas un enfant à quelqu'un qui l'élève depuis sa naissance, sauf en cas de raison précise. Lydia n'acceptera jamais de le laisser vivre avec moi à temps complet. Je n'ai pas d'autre choix que de faire mon possible pour l'apaiser, tout en économisant jusqu'au moindre centime afin de pouvoir payer l'avocat que j'ai engagé pour m'aider. Mais lui-même n'a pas bon espoir.

Il appuie la tête sur une main, ramène l'autre vers mon visage, passe les doigts sur ma joue dans une caresse qui me donne envie de fermer les yeux. Je parviens cependant à les garder ouverts.

– Tu sais ? me dit-il en souriant. Grâce à toi, je me rends compte que je n'aime rien de plus que la détermination chez les gens.

Je sais que je le connais à peine, pourtant, je n'ai aucune envie qu'il s'en aille lundi. Depuis mon arrivée au Texas, il représente le seul élément positif auquel je puisse me raccrocher.

– Je ne veux pas que tu t'en ailles, Owen.

Cette fois, il arrête de me regarder. Sa main se pose sur mon épaule et il trace du doigt une figure invisible qu'il suit des yeux. On dirait qu'il veut s'excuser, et pas seulement du fait qu'il s'en va. Quelque chose de plus profond l'obsède, sa confession ne demande qu'à lui couler de la bouche. Il la ravale pourtant.

– Ce n'est pas à cause du boulot, lui dis-je. Tu ne vas pas chercher du travail lundi ?

Il ne me regarde toujours pas. Il n'a même pas besoin de répondre, son silence confirme mon impression.

Il finit pourtant par lâcher :

– Non.

– Où vas-tu ?

Là il frémit un peu. Où qu'il aille, il ne veut pas me le dire. Il craint ma réaction. Et, franchement, je redoute ce que je vais entendre. J'ai eu ma dose de controverses pour la journée.

Enfin, il relève la tête, pose les yeux dans les miens et son expression accablée me fait regretter d'avoir posé cette question. Il va me répondre quand je fais non de la tête.

– Je ne veux pas le savoir maintenant. Tu me le diras après.

– Après quoi ?

– Après ce week-end. Je ne veux pas penser aux aveux, ni à Lydia. On n'a qu'à passer les prochaines vingt-quatre heures à oublier les tristes réalités de nos vies.

Cette fois, il semble apprécier.

– En voilà une bonne idée !

Ce moment d'émotion est interrompu par le grondement sourd de mon estomac. Gênée, je me crispe un peu et ça fait rire Owen.

– Moi aussi, j'ai faim, dit-il en sortant de la tente.

Il me tend la main pour m'aider à me lever.

– Tu veux qu'on dîne ici ou chez moi ? demande-t-il.

– Je ne sais pas si je peux refaire tout ce chemin le ventre creux. Tu aimes les pizzas surgelées ?

*
*   *

On ne fait que réchauffer une pizza mais c'est le moment le plus agréable que j'aie passé avec un garçon depuis Adam. Quand on tombe enceinte à quinze ans, on n'a pas vraiment le temps de sortir à droite et à gauche. Alors, dire que je manque d'expérience serait un doux euphémisme. Moi qui avais le trac dès qu'un mec se pointait dans les parages… tandis qu'Owen me fait l'effet contraire. Tout s'apaise à son approche.

Selon ma mère, il y a les gens qu'on rencontre, dont on fait connaissance, et il y a ceux qu'on rencontre et qu'on connaissait déjà. Pour moi, Owen fait partie de la deuxième catégorie. Nos personnalités semblent se compléter, comme si on se connaissait depuis toujours. Jusqu'ici, je ne me rendais pas compte à quel point j'avais besoin de quelqu'un comme lui dans ma vie. Quelqu'un qui emplisse les trous que Lydia a percés dans mon amour-propre.

– Si tu n'avais pas eu tellement besoin de passer vite un diplôme, quelles études tu aurais faites ?

– N'importe quoi, toutes !

Debout devant le comptoir à côté du four, il éclate de rire, ce qui ne m'empêche pas de poursuivre.

– Je déteste couper les cheveux. Je déteste écouter les problèmes des gens. Je t'assure, leurs petites histoires me mettent toujours de mauvais poil.

– On fait un peu le même métier tous les deux. Je peins des confessions, toi tu les écoutes.

Du coup, je m'en veux, j'ai l'air de cracher dans la soupe.

– Il y a quand même des clients qui sont très sympas. J'en retrouve certains avec plaisir. Finalement, ils sont plus nombreux que ceux qui m'agacent. Ce n'est pas leur faute si j'ai dû prendre un emploi qui ne me plaît pas.

– La bonne nouvelle c'est que tu es jeune. Mon père me disait qu'aucun choix dans la vie n'est permanent, à part le tatouage.

– Je ne suivrai pas forcément ce raisonnement… Et toi ? Tu as toujours voulu être artiste peintre ?

Le four sonne et Owen l'ouvre aussitôt pour voir où en est la pizza. Il la remet à l'intérieur. Même avec un plat décongelé, ça fait de l'effet de voir un homme s'activer dans la cuisine.

Il s'appuie de nouveau au comptoir.

– Je n'ai pas choisi d'être artiste. Je dirais plutôt que j'ai été choisi.

J'aime bien cette réponse. J'en suis aussi un peu jalouse parce que j'aurais voulu posséder un talent naturel moi aussi. Une chose qui m'aurait choisie, pour que je n'aie pas à couper des cheveux à longueur de journée.

– Tu as déjà envisagé de reprendre tes études ? me demande-t-il. Ne serait-ce que pour te spécialiser dans une matière qui t'intéresse ?

– Un jour peut-être. Pour le moment, mon seul objectif est AJ.

Il accueille ma réponse d'un sourire approbateur. Pour ma part, je ne vois pas quoi lui demander d'autre, d'ailleurs j'aime bien ce silence, j'aime bien la façon dont Owen m'observe dans ces instants de tranquillité. Son sourire s'attarde sur moi et m'enveloppe comme une couverture.

Assise sur le bar face à lui, je prends appui sur mes mains, regarde mes pieds se balancer, de peur qu'il ne finisse par deviner à quel point j'aime l'observer.

Sans un mot, il commence à s'approcher de moi et je me mords la lèvre inférieure car il a une idée derrière la tête et certainement aucune envie de poser d'autres questions. Il pose les paumes sur mes genoux, les remonte lentement d'abord le long de mes cuisses puis jusqu'à mes hanches.

Et moi, je me perds dans ses yeux. Il me fixe avec une ardeur inimaginable, plaque une main au creux de mes reins pour m'attirer vers lui ; je m'agrippe à ses bras car je ne sais pas trop ce qui va se passer, ni si je l'accepterai.

À mesure que ses lèvres s'approchent des miennes, son sourire disparaît. Mes paupières frémissent avant de se fermer complètement à l'instant où sa bouche m'effleure.

– J'ai envie de faire ça, murmure-t-il, depuis le moment où je t'ai aperçue pour la première fois.

Au début, son baiser ressemble ni plus ni moins à celui que je lui ai donné sous la tente. Doux, suave et innocent. Innocence qui disparaît à l'instant où il passe la main dans mes cheveux tout en m'ouvrant les lèvres de sa langue.

J'ignore comment on peut se sentir à la fois si lourd et si léger, mais j'ai l'impression d'être lestée d'un nuage. À mon tour, je lui prends la nuque afin de l'embrasser en essayant d'y mettre autant de ferveur, mais je ne vois pas comment l'entraîner dans un état semblable au mien.

Il installe mes jambes autour de sa ceinture puis me soulève du bar et m'emporte vers le salon sans cesser de m'embrasser. J'essaie d'ignorer l'odeur de la pizza trop cuite dans le four, parce que je n'ai pas envie qu'il arrête. Mais j'ai aussi terriblement faim et je ne veux pas qu'elle brûle.

– Je crois que ça va brûler, dis-je à l'instant où on atteint le canapé.

Il me dépose doucement sur le dos, secoue la tête.

– Je t'en ferai une autre, dit-il en reposant sa bouche sur la mienne.

Tout d'un coup, je me fiche éperdument de la pizza.

Il s'approche à son tour du canapé mais ne s'allonge pas sur moi, prenant appui sur ses bras de chaque côté de ma tête, et ne donne pas l'impression de chercher autre chose qu'un baiser.

Alors c'est ce que je lui offre. Je l'embrasse et il m'embrasse et nous n'arrêtons que lorsqu'un signal d'alarme retentit. Dès que nous comprenons que ça vient d'ici, on se sépare d'un bond. Il se rue vers le four, l'ouvre, tandis que j'agite la boîte pour éventer le détecteur de fumée.

Owen sort une pizza tellement carbonisée qu'elle en est immangeable.

– On pourrait peut-être s'arrêter pour dîner en route, me propose-t-il.

L'alarme s'arrête enfin et je rejette la boîte sur le comptoir.

– À moins d'attaquer les provisions annuelles que tu as achetées aujourd'hui chez Target.

Il enlève son gant et me reprend la main pour m'attirer vers lui, pose ses lèvres sur les miennes.

Ses baisers représentent le plus beau des régimes amincissants parce que, chaque fois que nos bouches se rencontrent, j'oublie complètement que je meurs de faim.

C'est à ce moment-là que retentissent des coups à la porte. Nos langues se séparent et on tourne la tête ensemble pour voir apparaître Trey dans l'encadrement. Dommage que ma première réaction me pousse à m'écarter d'Owen, comme si j'étais coupable ; comme si j'étais liée à Trey, pour une raison ou pour une autre. À vrai dire, je me serais détachée de toute façon.

J'aurais quand même préféré que ce ne soit pas Trey.

– Merde, murmure Owen.

Il a l'air complètement défait, les épaules abattues ; à croire qu'il n'a pas compris ce qui amenait ce policier chez moi.

De son côté, Trey se dirige vers la cuisine en le fusillant du regard.

– Qu'est-ce que vous faites là ?

Cependant, Owen ne cherche pas à lui répondre. C'est moi qu'il regarde :

– Auburn. J'ai quelque chose à te dire.

Le rire de Trey me fait frémir.

– Et qu'est-ce que vous auriez à lui dire ? Vous ne l'avez pas déjà prévenue ?

Owen ferme les yeux quelques secondes, les rouvre, fixe le policier.

– Quand est-ce que vous me lâcherez, Trey ? Putain !

Mon cœur bat à tout rompre ; j'ai l'impression que je vais découvrir pourquoi ils se parlent ainsi, même si je n'ai pas trop envie de le savoir. Ce ne peut être que désagréable.

Trey fait deux pas vers Owen, et tous deux se retrouvent face à face, à quelques centimètres l'un de l'autre.

– Foutez le camp de son appartement. Foutez le camp de sa vie. Et là, je vous laisserai peut-être tranquille.

– Auburn ! lance Owen.

Mais Trey s'interpose, m'empêchant de le voir. Il transpire la colère.

– Ce type que tu ramènes chez toi, ce type que tu as laissé approcher ton fils. Il a été arrêté pour détention de stupéfiants, Auburn.

Je pars d'un rire incrédule. Je ne vois pas pourquoi Trey dit ça. Il recule et je vois de nouveau Owen.

Mon cœur devient trop lourd quand je distingue l'expression de son visage, marquée de défaite et de regret. C'était donc ce qu'il s'apprêtait à me dire tout à l'heure, la confession que je lui ai conseillé de reporter à lundi.

– Owen ?

Ma voix n'était qu'un murmure à peine audible.

– Je voulais te le dire, me souffle-t-il. Ce n'est pas aussi grave que ça en a l'air, Auburn. Je t'assure.

Il effectue un pas vers moi mais Trey intervient, le plaque contre le mur, lui colle une main sur la gorge.

– Vous avez cinq secondes pour dégager d'ici.

Owen ne m'a pas quittée des yeux, malgré la main qui l'étrangle.

– Laissez-moi prendre mes affaires et je m'en vais.

Trey ne le relâche qu'au bout de plusieurs secondes et il se rend dans ma chambre pour y « prendre ses affaires ».

Or il n'avait rien apporté du tout.

Trey se tourne vers moi :

– L'oncle de ton fils est policier et toi tu ne penses pas un instant à vérifier le passé des gens que tu laisses entrer dans ta vie ?

Que répondre à ça ? Il a raison.

Quand Owen sort, il profite de ce que Trey ne s'est pas encore retourné pour me désigner la tente d'un petit signe de la tête. Puis il file vers la porte d'entrée sans se retourner.

Trey la claque derrière lui avant de me faire face, les mains sur les hanches, comme s'il attendait une explication. Si je n'étais pas certaine qu'il allait ensuite tout raconter à Lydia, je l'enverrais promener. Mais là, je fais comme toujours, soucieuse de leur plaire à tous les deux.

– Désolée, je ne savais pas.

Il s'approche de moi, me secoue doucement les bras.

– Je m'inquiète pour toi, Auburn. Je t'en prie, ne fais confiance à personne avant de m'avoir demandé à qui tu as affaire. J'aurais pu te prévenir, pour lui.

Il m'étreint et je dois prendre sur moi pour le serrer à mon tour comme un frère.

– Il ne faut pas que sa réputation vienne s'interposer entre toi et ton fils. Ce serait mauvais pour toi.

Je hoche la tête contre sa poitrine alors que je n'ai qu'une envie, l'envoyer promener avec ses menaces à peine masquées. Il est bien comme sa mère, toujours à se servir d'AJ pour me manipuler.

Ça me brûle et sape cette belle confiance en moi, que je venais tout juste d'acquérir grâce à Owen.

Je me détache de lui avec un sourire forcé.

– Je ne veux plus le voir.

C'est dur à dire, d'autant qu'il y a du vrai dans cette affirmation. Je bous de colère contre Owen.

– Merci de m'avoir prévenue, j'ajoute.

Là-dessus, je vais ouvrir la porte et attends qu'il comprenne.

– Je voudrais rester un peu seule, maintenant. La journée a été longue.

– On se voit dimanche soir ?

Je fais oui de la tête, m'arrache encore un sourire. Dès qu'il est sorti, je cadenasse et file dans ma chambre. Là, je me glisse sous la tente, trouve un morceau de papier sur mon oreiller.

S'il te plaît, viens me voir à la galerie ce soir. J'ai des choses à te dire.

Je relis tellement le message que je pourrais le retranscrire avec la même écriture. Je m'allonge en soupirant, incapable de prendre une décision. Rien ne saurait excuser le fait qu'il aille en prison, encore moins qu'il m'ait menti. Pourtant, malgré tout ce qui vient de se passer, j'ai mal pour lui. Je le connais à peine, néanmoins je sens mon cœur se serrer à en étouffer. Il faut que je le revoie, ne serait-ce que pour lui dire au revoir.

Douze

Owen

J'aurais dû lui avouer. À l'instant où je suis sorti de ma garde à vue, j'aurais dû filer chez elle et tout lui dire.

Voilà plus d'une heure que je vais et viens à travers ma galerie, ce qui ne m'arrive que dans les moments de colère. Et là, je suis tellement énervé que je vais finir par creuser le plancher.

Au moins, je sais qu'elle a lu mon message, maintenant. Voilà plus de deux heures que je l'ai laissé sur son oreiller et je commence à croire qu'elle m'a déjà lâché. Comment le lui reprocher ? J'ai beau essayer de me convaincre que Trey ne vaut rien pour elle et que je ne suis pas aussi dangereux qu'elle le croit, j'ai l'impression que je ne vais pas en profiter. Sans parler de ce qu'elle a pu entendre sur mon compte.

Alors que je me dirige vers l'escalier, j'entends frapper au portail. Je ne me précipite pas : je galope.

J'ouvre et son regard croise un instant le mien, avant qu'elle n'en jette anxieusement un autre par-dessus son épaule. Après quoi, elle entre presque subrepticement, referme derrière elle.

Je n'aime pas ça. Elle a peur de venir ici, peur d'être suivie.

Elle ne me fait pas confiance, son expression dit assez sa déception.

Il faut qu'on discute, mais je n'ai aucune envie de le faire maintenant. Alors je viens à sa hauteur, ferme la porte à clé.

– Merci d'être venue.

Elle ne répond pas. Elle attend autre chose.

– Tu veux monter ?

Après avoir vérifié les alentours du regard, elle me suit dans l'escalier. C'est fou ce que les choses ont changé entre nous. Il y a deux heures, tout était parfait. Et maintenant…

Étonnant, la distance qu'une révélation peut créer entre deux personnes…

Je vais à la cuisine nous chercher à boire. Ça l'aidera peut-être à rester plus longtemps. J'ai tellement d'explications à lui donner, pourvu qu'elle m'écoute un peu !

Elle ne veut rien boire.

Elle m'attend debout au milieu de la pièce et on dirait qu'elle a peur de s'approcher de moi. D'un regard circulaire, elle inspecte les environs, comme si elle n'avait jamais mis les pieds ici. Elle me regarde autrement maintenant qu'elle sait.

Je la laisse s'installer peu à peu. Enfin son regard croise le mien et une longue pause s'ensuit avant qu'elle ne trouve le courage de m'interroger.

– Tu te drogues, Owen ?

On ne peut pas dire qu'elle tourne autour du pot. Sa franchise me fait grincer des dents car c'est une question à laquelle on ne peut répondre que par un oui ou par un non. Or, à la façon dont elle considère l'escalier, elle ne semble pas vouloir attendre la réponse.

– Si je te disais non, ça ferait une différence entre nous ?

Elle reste un moment à m'observer avant de répondre :

– Non.

Je me doutais qu'elle allait dire ça. Du coup, je n'ai plus envie de donner mon point de vue. À quoi bon, puisque mes réponses ne comptent pas ? En lui racontant la vérité, je risque seulement de tout compliquer.

– Tu vas en prison ? me demande-t-elle. C'est pour ça que tu as dit que tu t'en allais ?

J'ouvre la bouteille, me sers un verre de vin. J'avale une longue gorgée avant de lui répondre :

– Sans doute. C'est ma première condamnation, alors je ne pense pas en avoir pour longtemps.

Dans un soupir, elle ferme les yeux, baisse la tête comme si elle ne tenait plus à échanger un regard avec moi.

– Je veux récupérer la garde de mon fils. Ils pourraient t'utiliser contre moi.

– Qui, *ils* ?

– Lydia et Trey. Ils ne me feront jamais confiance s'ils savent que nous sommes liés d'une façon ou d'une autre.

Je m'attendais à une sorte d'adieu quand elle est arrivée ici mais je n'aurais pas cru que ça me ferait si mal. Je me sens idiot de ne pas avoir vu le coup venir. J'étais tellement inquiet de ce qu'elle penserait de moi en découvrant la vérité que je n'avais pas encore songé combien sa relation avec son fils pourrait en souffrir.

Je me verse un autre verre de vin. Peut-être pas une bonne idée de faire ça devant elle maintenant qu'elle est au courant de mon arrestation.

Elle va probablement tourner les talons et s'en aller. Et puis non. En fait, elle s'approche de moi.

– Ils vont te proposer une désintox à la place ?

Je vide mon deuxième verre.

– Je n'en ai pas besoin.

Je pose le verre dans l'évier.

La déception la gagne. Je connais ce regard. Je l'ai assez vu maintenant pour savoir ce qu'il signifie ; elle est passée du désir à la pitié.

– Je n'ai pas de problème de drogue, Auburn, dis-je en me penchant tout près d'elle. Mon problème c'est que tu paraisses si proche de Trey. C'est sans doute moi qui ai un casier, mais c'est de lui dont tu devrais te méfier.

Elle part d'un rire désabusé.

– Il est flic, Owen. Toi, tu vas en taule pour détention de drogue. Auquel des deux devrais-je me fier ?

– À ton instinct.

Elle regarde ses mains croisées sur le bar, serre les pouces.

– Mon instinct me dit de faire ce qu'il y a de mieux pour mon fils.

– Exactement. C'est pour ça que je t'ai dit de te fier à ton instinct.

Elle relève la tête et je lis la douleur dans ses yeux. Je n'aurais pas dû lui infliger ça. Je vois exactement ce qu'elle peut ressentir : amertume, déception, colère. Je les vois chaque fois que je me regarde dans une glace.

Je contourne le bar pour lui saisir le poignet, l'attirer contre moi, l'entourer de mes bras. Elle me laisse faire quelques secondes durant. Et puis elle me repousse en secouant vigoureusement la tête.

– Je ne peux pas.

Ces quatre mots n'ont qu'un sens.

Fin.

Déjà elle se dirige vers l'escalier.

– Auburn, attends !

Je cours derrière elle. J'entends ses pas résonner en bas, dans la galerie. Je ne veux pas qu'elle s'en aille ainsi, parce que si c'est sur cette impression, elle ne voudra jamais revenir.

Je descends les marches quatre à quatre et la rejoins à l'instant où elle pose la main sur la poignée du portail. Je lui attrape le bras, la tourne vers moi et presse mes lèvres sur les siennes.

Treize

Auburn

Il m'embrasse avec une ardeur rageuse, mais aussi comme s'il s'excusait et voulait me noyer de sa tendresse. Nos langues se rencontrent, offrant un dernier sursis à nos adieux. Nous poussons en même temps un léger soupir digne de la sensation que devrait provoquer un baiser. Mes genoux se mettent à flageoler.

Je lui rends son baiser, bien qu'il ne doive aboutir à rien, ne se concrétiser en aucune façon, ne réparer aucune des erreurs qu'Owen a commises ; mais je sais aussi que ce pourrait être la dernière fois que j'éprouverai ce genre de sensation, et je ne voudrais pas m'en priver.

Il m'entoure de ses bras, glisse une main dans ma nuque puis remonte dans mes cheveux. On dirait qu'il cherche à mémoriser toutes ses sensations quand on s'embrasse, car il sait qu'après ce baiser, il ne lui en restera plus que des souvenirs.

Quand je pense que nous en sommes aux adieux, ça commence à m'exaspérer ; il avait fait naître l'espoir en moi, avant de laisser Trey tout gâcher avec la vérité.

Notre baiser devient douloureusement réel. Nous prenons chacun conscience de ce que nous sommes en train de perdre, et ça fait mal. Quand je pense que je suis peut-être tombée sur une des rares personnes au monde qui ait pu me mettre dans cet état, et voilà qu'il faut déjà y renoncer…

J'en ai assez de renoncer à tout ce qui compte vraiment dans ma vie.

Il se détache de moi, me contemple d'un air peiné, me caresse la joue du pouce, puis les lèvres.

– C'est déjà douloureux, souffle-t-il.

Sa bouche se repose sur la mienne, y dépose un baiser velouté avant de me murmurer à l'oreille :

– Alors c'est tout ? Ça se termine comme ça ?

Je fais oui de la tête, alors que c'est la dernière chose dont j'aie envie. La fin a bel et bien sonné. Même s'il devait complètement changer de vie, ses erreurs passées ne pourraient qu'affecter la mienne.

– Parfois on n'a pas droit à une deuxième chance, Owen. Parfois, il faut renoncer.

– On n'a même pas eu de première chance.

J'ai envie de lui dire que ce n'est pas ma faute. Mais il le sait bien. Il ne me demande pas non plus de lui accorder une autre chance. Il est juste atterré que ce soit déjà fini.

Appuyant les paumes contre la baie vitrée derrière moi, il m'enferme entre ses bras.

– Je suis désolé, Auburn. Tu as beaucoup de soucis dans ta vie et je ne voulais surtout pas te rendre les choses plus difficiles.

Il m'embrasse sur le front, se détache du portail et s'éloigne de quelques pas.

– Je comprends, ajoute-t-il. Et je le regrette.

Je ne supporte pas son regard peiné, encore moins son ton résigné. Sans rien répondre, je tire le loquet et je m'en vais.

J'entends le portail se refermer derrière moi et ce son devient le moins agréable de ma vie. Le cœur gros, je vois de quoi Owen parlait quand il disait que quelqu'un lui manquait. Sauf que c'est difficile à comprendre quand on ne connaissait pas cet être quelques semaines auparavant.

Il y a les gens qu'on rencontre, dont on fait connaissance, et il y a ceux qu'on rencontre et qu'on connaissait déjà. Je me moque du temps que j'ai mis à le connaître. Je me fiche qu'il m'ait menti. J'ai le droit d'être triste et de le regretter parce que, quoi qu'il ait pu faire, jamais personne ne m'avait inspiré de tels sentiments. Grâce à lui, je me sens fière d'être mère. Alors tant pis si je verse quelques larmes en le quittant, j'ai le droit.

À mi-chemin vers la maison, alors que je sèche les derniers pleurs que je me suis autorisée à verser en guise d'adieu, une voiture ralentit à ma hauteur. J'y jette un coup d'œil, reconnais aussitôt les insignes de la police. Je m'arrête net alors que Trey abaisse sa vitre et se penche vers moi.

– Monte, Auburn.

Sans discuter, je viens m'asseoir à la place passager et il repart en direction de mon immeuble. Je me doute qu'il ne va pas me dire que des amabilités, sans trop savoir s'il va jouer les grands frères hyper protecteurs ou les copains jaloux. Techniquement, il n'est ni l'un ni l'autre.

– Tu étais encore chez lui, là ?

Je regarde par la fenêtre sans trop savoir ce que j'ai envie de lui répondre. Si je dis non, il saura bien que je mens, or je tiens à ce qu'il me croie. Il faut que sa mère et lui, plus que personne d'autre au monde, sachent que tout ce que je fais, je le fais pour AJ.

– Oui, il me devait de l'argent.

Je l'entends pousser un énorme soupir puis il va se garer le long du trottoir. Je n'ai aucune envie de le regarder dans les yeux, seulement je le sens qui frotte sa mâchoire crispée.

– Je venais de te dire qu'il était dangereux, Auburn. Tu es idiote, ou quoi ?

J'en ai par-dessus la tête ! J'ouvre la portière, sors, la claque derrière moi. Je n'ai pas effectué trois pas qu'il se plante devant moi.

– Il n'est pas dangereux, Trey. C'est un toxicomane. Et il n'y a rien entre nous. Je suis juste allée chercher ma paie pour mon travail dans sa galerie.

Il me dévisage d'un air dubitatif. Je lève les yeux au ciel.

– Bon sang, Trey, s'il se passait quelque chose, je serais restée plus de cinq minutes ! On dirait que tu me fais une crise de jalousie !

Pourtant, il m'empêche encore de passer, m'examine un bon moment.

– Je suis jaloux, Auburn.

Là, il faut que je ravale le nœud qui se forme dans ma gorge. Je ne quitte pourtant pas Trey des yeux, en attendant qu'il corrige ses paroles. Mais je ne lis que de la sincérité dans son regard.

C'est le frère d'Adam. L'oncle d'AJ.

Je ne peux pas.

C'est Trey.

Je le contourne, repars. On n'est plus qu'à une rue de mon immeuble, je ne suis donc pas étonnée de l'entendre surgir derrière moi. Mais je continue à marcher en essayant de faire le point sur ces deux dernières heures. Sauf que c'est un peu difficile alors que je suis poursuivie par le frère jaloux de mon compagnon décédé.

Arrivée devant ma porte, je l'ouvre, me retourne pour faire face à Trey qui me dévisage. Je m'apprête à lui dire bonsoir quand il lève un bras, pose la main sur l'encadrement.

– Tu y penses, parfois ?

Je sais exactement à quoi il fait allusion mais je joue les innocentes.

– À quoi ?

Son attention se concentre sur mes lèvres.

– À nous.

Nous.

Moi et Trey.

Franchement non, je n'y pense jamais. Mais je ne veux pas le vexer, alors je préfère ne rien dire.

– Ça tient debout, Auburn.

Je fais non de la tête, presque un peu trop vivement. Je ne voudrais pas apparaître trop catégorique, pourtant c'est exactement ce que je ressens.

– Pas du tout ! Tu étais le frère d'Adam. Tu es l'oncle d'AJ. Il n'y comprendrait plus rien.

Il s'avance encore, mais son approche ne me fait pas du tout le même effet que celle d'Owen. Là, je suffoque, j'ai besoin d'air.

– J'aime ce petit garçon, Auburn. Je représente l'unique figure paternelle de sa vie. Il vit chez moi avec ma mère, et si toi et moi étions ensemble…

Je me redresse d'un coup.

– J'espère que tu ne vas pas te servir de mon fils pour m'expliquer que je dois sortir avec toi !

La colère de ma voix me surprend moi-même.

Trey se passe une main dans les cheveux, l'air de ne plus savoir que répondre. Il examine un instant le palier.

– Arrête, marmonne-t-il, je ne me sers pas de lui, même si c'est l'impression que ça donne. Je dis juste… que ça collerait bien, nous deux.

Je ne réponds pas car, quelque part, il a raison. Lydia lui fait plus confiance qu'à n'importe qui au monde. Et si Trey et moi étions ensemble…

– Réfléchis-y, reprend-il. On peut commencer lentement, voir si ça colle.

Il s'écarte un peu de moi et, tout de suite, je respire.

– On en reparlera dimanche soir, achève-t-il. Il faut que je me remette au boulot. Promets-moi que tu vas laisser ta porte bien fermée.

J'acquiesce et ça m'agace, parce que je ne veux pas qu'il me croie un instant capable de la moindre hésitation.

En même temps, ça tient debout. Il vit dans la même maison qu'AJ et Lydia, or je ne rêve que de passer plus de temps avec mon fils. J'en suis au point de payer le prix qu'il faudra. J'ai trop besoin de lui, il me manque tellement.

Si bien que, malgré moi, je ne peux repousser cette offre. Je n'éprouve pas pour Trey un centième de ce que j'éprouvais pour Adam. Je ne peux même pas le comparer avec Owen.

Pourtant, il a raison. Si je sortais avec lui, je me rapprocherais d'AJ. Ce petit bonhomme pour lequel je suis prête à tous les sacrifices du monde.

Quoi qu'il m'en coûte.

*

* *

Avant mon déménagement, Lydia m'avait assuré que la circulation n'était pas problématique à Dallas. Quand je lui ai demandé combien de temps il me faudrait pour aller de l'immeuble que je visais à leur maison, elle avait répondu :

– Oh, c'est à quinze kilomètres tout au plus.

Elle n'avait pas précisé que quinze kilomètres à Dallas, ça fait dans les trois quarts d'heure en taxi. La plupart du temps, je ne quitte mon travail qu'à dix-neuf heures. Le temps que j'arrive chez elle, AJ est sur le point de se coucher. D'où elle a conclu que je n'avais pas besoin de venir le voir en semaine.

– Ça le rend insupportable, explique-t-elle.

Ainsi, il ne me reste que les dîners du dimanche soir et ces quelques jours de semaine où je parviens à la convaincre de me laisser venir chez elle, pour voir mon fils. Bien entendu, je prolonge les dimanches autant que possible. Parfois j'arrive à l'heure du déjeuner et ne repars pas avant qu'il soit couché. Je sais que ça irrite Lydia mais je n'en ai rien à fiche. C'est mon fils, je ne devrais pas avoir à demander l'autorisation de lui rendre visite.

Aujourd'hui, j'ai passé un moment particulièrement long avec lui et j'en ai adoré chaque seconde. Dès que je me suis réveillée ce matin, j'ai pris une douche et appelé un taxi. Je suis arrivée alors qu'ils finissaient le petit déjeuner et AJ ne m'a pas quittée de la journée. Juste après le dîner on est allés s'installer sur le canapé puis il s'est endormi sur mes genoux, au beau milieu d'un dessin animé. En général, je fais la vaisselle et je range avant de partir mais, ce soir, pas question. J'ai juste envie de garder mon petit garçon assoupi dans mes bras.

J'ignore si Trey essaie de prouver à quel point il est homme d'intérieur ou si je le vois soudain d'un autre œil, mais il s'active à la cuisine. À l'entendre, il vient de charger le lave-vaisselle.

Je lève la tête quand il apparaît dans l'entrebâillement de la porte entre la cuisine et le salon. Il sourit en nous voyant pelotonnés l'un contre l'autre sur le canapé.

Il nous observe un moment sans rien dire, jusqu'à ce que Lydia vienne rompre le charme.

– J'espère qu'il ne dort pas depuis longtemps, lance-t-elle en désignant AJ dans mes bras. Quand on le laisse s'endormir trop tôt, après il se réveille en pleine nuit.

– Ça fait à peu près vingt minutes, lui dis-je. Ça ira.

Elle prend place dans un fauteuil près de nous, regarde Trey toujours debout devant la porte.

– Tu travailles ce soir ? lui demande-t-elle.

– Oui, en fait, il faut que j'y aille. Auburn, je te ramène chez toi ?

Je jette un regard sur AJ dans son nirvana ; je n'ai aucune envie de le lâcher maintenant, mais, si je le garde auprès de moi, je ne suis pas certaine de pouvoir me lancer dans ce que j'avais prévu. Je n'ai cessé de m'encourager intérieurement à évoquer notre arrangement avec Lydia, et ce soir me semble aussi indiqué qu'un autre.

– Je voulais d'abord parler de quelque chose à ta maman, dis-je à Trey.

Je sens le regard de Lydia se poser sur moi mais ne le lui rends pas. En principe, après avoir si longtemps vécu chez eux, je ne devrais pas avoir peur d'elle. Difficile, cependant, de ne pas redouter quelqu'un qui détient tous les pouvoirs sur la chose la plus importante de votre vie.

– Quoi qu'il en soit, ça peut attendre, Auburn, dit-elle. Je suis épuisée et Trey doit aller travailler.

Je passe la main dans les cheveux d'AJ. Il tient de son père ces boucles douces et fines comme de la soie.

– Lydia, dis-je le cœur serré et la gorge sèche.

Elle me coupe toujours l'herbe sous le pied dès que je fais mine de vouloir lui parler, mais il va falloir que je résiste.

– Je voudrais qu'on discute de la garde. Et je serais contente qu'on le fasse ce soir parce que ça me tue de ne pas le voir autant qu'avant.

Quand on vivait ensemble à Portland, je le voyais tous les jours. La garde ne comptait pas beaucoup puisque je rentrais de l'école pour me retrouver le soir dans la même maison que mon fils. Même si c'était Lydia qui prenait toutes les décisions, je me sentais bien la mère d'AJ.

Pourtant, du jour où elle est descendue sur Dallas, il y a quelques mois, je me suis sentie la plus mauvaise mère du monde. Je ne peux plus le voir. Chaque fois que je lui parle au téléphone, je raccroche en larmes. Rien ne m'empêchera de penser qu'elle fait exprès de mettre cette distance entre nous.

– Auburn, tu sais que tu peux venir le voir quand tu veux.

– Justement non !

J'ai crié ça d'une voix geignarde comme une gamine. Tant pis, je continue :

– Vous n'êtes pas contente quand je viens les soirs où il a école et vous ne l'avez même pas autorisé à passer une nuit chez moi.

Elle lève les yeux au ciel.

– J'avais de bonnes raisons pour ça. Comment veux-tu que je fasse confiance aux gens que tu laisses entrer chez toi ? Le dernier que tu recevais dans ta chambre est un repris de justice.

Je jette un regard en coin vers Trey qui détourne aussitôt la tête. Il sait très bien qu'en rapportant le passé d'Owen à sa mère, il a dressé une barrière entre AJ et moi. Il ne peut que voir la colère sur mon visage.

– Je vais mettre AJ au lit, annonce-t-il.

Au moins ça. Le petit n'a pas besoin d'être réveillé par nos disputes. Je laisse son oncle le prendre et me tourne vers Lydia.

– Je ne l'aurais jamais laissé en présence de mon fils, lancé-je pour me défendre. Il ne se serait même pas trouvé dans mon appartement si j'avais su que vous m'ameniez AJ.

Elle serre les dents, plisse les yeux. Je déteste quand elle me regarde comme ça.

– Qu'est-ce que tu me demandes, Auburn ? Tu veux offrir à ton fils des parties pyjama ? Tu veux rappliquer ici tous les soirs au dîner pour qu'il s'énerve au point de ne plus vouloir se coucher ?

Exaspérée, elle se dresse d'un bond.

– J'ai élevé cet enfant depuis sa naissance, tu ne crois tout de même pas que j'accepterai de le voir entouré d'inconnus.

À mon tour je suis debout. Pas question de la laisser me toiser de toute sa taille, de me donner le moindre sentiment d'infériorité.

– Nous l'avons élevé depuis sa naissance, Lydia. J'étais présente à chaque étape. C'est mon fils. Je suis sa mère. Je ne devrais pas avoir à vous demander votre permission lorsque je veux passer du temps avec lui.

Elle m'écoute, l'air attentive. Puisse-t-elle comprendre à quel point elle se montre injuste.

– Auburn, répond-elle avec un sourire forcé, des enfants, j'en ai élevés avant lui ; je connais l'importance d'un rythme régulier dans la vie quotidienne. Si tu veux lui rendre visite, parfait. Mais nous allons devoir établir un programme précis afin que cela n'ait pas un effet négatif sur lui.

Dans l'espoir de me calmer un peu, je pousse un soupir, me frotte le visage.

– Un effet négatif? dis-je. Quel effet négatif peut produire sur lui sa propre mère en venant le border tous les soirs ?

– Il a besoin de régularité, Auburn…

– C'est justement ce que j'essaie de lui offrir !

J'ai parlé si fort que je me tais. C'est vraiment la première fois de ma vie que j'élève la voix devant elle.

Comme Trey revient, elle en profite :

– Mon fils va te ramener chez toi. Il est tard.

Elle ne dit pas au revoir, n'attend même pas ma réponse. Elle s'en va comme si la conversation était terminée. Je ne peux pas m'empêcher de marmonner :

– C'est pas vrai…

Non seulement je n'ai pas pu lui dire que mon fils devrait vive avec moi, mais je n'ai même pas pu commencer à lui présenter mes intentions. Elle n'a que ces mots à la bouche : « régularité » et « habitudes », comme si je le sortais constamment du lit à minuit pour l'emmener manger des crêpes. Tout ce que je demande c'est de voir mon fils plus souvent qu'elle ne me l'accorde. Je ne comprends pas qu'elle reste indifférente à ma souffrance. Elle devrait être contente que je veuille ainsi remplir mon rôle. Je suis sûre que beaucoup de gens dans sa situation aimeraient bien que les parents de leurs petits-enfants s'en occupent un peu.

Le rire de Trey m'arrache à mes pensées. Jamais je n'ai autant eu envie de boxer quelqu'un.

Il a dû voir que ça ne me plaisait pas mais ne s'excuse pas pour autant ; au contraire, il sort ses habits du placard en ricanant :

– Eh bé ! Tu viens de crier devant ma mère !

Alors qu'il attache l'étui de son arme à son uniforme, je lui jette un regard noir en maugréant :

– Ravie que ma situation te fasse rire.

Là-dessus je passe devant lui et sors pour me rendre directement à sa voiture où j'entre m'installer avant de claquer la portière. Dès que je me retrouve seule dans l'obscurité, je fonds en larmes.

Je pleure de toutes mes forces jusqu'à ce que je voie Trey sortir de la maison ; alors je m'essuie en hâte les joues. Tandis qu'il s'installe au volant, je regarde par la fenêtre en montrant clairement que je ne tiens pas à faire la conversation.

Il a dû comprendre car il n'ouvre pas la bouche jusqu'à mon immeuble. Et même si la circulation est fluide, vingt minutes de trajet, ça fait long quand on ne dit rien.

Une fois garé devant chez moi, il sort de la voiture et me suit dans l'escalier. Je ne suis pas de meilleure humeur quand j'atteins ma porte mais il ne me laisse pas entrer dans l'appartement sans dire au revoir, et m'attrape par le bras.

– Je suis désolé. Je ne riais pas de ta situation, Auburn. Je… je ne sais pas quoi dire. Personne ne crie jamais après ma mère, et j'ai trouvé ça drôle. En fait, j'ai trouvé ça plutôt sexy. C'était la première fois que je te voyais en colère.

Je ne peux pas m'empêcher de le regarder dans les yeux.

– Sans blague, Trey ?

Je jure que s'il avait la moindre chance de me séduire, il vient de la gâcher irrémédiablement.

Il ferme les yeux, recule, lève les mains comme pour s'excuser.

– C'était un compliment, assure-t-il. Mais on dirait que ce n'est pas le moment, alors on essaiera une autre fois, si tu veux.

Je le laisse partir d'un petit geste d'adieu et ferme la porte derrière moi. Quelques secondes s'écoulent, et puis j'entends la voix de Trey dans le couloir.

– Auburn, s'il te plaît, ouvre !

Dans un soupir exaspéré, je tire le loquet et le retrouve les bras croisés, l'air affligé ; il appuie la tête sur l'encadrement, ce qui me rappelle Owen l'autre soir, exactement dans la même posture. C'était mieux quand c'était Owen.

– Je vais parler à ma mère, reprend-il. Tu as raison. Tu devrais passer plus de temps avec AJ, et elle ne te facilite pas la tâche.

– C'est vrai ? Tu vas faire ça ?

Il se rapproche un peu de moi.

– Je ne voulais pas te contrarier, tout à l'heure. J'essayais de te détendre mais j'ai l'impression que je m'y suis mal pris. Ne m'en veux pas, d'accord ? Je ne crois pas que je le supporterais.

– Je ne t'en veux pas, je… Enfin, c'est ta mère qui me rend folle, parfois.

– Tu m'étonnes, sourit-il. Bon, il faut que j'y aille. On en reparlera, d'accord ?

Cette fois, je lui souris. La promesse de parler à sa mère le vaut bien. Il recule, se retourne et s'en va. Je ne ferme que lorsque je l'ai vu disparaître au coin du couloir. Et là, je sursaute en apercevant Emory debout à quelques pas de moi.

Un chat dans les bras.

Un chat que je reconnais aussitôt.

Complètement abasourdie, je désigne Chatte-Owen :

– Que… ? Comment ?

– Il est passé il y a une heure.

– Il a laissé son chat ?

Ma coloc se dirige vers le salon.

– Oui, avec une lettre paraît-il. Il a dit que tu saurais où la trouver.

Je vais dans ma chambre, m'agenouille pour entrer sous la tente. Un papier plié m'attend sur l'oreiller. Je m'allonge pour lire tranquillement le message.

Auburn,

Je sais que c'est beaucoup te demander, mais je ne vois personne d'autre à qui confier Owen. Mon père est allergique aux chats, c'est d'ailleurs pour ça que j'en avais pris un.

Harrison est parti quelques jours et ne rentrera pas avant mardi ; tu pourras la déposer chez lui ensuite.

Je sais que je l'ai déjà trop dit, mais je suis désolé. Tu mérites le meilleur et là, ce n'est pas moi qui pourrai te le donner. Si j'avais su qu'un jour tu frapperais à ma porte, j'aurais fait autre chose de ma vie.

Tout autre chose.

S'il te plaît, ne laisse personne te dominer. Tu vaux mieux que ça.

Au revoir.

PS : Je sais qu'un de ces jours tu devras laisser quelqu'un entrer pour utiliser tes toilettes. Sois gentille, enlève ces jolies savonnettes en coquillage. Je ne supporterais pas l'idée que quelqu'un puisse les aimer autant que moi.

PPS : Tu ne dois nourrir Owen qu'une fois par jour. Elle n'est pas compliquée à vivre. Merci d'avance de t'occuper d'elle, même si tu ne la gardes que quelques jours. Je sais qu'elle sera entre de bonnes mains.

Owen

Secouée de sanglots, je referme la lettre et sors immédiatement prendre Chatte-Owen dans mes bras pour l'emmener dans ma chambre où je m'enferme. Je m'allonge sur le lit avec elle. Sans se faire prier, elle s'étire à côté de moi.

Je serai contente de m'occuper d'elle tout le temps qu'il faudra ; ça me donnera l'impression de rester proche d'Owen. J'en ai besoin et, quelque part, ça me fait du bien.

parfois je me demande
s'il ne serait pas plus facile
d'être morte que d'être sa mère

Owen Gentry

je t'aimerai toujours,
même quand je ne pourrai plus.

Quatorze

Owen

Je regarde mon père qui vient d'apparaître, l'air penaud, sur le seuil de la salle de détention. Je suis assis à une table en tous points semblable à celle où on m'avait installé après mon arrestation, il y a quelques semaines. Sauf que, maintenant, je paie le prix de cette arrestation.

Je pousse un peu mes menottes qui commencent à me faire mal aux poignets.

– À quoi servent tes diplômes en droit si tu ne peux pas me tirer d'ici ?

Bon, c'est un peu nul de ma part mais je suis hors de moi. Furieux. En état de choc car je viens d'être condamné à quatre-vingt-dix jours de prison ferme alors qu'il s'agissait d'un premier délit. Je sais que c'est dû avant tout à la présence du juge Corley qui présidait la séance. On dirait que je n'ai pas vraiment de chance, ces derniers temps ; mon sort entre les mains d'un des prétendus amis de mon père…

Celui-ci ferme la porte. C'est sa dernière visite avant que je sois emmené en cellule et, franchement, j'aurais préféré qu'il ne se montre pas.

Il s'approche de moi, me toise de toute sa hauteur.

– Bon sang, pourquoi as-tu refusé la cure de désintoxication ? gronde-t-il.

– Parce que je n'en ai pas besoin.

– Tu n'avais qu'à y passer quelques jours et tout ça aurait disparu de ton casier.

Il est en colère, il crie. Il m'avait conseillé d'accepter la désintox mais je sais que c'était avant tout, pour lui, un moyen d'accepter mon arrestation. Il aurait mieux digéré que je passe mon temps à me soigner plutôt qu'à faire de la prison. Du coup, c'est ce que j'ai choisi, pour le contrarier.

– Je peux parler au juge Corley, lui dire que tu n'as pas pris la bonne décision et lui demander de bien vouloir reconsidérer sa sentence.

– Papa, va-t'en, maintenant.

Il reste planté là, pétrifié comme une statue.

– Va-t'en ! Je n'ai pas besoin de tes visites. Je ne veux pas que tu me téléphones. Je ne veux pas te parler pendant mon séjour ici, parce que j'espère que tu suivras tes propres conseils.

Comme il ne bouge toujours pas, je m'approche de lui, puis m'en vais taper à la porte.

– Laissez-moi sortir ! je crie au gardien.

Mon père me pose une main sur l'épaule, mais je m'en débarrasse.

– Arrête, papa. Je ne peux pas… là.

La porte s'ouvre et on m'emmène dans un couloir, loin de mon père. Une fois qu'on m'a ôté mes menottes et que la grille s'est refermée sur moi, je m'assieds sur le lit, me prends la tête dans les mains pour réfléchir au week-end où j'ai terminé ici. Au week-end où j'aurais dû agir différemment.

Si seulement j'avais compris que mes actions ne servaient à rien, ne protégeaient personne.

Je collabore, voilà des années qu'il en est ainsi. *Et maintenant je paie le prix fort, c'est-à-dire toi, Auburn.*

TROIS SEMAINES PLUS TÔT

Je jette un coup d'œil à mon téléphone et grince des dents en reconnaissant le numéro de mon père. S'il m'appelle si tard, c'est pour une raison bien précise.

– Je ferais mieux d'y aller, dis-je en éteignant le téléphone et en le rangeant dans ma poche.

Je glisse ma tasse vers elle et vois son expression s'altérer, mais elle se retourne vivement pour la cacher.

– Merci pour le job, dit-elle. Et pour m'avoir ramenée à la maison.

Je m'appuie sur le bar, me frotte le visage alors que j'aurais plutôt envie d'y mettre un coup de poing. Tout se passait si bien entre nous et il a fallu que je coupe cet appel de mon père, ce qui me donne automatiquement l'air de faire le contraire de ce que c'était.

Elle va croire que je m'en vais parce que la personne qui m'a appelé est une fille. Bien sûr, je m'en veux de la décevoir, mais j'aime bien la sentir jalouse, ça veut dire qu'elle éprouve des sentiments pour moi.

Elle fait mine de s'occuper en lavant ma tasse, si bien qu'elle ne me sent pas arriver derrière elle.

– Ce n'était pas une fille, lui dis-je.

La proximité de ma voix la fait sursauter et elle fait volte-face, les yeux écarquillés. Comme elle ne répond pas, je me rapproche encore et insiste, pour m'assurer qu'elle me croit :

– Je ne veux pas vous laisser croire que je m'en vais parce qu'une fille viendrait de m'appeler.

Une lueur de soulagement lui traverse le regard et elle esquisse un petit sourire mais se retourne vers l'évier, comme pour cacher sa satisfaction.

– Ce n'est pas mon problème, Owen.

Évidemment que ce n'est pas son problème, n'empêche qu'elle se sent au moins aussi concernée que moi.

Je viens placer mes deux paumes autour d'elle sur l'évier et je pose le menton sur son épaule, j'ai envie d'enfouir mon visage dans son cou, de humer son odeur, mais je reste immobile. J'ai de plus en plus de mal à contrôler mes pulsions quand je la sens s'abandonner ainsi à moi.

J'ai envie de tant de choses en ce moment, de l'envelopper dans mes bras, de l'embrasser, de la soulever de terre pour l'emporter dans le lit. J'ai envie de passer la nuit avec elle. J'ai envie de lui avouer tout ce que je garde pour moi depuis qu'elle est apparue devant ma porte.

Mes désirs m'absorbent tellement que je suis prêt à faire la dernière chose qui me tente, en l'occurrence ralentir le mouvement pour ne pas trop l'effaroucher.

– Je voudrais vous revoir.

– D'accord, répond-elle.

À cet instant, je dois faire appel à toute ma volonté pour ne pas l'étreindre d'un seul coup. Je parviens quand même à rester calme alors qu'elle m'accompagne à sa porte et qu'on se dit au revoir.

Une fois que je me retrouve dans le couloir, j'ai envie de frapper de nouveau chez elle, de l'obliger à me rouvrir pour la quatrième fois, afin que je puisse poser mes lèvres sur les siennes, prendre un avant-goût de ce que l'avenir nous réserve sans doute.

Alors que je n'ai pas encore décidé de partir en attendant demain ou d'insister afin de lui offrir un premier baiser, mon téléphone choisit pour moi. Je le sors de ma poche dès qu'il sonne et demande à mon père.

– Ça va ?

– Owen… merde… ce…

À son intonation, je sens tout de suite qu'il a bu. Il murmure quelques paroles inintelligibles et puis… plus rien.

– Papa ?

Silence. En sortant de l'immeuble, je me bouche l'autre oreille pour tâcher de mieux l'entendre.

– Papa !

J'entends un bruissement et un autre murmure.

– Je sais, je n'aurais pas dû faire ça… désolé, Owen, je n'ai pas pu…

J'essaie de garder mon calme, mais ne parviens pas à le comprendre.

– Dis-moi où tu es, j'arrive.

Il marmonne un nom de rue, non loin de chez lui. Je lui dis de rester sur place et je cours chercher ma voiture chez moi.

J'ignore totalement dans quel état je vais le trouver. J'espère seulement qu'il n'a pas commis une bêtise qui risque de lui valoir une arrestation. Jusqu'ici, il a eu de la chance, mais le jeu consiste justement à ne pas trop la forcer.

*

*   *

En arrivant dans la rue indiquée, je ne vois rien de spécial autour de moi. Juste quelques maisons par-ci par-là, à peu près comme dans son quartier. Jusqu'à ce que j'aperçoive enfin sa voiture, en travers du trottoir.

Je me gare à proximité, sors en hâte, me précipite vers l'avant pour vérifier qu'il n'a rien renversé. Ses feux arrière sont allumés, on dirait en fin de compte qu'il n'a pas su comment retourner sur ses pas dans cette voie en cul de sac.

Il est affalé à l'avant, la portière est verrouillée.

– Papa !

Je frappe à la fenêtre jusqu'à ce qu'il ouvre les yeux. Après quelques gestes incertains, il finit par baisser sa vitre.

– Tu t'es trompé de bouton, dis-je.

En même temps, je passe la main par l'ouverture et débloque la serrure.

– Bouge-toi de là !

Il appuie la tête contre le dosseret, me regard d'un air navré.

– Je vais bien, marmonne-t-il, j'avais juste besoin d'une petite sieste.

Sans tenir compte de ses protestations, je le pousse à coups d'épaules pour le forcer à s'écarter vers la place passager. Malheureusement, je commence à avoir la technique : c'est la troisième fois, cette année, que je dois lui porter secours. Ce n'était pas aussi grave quand il ne prenait que des antidouleurs mais, maintenant qu'il les mélange à l'alcool, il lui devient de plus en plus difficile de cacher son état.

J'essaie de faire démarrer la voiture mais la vitesse est restée en première. Je la passe au point mort et repars, me replace sur la chaussée sans difficulté.

– Comment tu as fait ça ? me demande-t-il. Ça ne marchait pas, tout à l'heure.

– Tu étais resté en première, papa. Tu pouvais toujours essayer…

En passant devant ma voiture, sagement garée à sa place, j'actionne ma clé pour la verrouiller. Il va falloir que je demande à Harrison de venir me prendre et de me suivre jusqu'ici pour que je puisse la récupérer, une fois que j'aurai déposé mon père chez lui.

On n'a pas roulé deux kilomètres que celui-ci se met à pleurer. Appuyé à la portière, il a le corps secoué de sanglots. Au début, ça m'inquiétait, maintenant, je m'en fiche. Quelque part je m'en veux de ne plus m'émouvoir devant sa dépression.

– Désolé, Owen, geint-il. J'ai essayé… tant que j'ai pu… essayé… essayé…

Il pleure tant que ses paroles deviennent plus difficiles à capter, pourtant il continue :

– Encore deux mois. C'est tout ce qu'il me faut. Ensuite, je me ferai soigner. Juré.

Il continue à verser des larmes de honte et c'est le plus difficile pour moi. Je supporte ses sautes d'humeur, ses capitulations, ses coups de téléphone en pleine nuit. Depuis le temps que ça dure, j'ai fini par m'y habituer.

Ce qui me bouffe, ce sont ses larmes. En le voyant à ce point désolé, je me sens obligé d'accepter ses excuses. En écoutant sa voix brisée par la dépression, je me retrouve catapulté dans l'horreur de cette nuit-là et j'ai beau vouloir le haïr pour sa faiblesse, je ne peux que le louer d'être encore vivant. Je ne suis pas sûr qu'à sa place j'aurais eu la volonté de continuer à vivre.

Ses pleurs s'arrêtent un instant, lorsque les lumières emplissent la voiture. J'ai eu assez souvent droit à des contrôles de police pour savoir qu'ils arrêtent presque toutes les voitures qui circulent à cette heure avancée de la nuit. Cependant, l'état de mon père ne me rassure pas.

– Papa, dis-je en me garant, je m'occupe de tout. Si tu ouvres la bouche, il saura que tu es ivre.

Hochant la tête, il regarde d'un air anxieux le flic s'approcher. Je presse mon père :

– Où est ton assurance ?

Il fouille dans la boîte à gants tandis que j'abaisse ma vitre.

J'ai tout de suite l'impression de reconnaître le flic, sans plus trop savoir où je l'ai déjà vu ; quand il se penche pour me regarder dans les yeux, je me souviens. Je crois qu'il s'appelle Trey. Incroyable que je me rappelle ça !

Super. Il faut que je tombe pile sur le seul type que j'aie jamais boxé.

Il n'a pas l'air de me reconnaître, c'est déjà ça.

– Permis et assurance, lance-t-il d'un ton sec.

Je sors mon permis de mon portefeuille et mon père me tend son assurance. Le flic vérifie d'abord mon identité et grimace un sourire.

– Owen Gentry ?

Il éclate de rire, tape le permis contre le toit.

– Ouf ! Je n'aurais jamais cru revoir ce nom.

D'accord, je suis repéré. Pas terrible.

S'aidant de sa lampe torche, il inspecte l'habitacle, commençant par l'arrière, puis arrive sur mon père, qui se cache les yeux du coude.

– C'est vous, Callahan ?

Mon père hoche la tête mais ne répond pas.

Trey se remet à rire.

– J'en ai de la chance, ce soir !

Je suppose qu'il le connaît en tant qu'avocat, mais faut-il s'en réjouir ? Après tout, il prend la défense de criminels que la police arrête…

Trey abaisse sa lampe et recule.

– Descendez de voiture, monsieur.

Il s'adresse à moi, aussi j'obtempère. J'ouvre la portière, descends. Aussitôt, il m'attrape par le bras, m'obligeant à me retourner contre le capot, et là, il commence à me fouiller.

– Avez-vous quelque chose à déclarer ?

Qu'est-ce qu'il raconte ? Je fais non de la tête.

– Non, je ramenais juste mon père à la maison.

– Avez-vous bu quelque chose ce soir ?

Je réfléchis à ce que j'ai avalé au bar tout à l'heure mais ça remonte à plus de deux heures. Je ne suis pas certain de devoir le mentionner. Mon hésitation ne lui plaît pas. Il me retourne, me balance la lumière dans les yeux.

– Qu'avez-vous bu ?

Secouant la tête, je plisse les paupières, essaie de distinguer quelque chose.

– Deux verres, il y a plusieurs heures.

Il recule, dit à mon père de sortir. Une chance que celui-ci parvienne à ouvrir sa portière.

– Faites le tour de la voiture, lui lance Trey.

Il le regarde sortir en trébuchant, arriver en s'accrochant à la carrosserie. Impossible de cacher son état, mais depuis quand est-il illégal de transporter un passager ivre ?

– Puis-je fouiller le véhicule ?

J'interroge mon père du regard, mais il ferme les yeux, apparemment sur le point de s'effondrer. J'hésite à refuser cette fouille, ce serait le meilleur moyen d'éveiller les soupçons du policier. D'autant que mon père sait très bien ce qu'il en coûte de détenir des substances illégales. Alors, même s'il était assez idiot pour vouloir conduire en état d'ivresse, je doute qu'il ait eu en sa possession quoi que ce soit qui risque de mettre sa carrière en danger.

– Allez-y, dis-je en haussant les épaules.

Je n'ai qu'une envie : que Trey passe à autre chose et que nous puissions repartir.

Il nous ordonne de rester derrière le véhicule pendant qu'il se penche sur le siège avant. Mon père semble soudain revenir à la vie et l'observe anxieusement, les mains jointes, les yeux écarquillés. Alors je comprends que Trey risque de trouver quelque chose de compromettant.

– Papa…

Il pose sur moi un regard plein de regret.

Je ne saurais dire combien de fois il m'avait promis de se faire soigner. Il a trop attendu.

Le voilà qui ferme les paupières alors que Trey entreprend d'examiner l'arrière puis en sort un, deux, trois flacons de pilules, qu'il ouvre l'un après l'autre.

– On dirait de l'oxycodone, marmonne Trey en faisant rouler une pilule entre le pouce et l'index.

Il m'interroge du regard, se tourne vers mon père.

– L'un d'entre vous a-t-il une ordonnance pour ce médicament ?

À mon tour, je regarde mon père, espérant contre toute attente qu'il en a bien une. Autant croire au père Noël.

Et ce connard de Trey qui sourit, comme s'il venait de découvrir un filon. L'une après l'autre, il remet les pilules dans leur flacon.

– Vous savez, dit-il sans lever la tête, que l'oxycodone est considérée comme un stupéfiant quand on se la procure illégalement ?

Il se tourne vers moi :

– Bon, je sais que vous n'êtes pas avocat comme votre père, alors je vous explique : au Texas, c'est la prison directe.

Je ferme les yeux, pousse un soupir. Mon père n'a vraiment pas besoin de ça. S'il perdait sa carrière, après tout ce qu'il a déjà perdu, il n'y survivrait pas.

– Aussi je vous suggère, continue Trey, avant qu'aucun de vous ne reprenne la parole, de songer à ce qu'il adviendrait d'un avocat accusé d'un tel crime. Je suis presque certain qu'il perdrait le droit d'exercer sa profession.

Il contourne la voiture pour venir se placer entre nous deux, puis dévisage mon père des pieds à la tête.

– Réfléchissez-y une seconde. Un avocat, dont toute la carrière consiste à défendre les criminels, ne peut plus l'exercer s'il devient lui-même criminel. Vous voyez l'ironie de la situation ?

Après quoi, c'est à moi qu'il s'adresse :

– Avez-vous travaillé ce soir, Gentry ?

À ma tête, il voit tout de suite que je n'ai pas compris où il voulait en venir.

– Vous possédez une galerie, je crois ? Elle n'était pas ouverte, ce soir ?

Comment sait-il tout ça ? Comment ose-t-il me poser ces questions ?

– Oui, comme tous les premiers jeudis du mois.

Il se rapproche d'un pas.

– C'est bien ce que je pensais, lâche-t-il en roulant les trois flacons entre ses mains. Je vous ai vu en sortir avec quelqu'un. Une fille ?

Il me suivait donc ? Mais pourquoi ? Et pourquoi m'interroger sur Auburn ?

Tout d'un coup, mon estomac se serre.

Comment n'ai-je pas encore compris ? Évidemment qu'Auburn a quelque chose à voir avec Trey. C'est sans doute à cause de sa famille qu'elle est revenue au Texas.

– Oui, dis-je d'un air faussement désinvolte. Elle a travaillé pour moi ce soir, alors je l'ai raccompagnée chez elle.

Il fronce les sourcils.

– Ah ! dit-il sèchement, je n'aime pas trop qu'elle travaille pour quelqu'un comme vous.

Je sais bien que c'est un flic mais, là, tout ce que je vois, c'est un enfoiré. Je crispe les poings et il semble s'en apercevoir aussitôt.

– Comment ça, quelqu'un comme moi ?

– Allons, s'esclaffe-t-il, on n'entretient pas les meilleures relations du monde, tous les deux. Vous m'avez agressé la première fois qu'on s'est rencontrés et, ce soir, vous reconnaissez avoir pris le volant sous l'influence de stupéfiants. Et maintenant… Maintenant je trouve ceci dans le véhicule que vous conduisiez.

Mon père se rapproche :

– Ça c'est…

– Arrête !

Il ne se rend pas compte que s'il se dénonce, sa carrière est fichue.

Trey se remet à rire, bruit que je commence à trouver insupportable.

– De toute façon, lâche-t-il, si elle a besoin qu'on la raccompagne chez elle, je suis là pour ça.

Il jette quelques pilules sur le capot.

– Alors, c'est à qui, ça ?

Mon père me regarde. Je vois bien qu'il ne sait plus quelle attitude adopter. Je décide pour lui :

– À moi.

Quand je pense à Auburn, à la menace indirecte de Trey, je sais bien que je suis en train de détruire tout ce qui aurait pu un jour se passer entre nous.

Et merde !

Ma joue se retrouve plaquée contre le métal froid du capot.

– Vous avez le droit de garder le silence…

Mes mains sont ramenées derrière moi et les menottes claquent autour de mes poignets.

Deuxième partie

Quinze

Auburn

Voilà vingt-huit jours qu'Owen a été condamné à trois mois de prison. Il peut s'en passer des choses en vingt-huit jours…

Je borde AJ, me penche pour l'embrasser sur le front.

– On se revoit après l'école demain soir, d'accord ?

Il me sourit et, comme chaque fois, je sens mon cœur fondre. Il me rappelle Adam. À part ce reflet roux dans ses cheveux bruns, tout en lui est d'Adam, jusqu'à ses manières.

– Tu viendras dîner avec nous ?

Je hoche la tête, le serre encore entre mes bras. C'est tellement dur de lui dire au revoir, de savoir qu'il ne dort pas chez moi, alors qu'il devrait avoir sa chambre dans mon appartement.

En tout cas, quoi que Trey ait dit à Lydia, ça a fait son effet, car depuis, je viens beaucoup plus souvent en semaine et elle n'a que des mots gentils pour moi.

– Prête ? me lance Trey derrière moi.

– Bonne nuit, AJ. Je t'aimerai toujours.

– Bonne nuit, maman. Je t'aimerai toujours.

J'éteins et sors en fermant la porte derrière moi. Trey entremêle ses doigts avec les miens alors que nous entrons dans le salon. En voyant nos mains nouées, je ne ressens que du remords. J'ai bien essayé, ces dernières semaines, de lui rendre les sentiments qu'il a pour moi, jusqu'ici ça n'a pas marché comme j'aurais pu l'espérer.

Lydia est assise sur le canapé ; son regard se pose immédiatement sur nos mains. Elle sourit brièvement, encore que je ne sois pas sûre de ce que son expression signifie. Trey a dit qu'elle n'avait pas vraiment réagi quand il lui a annoncé officiellement que nous sortions ensemble, mais je sais qu'elle n'en pense pas moins. Je suis prête à parier qu'elle doit être contente car, en me rapprochant de Trey, je lui offre la garantie que je ne reprendrai pas mon fils pour retourner à Portland.

– Tu travailles ce soir ? demande-t-elle à Trey.

– Je suis d'astreinte la nuit pour les trois semaines à venir, dit-il en tournant la clé dans le placard de l'entrée.

Il en sort son arme, le referme. Mon attention se reporte sur une photo d'Adam accrochée au mur. Il ne devait pas avoir plus de quatorze ans à l'époque. Chaque fois que je viens ici, je fais de mon mieux pour ne pas la regarder, mais je suis de plus en plus choquée par sa ressemblance avec AJ. Plus mon fils grandit, plus il rappelle son père. Mais quand on sait qu'Adam est mort à seize ans, on peut se demander quel adulte il serait devenu.

S'il était encore vivant aujourd'hui, est-ce qu'il ressemblerait à Trey ?

– Auburn.

La voix de mon beau-frère est si proche que je sursaute. À son tour, il jette un rapide coup d'œil sur le portrait, puis se dirige vers la porte d'entrée. Il semble déçu que je contemple ainsi cette photo, au point que je me sente un rien coupable. Ce ne doit pas être facile pour lui, alors qu'il sait combien je tenais à son frère ; ce le serait encore moins s'il savait combien j'y tiens encore…

– Bonne nuit, Lydia ! dis-je en sortant.

Elle me sourit, de ce sourire pincé qu'elle ne réserve qu'à moi. Comme si elle m'en voulait quelque part. Peut-être que ça ne provient que de ma conscience, mais j'ai l'impression qu'elle ne m'a jamais pardonné le temps que j'ai passé avec Adam avant sa disparition. Je ne crois pas qu'elle appréciait notre relation et je suis sûre qu'elle réprouvait son incessant désir de me voir.

Ce qui m'inquiète plutôt, parce qu'elle semble tellement approuver notre relation avec Trey que je me demande ce qui arrivera si ça ne se passe pas bien entre nous. C'est exactement pour ça que je n'ai pas voulu officialiser la situation ; une fois que ce sera fait, il faudra que je me prépare à ce qui pourrait arriver avec AJ si jamais Trey et moi nous séparions.

*

*   *

Trey m'accompagne jusqu'à ma porte, comme presque chaque soir depuis une semaine. Je sais qu'il ne demande qu'à entrer avec moi, mais je n'en suis pas là. Et je ne sais pas si j'y serai un jour ; en revanche, je l'ai laissé m'embrasser hier soir, ce qui n'était pas vraiment ce que j'avais en tête. J'avais déverrouillé ma porte et me retournais vers lui quand ses lèvres se sont posées sur les miennes sans me laisser le loisir de dire oui ou non. J'aimerais pouvoir affirmer que ça m'a plu, mais je me suis surtout sentie mal à l'aise, pour plusieurs raisons.

Je suis encore mal à l'aise à l'idée que j'aie été amoureuse de son frère. En fait, je le suis sans doute encore et ça pourrait ne jamais cesser. Je suis également mal à l'aise quand je pense que son frère a été le seul garçon avec qui j'aie fait l'amour. Et je n'aime pas non plus songer qu'AJ a toujours vu un oncle en Trey. Il risque de ne plus rien comprendre si les choses vont plus loin entre nous.

Sans parler de l'aspect attirance. Trey est un bel homme, sûr de lui, promis à une belle carrière. Mais il a quelque chose en lui au-delà de son corps d'athlète ou de ses cheveux noirs toujours parfaitement coiffés. Quelque chose qui est complètement à l'opposé d'Adam. Et qui me répugne.

Il y avait cette bonté chez Adam, ce calme. Quand j'étais avec lui, je me sentais en sécurité.

J'éprouve la même sensation avec Owen, et c'est sans doute ce qui m'a le plus attirée en lui. Il possède bien des qualités d'Adam.

Tandis qu'avec Trey, je ne vois pour l'instant rien de tout cela. J'essaie de ne pas trop réfléchir à l'idée que je pourrais m'engager auprès d'un homme qui me fait peur car ce n'est sans doute pas quelqu'un de bien. D'un autre côté, je l'associe à Lydia depuis que je le connais, alors ça ne doit pas provenir de son caractère à lui. Je l'ai peut-être mal jugé, simplement parce que, selon moi, sa mère n'est pas quelqu'un de bien.

J'ouvre la porte et pousse un profond soupir avant de me retourner. J'essaie de me convaincre que j'avais envie qu'il m'embrasse, que son baiser me plaît ; sauf que je ne ressens pas une miette de ce que j'ai pu éprouver quand Owen m'a embrassée.

Ça, c'était un baiser.

Difficile maintenant d'écarter Owen de mes pensées. Quand on parvient si vite à communiquer avec quelqu'un, qu'on se laisse à ce point étourdir par ses baisers, il n'est pas facile de l'oublier même s'il vous a fait du mal. Même s'il s'est avéré qu'Owen avait infiniment plus de problèmes que je ne saurais en assumer, je ne peux m'empêcher de penser sans cesse à lui. Peut-être parce que la personne que j'ai connue et celle qu'il a fini par me révéler ne sont pas les mêmes. J'ai beau essayer de l'oublier, je ne peux m'empêcher de m'inquiéter. Je m'inquiète pour sa santé, pour le temps qu'il va encore passer en prison, pour sa galerie, pour Chatte-Owen que je garde toujours avec moi. Dès qu'il sera libéré, je le reverrai donc, ne serait-ce que pour lui rendre son animal.

Je m'inquiète parce que je risque d'avoir de plus en plus de mal à cacher ça à Trey qui croit, pour le moment, que ce chat appartient à Emory.

Et que son nom est Étincelle.

– Tu travailles demain ? me demande-t-il.

Je me retourne vers la haute silhouette intimidante de ce policier.

– Oui, de neuf heures à seize heures.

Il pose une main sur ma nuque, me penche le visage en arrière pour m'embrasser. Je ferme les yeux, fais de mon mieux pour apprécier cette bouche posée sur la mienne. J'imagine une seconde que je suis en train d'embrasser Owen et je trouve ça horrible.

Ce baiser ne dure pas longtemps. Trey est déjà en retard, inutile donc de faire mine de l'inviter à entrer.

– Voilà deux fois que tu me laisses t'embrasser, observe-t-il tout aimable.

Je souris.

– Appelle-moi quand tu sors du travail demain, reprend-il. On le fera une troisième fois.

Je hoche la tête et m'apprête à fermer la porte quand il m'appelle de nouveau et me lance, l'air le plus sérieux du monde :

– Verrouille bien ta serrure cette nuit. J'ai entendu dire que Gentry avait été libéré par anticipation. Je suis prêt à parier qu'il voudra se venger de moi en passant ici au plus vite.

Je reste sans voix, l'air me manque, j'essaie de cacher mon désarroi. Je ne veux pas qu'il voie à quel point ces dernières paroles m'ont secouée. Je finis par demander :

– Pourquoi tu voudrais qu'il se venge ?

– Parce que, Auburn, j'ai ce qu'il n'a pas.

En quoi peut-il prétendre qu'il « m'a » ? Encore une différence avec Owen. Jamais celui-ci ne penserait une chose pareille.

– D'accord, je verrouille tout.

Il acquiesce et s'éloigne dans le couloir. Je ferme la porte.

Je regarde le verrou.

Le rouvre.

Je ne sais pas pourquoi.

Chatte-Owen ronronne à mes pieds et je me penche pour la prendre dans mes bras et l'emporter dans ma chambre. La première chose que je fais, tout comme hier après avoir embrassé Trey : je vais me laver les dents. D'accord, c'est absurde, mais j'ai vraiment l'impression d'avoir trahi Owen.

Après quoi je regagne ma chambre, trouve le chat sous la tente que je n'ai pas encore eu le courage de défaire ; entre autres parce que je sais que quand AJ aura le droit de dormir ici, il l'adorera. Je m'allonge dessous et pose Chatte-Owen sur mon ventre pour mieux la caresser.

Dévorée de multiples émotions, je commence à me rendre compte qu'Owen pourrait fort bien se pointer à tout moment maintenant, histoire de récupérer son chat. Je ne sais pas ce qui se passera quand on se reverra. Je ne vois qu'une chose et ça m'inquiète : j'ai beaucoup plus hâte de le revoir que de recevoir un baiser de Trey.

Chatte-Owen se lève d'un seul coup lorsque mon téléphone m'annonce un SMS. Je le sors de ma poche, déverrouille l'écran.

Mon cœur bondit quand je lis le texte d'Owen.

Robe de viande.

Je me lève aussitôt, file dans le salon pour aller ouvrir la porte d'entrée. Dès que nos regards se rencontrent, je sens mon estomac se crisper à m'en couper la respiration.

Qu'est-ce qu'il m'a manqué !

Il s'avance d'un pas hésitant. Il ne veut pas me mettre mal à l'aise mais je lis dans son expression qu'il a le cœur aussi serré que moi.

Je recule pour l'inviter silencieusement à entrer dans l'appartement. Un petit sourire lui étire le coin de la bouche tandis qu'il franchit le seuil, et il place la main sur la poignée, referme la porte, puis se retourne et pousse le verrou. Dès qu'il se retrouve face à moi, il semble perplexe, à croire qu'il hésite entre repartir ou me prendre dans ses bras.

Quelque part, j'ai envie des deux.

Seize

Owen

J'aimerais qu'elle sache à quel point j'ai pensé à elle. Combien, chaque nuit, je me suis demandé si mon cœur se serrait tant parce qu'elle me manquait ou, plus simplement, parce que je n'avais plus le droit de la voir. Parfois, on ne songe qu'à ce qu'on ne peut avoir et on confond cela avec les sentiments.

En tout cas, ce sentiment est là. Cette pression, cette douleur, ce serrement de cœur qui me pousse à me rapprocher d'elle, à poser mes lèvres sur les siennes. Je l'aurais fait depuis longtemps si, en arrivant, je n'avais pas vu Trey quitter son appartement. Encore heureux que cet abruti ne m'ait pas repéré.

Mais moi, oui, alors je me demande ce qu'il faisait là si tard dans la nuit. Rien ne m'autorise à interroger Auburn sur ce point, mais j'en meurs d'envie.

Il est venu me voir dans ma cellule, la semaine dernière. On m'avait annoncé une visite et je m'attendais à découvrir mon père.

Quelque part, j'espérais que ce serait Auburn, même si je me doutais qu'elle ne viendrait jamais me voir en prison ; mais cet espoir me rendait plus optimiste que la situation ne le permettait.

En entrant dans la salle de visites, en apercevant Trey, j'ai d'abord cru qu'il était là pour quelqu'un d'autre. Mais, dès que son regard mauvais s'est posé sur moi, tout est devenu clair. Je suis allé m'asseoir et il en a fait autant.

Il m'a dévisagé un long moment sans dire un mot. Je ne le quittais pas des yeux. Je ne sais pas s'il croyait que sa seule présence suffirait à m'intimider, mais il n'a pas ouvert la bouche. Il est juste resté assis là, une bonne dizaine de minutes, à me regarder.

Je n'ai pas cillé. À plusieurs reprises, je me suis retenu de rire. Finalement, il s'est levé et moi je suis resté assis. Il a contourné la table, comme s'il comptait sortir derrière moi ; au lieu de quoi, il s'est arrêté en me toisant d'un air mauvais.

– Ne touchez pas à cette fille, Owen. Elle est à moi.

C'est là que nos regards se sont quittés. Non qu'il m'ait énervé ni inquiété, mais parce que ses paroles m'atteignaient en pleine poitrine. S'il existait une chose que je ne pouvais supporter, c'était bien qu'il s'approprie Auburn ; non par jalousie mais parce que je ne l'en jugeais pas digne.

Et si je dois reconnaître que j'ai gâché ma vie à un point tel qu'Auburn aurait à en souffrir si nous étions ensemble, cela me pèse d'autant plus si c'est lui qui en profite. Parce qu'elle mérite mieux. Infiniment mieux.

Elle me mérite moi.

Si seulement elle le savait…

Elle me contemple comme si elle allait m'enlacer, comme si elle voulait m'embrasser. Et, croyez-moi, je la laisserais bien faire.

Pourtant, elle reste là, les bras le long du corps, l'air éperdue. Sans relever les yeux, elle articule d'une voix cassée :

– Tu vas bien.

Je ne sais pas trop si c'est une question ou une affirmation, mais je fais oui de la tête. Elle laisse échapper un bref soupir, comme si elle était soulagée. Je ne m'attendais pas à cela. Je ne m'attendais pas à ce qu'elle s'inquiète pour moi. Je l'espérais, mais c'est une chose d'espérer, c'en est une autre de constater.

Tout d'un coup, nous effectuons chacun un pas vers l'autre pour nous retrouver, elle les bras autour de mon cou, moi les bras autour de sa taille, à nous enlacer avec une vigueur désespérée.

Je respire longuement son parfum, m'en imprègne. S'il avait une couleur, ce serait le rose, doux et innocent comme celui de la fleur.

Après une longue étreinte pourtant trop courte, elle recule, me prend par la main et m'entraîne vers sa chambre. Quand elle ouvre la porte, j'aperçois aussitôt la tente bleue dressée près de son lit. Elle ne l'a donc pas défaite. Elle ferme derrière nous, prend ses oreillers, les glisse dessous.

Elle s'allonge sous la tente et je viens m'installer auprès d'elle. Face à face, nous ne faisons que nous regarder durant quelques instants. Je finis par lever la main vers son front, afin d'en écarter une mèche mais je la vois reculer légèrement. Je m'interromps aussitôt.

On dirait qu'elle n'a aucune envie d'entamer la conversation, car elle sait bien que la première chose à évoquer serait sa relation avec Trey. Et moi, je ne tiens pas à la mettre dans cette situation délicate. En même temps, j'aimerais bien savoir. Je m'éclaircis la gorge et finis par lâcher les mots qui fâchent.

– Tu es avec lui, maintenant ?

C'est la première chose que je lui dis depuis qu'on s'est quittés, il y a un mois. J'aurais mieux fait de choisir autre chose. Par exemple : « Tu m'as manqué, » ou « Tu es magnifique. » J'aurais dû lui dire des paroles qui lui fassent plaisir, mais non, tout ce que je trouve à sortir, c'est ça.

Et la voilà qui baisse à nouveau les yeux.

– C'est compliqué, répond-elle.

Si elle savait à quel point…

– Tu l'aimes ?

Tout de suite, elle fait non de la tête. J'en suis soulagé, certes, mais je n'en déteste que davantage l'idée qu'elle sorte avec lui.

– Pourquoi es-tu avec lui ?

Cette fois, elle pose un regard dur sur moi.

– Pour la raison qui m'empêche d'être avec toi.

Elle marque une pause avant d'ajouter :

– AJ.

C'est sans doute la dernière chose que j'aurais voulu entendre. Car je n'ai aucun contrôle sur cette situation.

– Il te rapproche d'AJ tandis que je t'en éloigne.

Elle acquiesce sans conviction.

– Est-ce que tu ressens quoi que ce soit pour lui ?

Elle ferme les yeux, comme si elle avait honte.

– Comme je t'ai dit, c'est compliqué.

Je lui prends la main, la porte à ma bouche, en baise les doigts.

– Auburn, regarde-moi.

Comme elle relève les yeux, j'ai plus envie de l'embrasser que jamais. Mais ce serait la pire des erreurs à commettre. Je ne ferais que lui compliquer un peu plus la vie.

– Désolée, murmure-t-elle.

Je lui fais signe que je ne veux pas en entendre davantage. Inutile qu'elle m'explique pourquoi elle ne peut vivre avec moi. J'en suis complètement responsable. Elle n'y est pour rien.

– Je sais, dis-je. Il ne faut pas que je t'éloigne de ton fils. Mais tu dois aussi comprendre que la solution ne pourra pas venir de Trey. Ce n'est pas un type bien, il n'aurait qu'une influence désastreuse sur AJ.

Elle roule sur le dos, les yeux levés vers le haut de la tente. Je n'aime pas la distance qu'elle met entre nous, mais je sais que mes paroles n'y changeront rien. Elle sait très bien à qui elle a affaire.

– Il aime AJ. Il est gentil avec lui.

– Pour combien de temps ? Combien de temps va-t-il devoir te jouer cette comédie pour te conquérir ? Parce que ça ne durera pas, Auburn.

Elle porte les mains sur son visage, et ses épaules s'agitent de secousses. Je la prends dans mes bras, l'attire vers moi. Je n'avais pas envie de la faire pleurer.

– Pardon, soufflé-je. Tout ce que je te dis, tu le savais déjà. Je suis sûr que tu as pesé tes choix et que tu as opté pour la seule solution possible. Même si je la trouve terrible pour toi.

Je lui passe la main dans les cheveux, lui embrasse la tête. Elle me laisse faire et je savoure chaque instant de ce qui me sépare encore de sa réponse. Car elle ne va pouvoir que me dire au revoir.

Et je ne veux pas l'entendre. Alors je l'embrasse une dernière fois sur la tête, puis sur la joue ; je lui caresse le visage du bout des doigts, je l'attire vers moi pour lui déposer un baiser sur les lèvres. Sans lui laisser le temps de se détacher, je m'écarte d'elle et sors de la tente.

Elle a choisi et, bien que ce choix ne corresponde pas à ce que nous voulons, ni l'un ni l'autre, c'est le seul qui lui convienne maintenant. Et je dois le respecter.

*
*   *

Je dépose mon chat dans la galerie puis m'avise que cette heure tardive est le meilleur moment pour rendre visite à mon père. Il a tenu sa promesse de ne pas me rendre visite ni de m'appeler durant mon absence. J'en ai été le premier surpris mais, quelque part, j'espère que ce n'est pas parce qu'il craignait de s'effondrer en voyant son fils en prison à cause de lui.

J'ai appris, avec les années, à ne pas me bercer d'illusions, pourtant je mentirais si je disais que je n'ai pas prié intérieurement pour qu'il entame sa désintox pendant ce temps-là.

Je m'attendais à le trouver endormi ou à ne pas le trouver du tout, si bien que j'ai emporté ma clé. Toutes les lumières sont éteintes.

En entrant dans la maison, j'aperçois immédiatement la lueur de la télé. Je me tourne vers le salon où je trouve mon père affalé sur le canapé, la tête dans les coussins. D'où je conclus qu'il n'est pas en désintox, à ma grande déception ; encore que je ne puisse nier rêver un instant qu'il soit ainsi étendu parce qu'il ne respire plus.

Bon, ce n'est pas non plus le genre de chose qu'un fils devrait souhaiter à son père.

Je m'assieds devant la table basse, à côté de lui.

– Papa.

Il ne se réveille pas tout de suite. Je me penche et saisis son flacon de pilules. Je viens de passer un mois en prison à sa place, cela aurait dû suffire à le faire décrocher. Du coup, j'ai envie de m'en aller, pour ne jamais remettre les pieds ici.

Mon père n'est pas un mauvais homme. Je le sais. Sinon, je n'aurais eu aucun mal à le planter, voilà longtemps. Mais je sais qu'il ne parvient plus à se contrôler. Depuis des années.

Après l'accident, il souffrait beaucoup, physiquement autant qu'émotionnellement. Durant son mois de coma, il avait été gavé d'antidouleurs.

À son réveil, il ne pouvait plus s'en passer et, quand il s'est mis à en consommer davantage que les quantités prescrites, les médecins ont refusé de suivre.

Des semaines durant, je l'ai vu souffrir. Il ne travaillait pas, ne sortait pas du lit, sombrait entre douleur et dépression. À l'époque, j'étais naïf, je ne me rendais pas compte qu'il pouvait se laisser dévorer par ces minuscules pilules. Tout ce que je voyais, c'était un homme qui avait besoin de moi. J'étais au volant lorsque la voiture avait pris la vie de sa femme et de son fils, j'aurais fait n'importe quoi pour le soulager un peu. Pour corriger ce qui s'était passé. Depuis longtemps que je portais cette lourde culpabilité, même s'il ne m'avait jamais rien reproché. Au contraire, il ne cessait de me répéter que ce n'était pas ma faute.

Néanmoins, difficile de ne pas s'accuser quand on a seize ans. Je voulais juste l'aider un peu. J'ai commencé par me faire prescrire mes propres analgésiques. Rien de plus facile que de simuler un mal de dos après notre accident. Au bout de quelques mois, cependant, mon père endurait encore de telles souffrances que même mon traitement ne suffisait plus à le soulager.

C'est là que mon médecin a estimé que je n'en avais plus besoin et qu'il a cessé de me signer des ordonnances. Je crois qu'il avait compris ce que j'en faisais et ne voulait plus encourager la dépendance de mon père.

Au lycée, j'avais un camarade ou deux qui savaient comment se procurer les pilules dont il avait tant besoin, et c'est ainsi que je lui en ai fourni pendant deux ans, jusqu'à ce que les camarades en question cessent de se servir dans les réserves de leurs parents ou, tout simplement, s'en aillent à l'université. Depuis, je les trouve auprès de ma seule et unique source, Harrison.

Mon ami n'est pas un dealer, mais, à force de fréquenter des alcooliques à longueur de journée, il n'a pas besoin de chercher trop loin pour m'apporter ce genre de substance. Il sait également que ce n'est pas pour mon usage personnel, raison pour laquelle il accepte encore de m'en livrer.

Sauf que maintenant qu'il sait que j'ai fait de la prison, il refuse de m'en donner davantage. J'espérais que, privé de sa dernière source d'approvisionnement, mon père allait enfin changer de vie.

Et voilà qu'il en a trouvé ailleurs. Je ne sais pas où mais cela m'inquiète qu'il puisse s'en procurer sans passer par Harrison ou moi. Il est à la merci de cet autre fournisseur.

J'ai eu beau lui parler de désintox, il redoute que sa carrière n'ait à en souffrir car, forcément, cela se saurait. Tandis que là, son addiction ne fait que détruire sa vie personnelle. À mon avis, cela va très vite se répercuter sur sa vie professionnelle. C'est une question de temps, car l'alcool commence à jouer un rôle énorme dans les divers incidents dont j'ai dû le tirer ces derniers mois. Et je sais qu'une dépendance ne disparaît jamais toute seule. Quand on ne la combat pas avec vigueur, on l'alimente avec vigueur. Or, il ne fait strictement rien pour la combattre.

J'ouvre la capsule, verse les pilules dans ma paume pour les compter.

– Owen ? marmonne mon père en s'asseyant lourdement.

Il s'intéresse beaucoup plus à ce que je fais qu'à la raison pour laquelle on m'a libéré plus tôt.

Je dépose les pilules à côté de moi sur la table basse, croise les mains entre mes genoux et lui annonce avec un sourire :

– J'ai rencontré une fille.

Il n'a même pas l'air de comprendre.

– Elle s'appelle Auburn.

Je me lève, me dirige vers la cheminée, regarde notre dernière photo de famille. Elle remonte à plus d'un an avant l'accident et, malheureusement, c'est la dernière image que je garde de leur apparence. J'aimerais revoir autrement les visages de ma mère et de mon frère, mais les souvenirs s'effacent beaucoup plus vite que les photos.

– C'est bien Owen, souffle mon père. Seulement il est minuit passé. Tu n'aurais pas pu attendre demain pour me l'annoncer ?

Je retourne près de lui, sans m'asseoir, cette fois. Et je regarde cet homme qui fut mon père.

– Tu crois en Dieu, papa ?

Il cligne des paupières.

Alors je continue :

– Jusqu'à ce que je la voie, je n'y croyais pas. Mais tout a changé dès l'instant où elle m'a dit son nom.

Je me mordille l'intérieur de la joue avant de poursuivre. J'ai envie de lui laisser le temps d'absorber tout ce que je lui raconte.

– Elle porte le même premier nom de famille que moi.

Il hausse un sourcil, découvrant davantage son œil injecté de sang.

– N'y vois pas non plus un signe du destin, Owen. Je suis heureux que tu sois heureux.

Il se frotte la tête, comme s'il ne comprenait toujours pas ce que je fais là. Évidemment, ce n'est pas tous les soirs qu'un fils tire son père d'un sommeil plombé par la drogue, tout ça pour lui parler de la fille avec qui il sort.

– Tu veux savoir ce qu'il y a de mieux en elle ?

Il hausse les épaules. Mais même lui doit se rendre compte que ce n'est pas de très bon goût d'envoyer promener quelqu'un qui vient de passer un mois en prison à votre place.

– Elle a un fils.

Ça semble le réveiller un peu.

– De toi ?

Je préfère ne pas répondre. S'il m'avait écouté, il aurait enregistré que je venais de la rencontrer. Du moins officiellement.

Je m'assieds en face de lui, le regarde dans les yeux.

– Non. Mais je te jure que si c'était le cas, je ne le mettrais jamais dans la situation où tu me mets depuis quelques années.

Il baisse la tête.

– Owen… Je ne t'ai jamais demandé de…

– Tu ne m'as jamais demandé de ne pas…

Je me suis relevé en criant. C'est la première fois que j'éprouve une telle colère envers lui. Et ça me fait peur.

Attrapant le flacon de pilules, je file dans la cuisine, l'ouvre au-dessus de l'évier et fais couler l'eau. Une fois qu'elles ont toutes disparu dans le tuyau, je me rends dans son bureau. Je l'entends arriver derrière moi : il a enfin compris ce que je faisais.

– Owen !

Comme je sais qu'il a aussi ses propres ordonnances, j'ouvre les tiroirs, trouve un autre flacon à moitié plein. Mon père sait qu'il ne pourra m'arrêter de force, alors il s'écarte sur mon passage, tout en me suppliant :

– Owen, tu sais que j'en ai besoin ! Tu sais ce qui se passe quand je n'en prends pas.

Cette fois, je n'écoute plus. Je vide le flacon dans l'évier.

– J'en ai besoin ! hurle-t-il en essayant de rattraper quelques pilules.

Il arrive à en saisir au moins une qu'il fourre aussitôt dans sa bouche. J'en ai le cœur retourné. Je ne me suis toujours pas habitué à le voir aussi faible, aussi désespéré.

Quand la dernière pilule a disparu, je me retourne vers lui. On dirait qu'il meurt de honte, qu'il ne peut même plus me regarder en face. S'appuyant au comptoir, il se prend la tête dans les mains. Je me rapproche de lui pour expliquer calmement :

– J'ai vu comment elle se comportait avec son fils. J'ai vu ce qu'elle sacrifiait pour lui. J'ai vu quel mal des parents devraient se donner pour assurer à leurs enfants la meilleure vie possible. Alors je compare avec nous, papa, et je me dis qu'on a tout raté. Depuis cette nuit-là. Je n'ai alors plus rêvé que de te voir aller mieux. Mais ça ne s'est pas produit. À vrai dire, ton état n'a fait qu'empirer, et je ne peux plus rester assis là, à te regarder. Tu es en train de te tuer à petit feu et je refuse désormais de jouer les complices.

Là-dessus, je me dirige vers la porte d'entrée, m'emparant au passage de la photo sur la cheminée.

– Owen, attends !

Je m'arrête sur le perron. Il arrive sur le seuil, s'arrête, comme s'il s'attendait à me voir encore crier. Sauf que je ne dis rien. Il me suffit de voir son regard sans vie pour me sentir à nouveau pris de culpabilité.

– Attends, dit-il encore.

Je ne suis même pas sûr qu'il sache quoi me demander. Il ne sait qu'une chose : jamais il ne m'a vu dans cet état. Aussi résolu.

– Je ne peux plus attendre, papa. Ça fait des années que j'attends. Je n'ai plus rien à t'offrir.

Là-dessus, je tourne les talons et descends les marches.

Dix-sept

Auburn

– Tu veux des biscuits au chocolat ou aux myrtilles AJ ?

On est en train de faire des courses, AJ, Trey et moi. La dernière fois que j'ai mis les pieds dans ce Target, c'était avec Owen, et ça remonte à un moment. Presque trois mois, pour être exacte. Non pas que je compte les jours. Je compte les heures. Je fais tout ce que je peux pour arrêter le temps. J'ai bien essayé de me concentrer sur la relation qui se développe entre Trey et moi, mais je passe mon temps à le comparer à Owen.

Ce type que je connaissais à peine et qui est parvenu, quelque part, à m'atteindre comme personne depuis Adam. Malgré ses erreurs, je sais que c'est quelqu'un de bien. J'ai beau essayer de surmonter mes pincements de cœur quand je pense à lui, je ne sais pas comment les apaiser.

– Maman, dit AJ en tirant sur mon t-shirt. Je peux ?

Je m'arrache de ma transe.

– Tu peux quoi ?

– Avoir un jouet.

Je commence à faire non de la tête mais Trey me devance.

– Oui, viens, on va voir les jouets, répond-il.

Il l'attrape par la main et l'entraîne dans une autre allée.

– On se retrouve aux jouets dès que tu as fini, me lance-t-il.

Je les suis des yeux. Ils s'éloignent en riant, les petits doigts d'AJ dans la paume de Trey. Je m'en veux à mort de me laisser avoir ainsi. Il adore mon fils qui le lui rend bien, et moi je joue les égoïstes parce que je n'éprouve pas du tout les mêmes sensations avec Trey qu'avec Owen.

Owen avec qui j'ai passé deux jours en tout et pour tout. Qui sait si je n'aurais pas fini par trouver en lui des aspects que je détesterais si cela avait duré plus longtemps ? En fait, c'est l'image que je me fais de lui qui m'exalte, pas ce que je ressens.

Vue sous cet angle, la situation me paraît plus acceptable. Bon, l'attirance n'a pas été immédiate avec Trey, mais elle grandit, c'est certain. Surtout quand je le vois se comporter ainsi avec AJ. Qui rend AJ heureux ne peut que me rendre heureuse.

Tout d'un coup, je me surprends à sourire en songeant à Trey plutôt qu'à Owen. J'attrape tous les articles notés sur ma liste avant de me rendre au rayon des jouets. Je coupe par celui des sports et m'arrête net à l'angle d'une allée.

Si le destin joue des tours, celui-ci est bien le pire qui pouvait m'arriver.

Owen me contemple, l'air sans doute aussi incrédule que moi. En un instant, tout ce que je m'efforçais de ressentir pour Trey est réduit comme une peau de chagrin. Il n'y en a plus que pour Owen. Agrippée à mon chariot, je me demande s'il ne faut pas aussitôt prendre la direction opposée sans lui adresser la parole. Il comprendrait, j'en suis certaine.

D'ailleurs, il doit se poser la même question parce que nous nous sommes tous les deux immobilisés. Ni l'un ni l'autre ne parle. Ni l'un ni l'autre ne recule.

On se regarde.

Et tout mon corps vibre sous ses yeux, à m'en faire mal. Le principal obstacle qui m'oppose à Trey se tient là, devant moi, comme pour me rappeler à quoi ressemble un sentiment sincère envers quelqu'un.

Il sourit et je regrette soudain de ne pas me trouver dans le rayon nettoyage parce que si ça continue, il va falloir littéralement me ramasser à la serpillère.

Après un rapide coup d'œil à droite puis à gauche, il lance en riant :

– Allée treize. Ainsi frappe le destin.

Pas le temps de réagir. Je suis ramenée à la vie par la voix aiguë d'AJ :

– Maman, regarde !

Et le voilà qui jette deux jouets dans le chariot.

– Trey a dit que je pouvais les prendre tous les deux.

Trey.

Trey, Trey, Trey, qui doit avoir surgi dans mon dos, si j'en crois la réaction d'Owen : il vient de se figer et regarde derrière moi.

Un bras se glisse autour de ma taille, dans un geste de possession, et je vois maintenant les deux hommes se faire face. Trey pose la paume au creux de mes reins, les lèvres sur ma joue. Je ferme les yeux parce que je n'ai plus envie de voir l'expression d'Owen.

– Viens, chérie, dit Trey en essayant de me faire tourner les talons.

Il ne m'avait encore jamais appelée « chérie ». Je sais que c'est à cause d'Owen, histoire de lui faire croire que notre relation est bien plus intime que dans la réalité.

Il me tire le bras et je finis par le suivre.

On prend les derniers articles qui manquaient à la liste mais il ne m'adresse plus la parole jusqu'à ce qu'on ait terminé les courses. Il ne parle qu'à AJ et je sens la colère sourde qui l'habite. Jamais il ne m'avait fait ça ; j'ai la gorge serrée à l'idée de ce qui va suivre.

Il ne dit toujours rien dans la file d'attente avant de passer à la caisse, pas plus que sur le chemin de la voiture. Il charge le coffre tandis que je boucle la ceinture d'AJ, à l'arrière. Quand j'ai fini, je claque la portière et me tourne vers Trey que je trouve en train de m'observer, appuyé à la carrosserie. Tellement immobile qu'il n'a plus l'air de respirer.

– Tu lui as parlé ? me demande-t-il.

– Non. Je venais d'entrer dans l'allée et vous êtes arrivés aussitôt après, AJ et toi.

Il garde les bras croisés, la mâchoire serrée. À plusieurs reprises, il regarde par-dessus mon épaule avant de reporter les yeux sur moi.

– Tu as baisé avec lui ?

Choquée par cette question, je me redresse. On se tient si près de la portière d'AJ que je jette un coup d'œil vers la vitre. Mais le petit est trop occupé par ses jouets pour s'intéresser à ce que nous disons. Je reviens vers Trey, sans doute encore plus irritée que lui.

– Tu ne vas pas me faire une scène parce que je rencontre quelqu'un par hasard ! Je n'y suis pour rien s'il vient faire ses courses ici !

Là-dessus, je passe devant lui mais il m'arrête, me plaque contre la voiture de tout le poids de son torse, pose la bouche sur mon oreille. J'ai le cœur qui bat la chamade.

– Auburn, souffle-t-il d'un ton menaçant. Il est entré dans ton appartement, il est entré dans ta chambre, il est entré sous cette stupide tente avec toi. Alors tu dois me dire s'il est jamais entré en toi.

Je secoue la tête, dans l'espoir de le calmer un peu, à cause d'AJ, si proche de nous. Mais Trey me saisit le poignet, comme s'il n'allait le relâcher que lorsque je lui répondrais. Et moi je suis prête à dire n'importe quoi pour qu'il ne s'emporte pas davantage.

– Non, je murmure. Il ne s'est jamais rien passé. Je le connais à peine.

Il recule un peu, sans me quitter des yeux.

– Bon, dit-il. Parce qu'il a une façon de te regarder qui pourrait faire croire tout autre chose.

Il pose les lèvres sur mon front, relâche légèrement la pression sur mon poignet, et me sourit gentiment. Sourire qui produit plutôt un effet contraire. Je suis terrifiée à l'idée que son humeur puisse ainsi changer aussi vite. Cependant, il m'étreint, m'embrasse les cheveux, inhale profondément, respire.

– Pardon, souffle-t-il. Viens, on s'en va.

Il va m'ouvrir la porte passager, qu'il referme après que je suis entrée. Je pousse un soupir de soulagement tout en sachant que je dois considérer cette réaction comme un drapeau rouge.

D'un seul coup, mes yeux tombent sur une voiture de l'autre côté du parking. Debout devant la portière, Owen me regarde. Visiblement, il n'a pas manqué un détail de ce qui vient d'arriver. Quoique, ça pourrait fort bien passer pour un moment de tendresse partagée. D'où l'expression peinée qui marque son visage.

Il ouvre sa portière en même temps que Trey et je continue de l'observer en douce, jusqu'à le voir serrer le poing contre son cœur. Alors, il me semble le réentendre avouer combien sa mère et son frère lui manquaient. *« Parfois, ils me manquent tellement, ça me fait mal ici. J'ai l'impression que quelqu'un me serre le cœur de toutes ses forces. »*

Trey sort du parking et, avant qu'Owen ne disparaisse de ma vue, je me frappe la poitrine du poing. Nos regards restent fixés l'un sur l'autre jusqu'au bout.

*
* *

L'incident du supermarché n'est pas revenu sur le tapis. Trey et AJ ont passé toute la soirée chez moi et Trey a fait comme si de rien n'était alors qu'il préparait le dessert. À vrai dire, il paraissait d'excellente humeur. Je ne sais pas si c'était une façon de cacher sa colère du parking, ou s'il aime vraiment passer du temps avec nous.

À moins que, sachant qu'il n'allait plus me voir pendant quatre jours, il n'ait pas voulu qu'on se quitte en mauvais termes. Ce matin, il est parti pour un congrès à San Antonio et, quand il m'a dit au revoir hier soir, on voyait bien qu'il s'en allait à regret. Il n'a cessé de m'interroger sur mes projets pour le week-end. Lydia emmène AJ à Pasadena, dans sa famille. Si je ne devais pas travailler aujourd'hui, je serais allée avec eux.

Mais je suis restée et j'ai maintenant tout un week-end devant moi, sans aucune idée de ce que je vais en faire ; j'imagine que c'est bien ce qui inquiétait Trey. Apparemment, il se demande où j'en suis avec Owen.

Il n'a pas tort, puisque je me retrouve, deux heures à peine après qu'il a quitté Dallas, devant la galerie d'Owen. Chaque fois que je passe devant, je vais glisser en douce un mot dans la boîte à lettres. J'y ai déposé plus de vingt confessions ces derniers jours. Je sais qu'il y en a des quantités d'autres, donc il ne peut pas savoir lesquelles viennent de moi. Mais ça me fait du bien. La plupart des messages que j'ai écrits n'ont rien à voir avec lui et se rapportent plutôt à AJ, et je m'arrange pour les rédiger de façon qu'Owen ne puisse deviner qui en est l'auteur. Mais, quelque part, ça me sert de thérapie.

Je viens d'en griffonner un autre :

Je pense à toi chaque fois qu'il m'embrasse.

Je le plie en deux et le glisse dans la fente sans hésitation. Depuis notre rencontre d'hier au supermarché, je ne cesse de penser à lui. J'ai envie de réentendre sa voix. J'ai envie de revoir son sourire. Je me répète qu'en lui confiant cette dernière confession, je tourne une page pour pouvoir continuer avec Trey, encore que ce soit purement égoïste de ma part.

Je sors un autre morceau de papier pour y inscrire en hâte :

Il est parti pour le week-end.

Je le glisse dans la fente sans même le plier. Dès qu'il disparaît, mon cœur se serre et je regrette mon geste. Ceci n'était pas une confession mais une invitation. Que je dois annuler immédiatement. Ce n'est pas mon genre.

Pourquoi ai-je fait ça ?

J'essaie de passer les doigts dans la fente pour le récupérer, mais bien sûr, il est tombé par terre. Je déchire en hâte une autre feuille pour y consigner une suite au précédent message.

Oublie cette confession. Ce n'était pas une invitation. Je ne sais pas pourquoi j'ai écrit ça.

Je glisse la feuille dans la fente et le regrette immédiatement. Encore plus. Je vais passer maintenant pour l'imbécile de l'année. Nouvelle feuille arrachée à mon carnet. Je ne peux pas m'en empêcher.

Tu devrais offrir aux gens de revenir sur leurs confessions, Owen. Genre récupération possible pendant vingt secondes.

Je la passe dans le portail puis range carnet et stylo dans mon sac.

Qu'ai-je fait ?

Reprenant mon sac en bandoulière, je repars vers le salon de coiffure en me disant que je viens de commettre les plus belles gaffes de ma vie. Avec un peu de chance, il ne lira rien avant lundi, et le week-end sera fini.

*

* *

Huit heures se sont écoulées depuis mon dérapage de ce matin en passant devant la galerie d'Owen. J'ai eu largement le temps de réfléchir à cette idée saugrenue qui m'est venue de lui raconter tout ça. D'accord, c'était un moment de faiblesse, mais je n'avais pas le droit de lui faire une chose pareille. S'il s'est vraiment mis à éprouver des sentiments pour moi depuis le peu de temps qu'on se connaît, il ne saurait me reprocher de refuser de sortir avec lui. Et moi qui ne cesse de lui laisser des messages imbéciles depuis plusieurs semaines, au point d'en arriver, aujourd'hui, à aborder une situation qui nous concerne tous les deux.

Néanmoins, j'ai pris ma décision et, même si je n'éprouve pas pour Trey des sentiments aussi forts que lui à mon égard, une fois que je me serai engagée, je ne le trahirai jamais. J'ai pour habitude de respecter mes serments.

Nous nous sommes déjà promis de ne plus fréquenter personne d'autre, encore qu'à mes yeux ça ne signifie pas forcément qu'on sorte ensemble. Ça veut juste dire que je dois trouver un moyen d'effacer Owen de mes pensées, de cesser de passer devant sa galerie alors qu'il existe d'autres trajets. Que je dois me concentrer sur ma relation avec Trey car, si je veux qu'il joue un rôle dans la vie d'AJ, j'ai intérêt à ce que ça fonctionne entre nous deux.

Et puis Trey sait se montrer très gentil avec moi. J'ai bien vu sa jalousie hier dans le parking, ça m'a fait peur, mais comment le lui reprocher ? Forcément, en nous voyant, Owen et moi, il n'a pu que s'emporter. En outre, il est gentil avec AJ. Il pourrait subvenir à nos besoins infiniment mieux que je ne le ferai jamais. Je ne vois pas une raison au monde pour l'empêcher d'entrer dans ma vie, à part mon égoïsme.

– Je m'en vais, annonce Donna en passant la tête. Ça ne t'ennuie pas de fermer ?

C'est la nouvelle employée. Elle est là depuis quinze jours. Elle s'est déjà fait davantage de clients que moi et travaille beaucoup mieux. Non que je me sente nulle, je suis juste moins douée qu'elle. Difficile d'être douée pour une activité qu'on déteste.

– Pas de souci.

Elle me dit au revoir et j'achève de nettoyer les bols de colorants dans la bassine. Quelques minutes après, la sonnette retentit, signalant l'entrée d'un client ; je contourne la cloison pour aller lui annoncer qu'on est fermés, mais je reste la gorge sèche en voyant qui est là.

Il se tient devant la porte d'entrée, à parcourir le salon du regard. Au moment où il m'aperçoit, la chanson qui passait dans les haut-parleurs s'achève et c'est le silence.

Si je pouvais ressentir pour Trey, ne serait-ce qu'une seconde, l'effet que me fait Owen rien qu'en apparaissant silencieusement face à moi, je ne me ferais plus de souci sur notre relation.

Mais cela ne m'arrive jamais avec personne d'autre qu'avec Owen.

L'air sûr de lui, il s'approche de moi. Je ne bouge pas. Je ne suis même pas sûre que mon cœur bat encore. Je sais que mes poumons restent paralysés, parce que je suis en apnée depuis que j'ai passé la porte du salon.

Il s'arrête à quelques pas de moi. Son regard n'a pas dévié une fois et je ne peux plus contrôler les mouvements évidents de ma poitrine. Sa seule présence me met dans tous mes états.

– Salut ! lance-t-il d'un ton mesuré.

Il ne laisse pas paraître la moindre émotion. Je ne sais pas s'il est furieux à cause de mes confessions, mais il est là, autrement dit, il a compris qu'elles venaient de moi. Comme je ne lui réponds pas, il jette un bref coup d'œil derrière lui, se passe une main sur la tête avant de se retourner vers moi.

– Tu as le temps de me couper les cheveux ? demande-t-il.

Effectivement, ils ont poussé depuis la dernière fois que je l'ai coiffé.

– Tu me fais encore confiance ? dis-je d'un ton plus réjoui que je ne l'aurais cru.

Décidément, tout me semble toujours plus facile avec lui.

– Ça dépend. Tu as bu ?

Je souris, soulagée qu'il soit capable de plaisanter en pleine guerre froide. Je lui désigne la salle des shampooings et, tandis qu'il s'y rend, je ferme à clé la porte d'entrée. Ce ne serait pas le moment que quelqu'un surgisse et nous voie ensemble…

Je le retrouve assis dans le fauteuil qu'il a déjà occupé. Comme la dernière fois, il ne me quitte pas des yeux. Je vérifie la température de l'eau avant de la lui passer sur les cheveux, puis applique le shampooing, que je fais mousser. Quelques secondes durant, il ferme les paupières et j'en profite pour le regarder.

Il les rouvre tandis que je commence à le rincer, alors je me détourne en hâte.

J'aimerais bien qu'il dise quelque chose. S'il est là, c'est bien pour une raison, et pas juste pour m'examiner.

Lorsque j'ai terminé de lui laver les cheveux, nous revenons silencieusement dans le salon. Il s'assoit et je lui frotte la tête avec une serviette. Je ne suis pas certaine de respirer tout le temps que dure la coupe.

Je me concentre : jamais cette pièce n'a été aussi silencieuse.

Ni aussi bruyante.

Je ne peux empêcher mes pensées de galoper dans ma tête, de le revoir m'embrasser, me serrer dans ses bras, tandis que nous discutions de tout et de rien avec tant d'aisance et de naturel que je n'avais plus envie que ça s'arrête.

Une fois le dernier coup de ciseau donné, je le coiffe, lui ôte sa cape protectrice, lui époussète les épaules, puis range mes outils.

Il se lève, sort son portefeuille, pose un billet de cinquante dollars sur le comptoir.

– Merci, dit-il avec un sourire.

Il se retourne, prêt à partir, mais je n'ai pas envie de le laisser s'en aller. Nous n'avons pas parlé des confessions. Il ne m'a même pas dit pourquoi il était là.

– Attends.

À mon appel, il s'arrête net devant la porte. Mais je ne trouve rien de plus à lui dire. Alors je prends le billet entre deux doigts.

– C'est beaucoup trop, Owen.

Il me regarde un long moment, puis ouvre la porte et s'en va.

Complètement anéantie, je me laisse tomber dans un fauteuil. Qu'est-ce que j'attendais de lui ?

Qu'il fasse un geste ? Qu'il me propose de venir chez lui ?

De toute façon, je n'aurais accepté ni l'un ni l'autre, mais faut-il que je sois immonde pour regretter qu'il ne me les ait pas proposés !

Je regarde machinalement le billet toujours dans ma main et m'aperçois qu'on y a écrit quelque chose au feutre noir.

Je voudrais passer au moins une nuit avec toi. S'il te plaît.

Mon poing se serre sur ma poitrine. Mon cœur s'emballe, mes poumons réclament de l'air, c'est tout ce que je ressens pour le moment.

Jetant le billet sur le comptoir, j'enfouis ma tête entre mes bras.

Oh My God !

Oh My God !

Jamais de ma vie je n'avais autant désiré faire une telle erreur.

*

*   *

Je m'arrête devant la galerie, sur le point de prendre une décision que je regretterai dès demain. Si j'entre, je sais ce qui va se passer entre nous. J'ai beau savoir que Trey se trouve à des centaines de kilomètres, qu'il n'y a aucune chance pour qu'il apprenne seulement ce qui aura pu se passer, je ne le sens pas.

En revanche, ce n'est pas parce qu'il pourrait l'apprendre que j'ai moins envie de le faire.

Je n'ai pas encore pris de décision que le portail s'ouvre et la main d'Owen se pose sur la mienne. Il m'entraîne à l'intérieur, referme derrière moi, verrouille. J'attends que ma vue s'ajuste à la semi-obscurité et ma conscience au fait que je sois entrée.

– Tu ne devrais pas rester dehors comme ça, observe-t-il. Quelqu'un pourrait te voir.

Je ne comprends pas trop à qui il fait allusion mais il n'y a aucune chance pour que Trey m'aperçoive ce soir, puisqu'il est à San Antonio.

– Il est en voyage.

Owen se tient à moins d'un mètre de moi et il a l'air ravi.

– C'est ce que je me suis laissé dire, rétorque-t-il.

Gênée, je baisse la tête en essayant de me raisonner un peu. Je prends des risques énormes en venant ici. Si seulement je pouvais me détacher des pensées qui m'obsèdent, je verrais bien que je commets une énorme erreur. Que nous nous fassions prendre ou non, ceci ne nous mènera à rien. En fait, ça risque surtout d'empirer les choses car il y a des chances qu'après une nuit avec lui je ne rêve que d'en passer d'autres.

– Je n'aurais pas dû venir, dis-je doucement.

Il demeure impassible.

– Mais tu es là.

– C'est toi qui m'as entraînée sans me demander mon avis.

Ma mauvaise foi le fait rire.

– Tu traînais devant ma porte à hésiter. Je t'ai juste aidée à décider.

– Je n'ai encore rien décidé.

– Mais si, Auburn ! Tu as opté pour beaucoup de choses. Tu as pris Trey pour le long terme, et là, tu me prends pour la nuit.

Je me mords les lèvres, regarde ailleurs. Je n'aime pas ce commentaire, pourtant il résume tout. Parfois, la vérité fait mal et, à l'étaler ainsi, Owen la rend plus cinglante que dans la réalité.

– Tu es intransigeant.

– Non, juste égoïste.

– C'est la même chose.

– Pas du tout, Auburn. Si j'étais intransigeant, je te poserais un ultimatum. Tandis qu'en bon égoïste, je réagis plutôt ainsi.

Joignant le geste à la parole, il pose brutalement ses lèvres sur les miennes. Ses mains se glissent dans mes cheveux, derrière ma tête qu'il incline en arrière. Il m'embrasse avec une telle ardeur qu'il donne l'impression de vouloir rattraper tous les baisers qu'il n'a pu me donner, mais aussi de vouloir anticiper ceux qu'il pourrait me donner ensuite.

Tous à la fois.

Ses mains descendent vers mon dos et il m'attire contre lui. Quant à moi, je ne sais plus où j'en suis. J'ai l'impression de m'accrocher à lui comme si ma vie en dépendait, mais à part ma bouche, tout mon corps semble s'engourdir. Je ne sens plus que ses lèvres, rien n'existe plus que son baiser.

Et je n'ai envie de penser à rien d'autre. Pourtant, Trey parvient encore à se frayer un chemin dans mes pensées. Peu importent mes sentiments pour

Owen, c'est vers Trey que doit aller ma loyauté. Par ses initiatives, Owen m'a forcée à faire un choix et nous allons devoir en tirer tous deux les conséquences.

Je me détache de lui, trouve la force de repousser son torse. Je sens sous mes paumes sa respiration haletante et, comprenant qu'il éprouve à peu près la même chose que moi, j'ai presque envie de lui rendre son baiser.

– Je suis avec Trey, maintenant, dis-je dans un souffle.

Il ferme les yeux, comme s'il lui était insupportable d'entendre ce nom. Il doit reprendre un peu sa respiration avant de répondre.

– Tu n'as rien donné d'autre à Trey que ta parole, articule-t-il en posant à son tour les mains sur mon cœur. Tout le reste est à moi.

Ces mots me secouent encore plus que son baiser. J'essaie de respirer, mais il se tient trop près pour que j'y parvienne.

– Jamais il ne fera tant battre ton cœur, Auburn.

Je ne peux m'empêcher d'appuyer la tête sur son épaule. À croire que mon corps a déjà fait son choix, alors que mon esprit s'égare et que nos halètements s'emballent.

Plus nous resterons là, plus il parlera, plus notre désir grandira. Je le sens à la façon dont il me tient. Je l'entends au ton désespéré de sa voix. Je le perçois dans les mouvements de sa poitrine.

– Je comprends pourquoi tu as dû le choisir lui, poursuit-il. Je n'aime pas, mais je comprends. Je sais aussi que ce n'est pas parce que tu m'accorderas une nuit que tu ne lui accorderas pas ta vie. Mais comme je te l'ai dit… je suis égoïste. Et si je ne peux obtenir davantage qu'une nuit avec toi, je prendrai tout de même.

Il soulève mon menton, attire mon visage vers le sien.

– Je suis prêt à prendre tout ce que tu voudras bien m'offrir. Parce que je sais que si tu franchis la porte, alors dans dix ans… dans vingt ans… en repensant à ce soir, nous regretterons de ne pas avoir écouté nos cœurs.

– C'est bien ce qui me fait peur. Il suffira sans doute que je l'écoute une fois pour ne plus jamais pouvoir lui résister.

– Si seulement je pouvais avoir cette chance, murmure-t-il près de ma bouche.

Il me donne un autre baiser et, cette fois, tout mon corps se met à vibrer du même élan. Je l'attire vers moi avec autant de fougue qu'il m'attire vers lui. Ses lèvres se posent partout, comme s'il goûtait plus que jamais ces baisers que je le laisse me donner. C'est ma façon de lui dire que cette nuit est à lui.

– Je voudrais qu'on monte, me dit-il. Tout de suite.

On traverse la galerie mais ni l'un ni l'autre ne parvient à ranger ses mains ou ses lèvres, si bien que cela nous prend un certain temps. Au pied de l'escalier, il ne trouve rien de mieux que de monter les marches à reculons, ce qui n'en rend notre baiser que plus compliqué. Tout d'un coup, il m'attrape la main, se retourne et m'entraîne en galopant vers l'étage.

Notre baiser reprend, totalement différent de celui que nous venons de partager. Owen me prend le visage entre ses deux mains pour m'embrasser lentement, attentivement.

Comme si j'étais son prochain tableau.

Dès que ce baiser s'achève, nos doigts s'entremêlent, nos fronts se rejoignent.

Jamais personne ne m'a mise dans un tel état. Pas même Adam. Et je ne revivrai sans doute plus jamais ça.

Cette pensée m'effraie, tout en scellant mon sort jusqu'à demain matin, car tout ce que je peux ressentir en présence d'Owen disparaîtra. Et tant pis pour ma loyauté envers Trey.

Je me moque éperdument de ce que cela peut révéler sur moi.

– J'ai peur de ne plus jamais ressentir ça avec personne d'autre, dis-je à voix basse.

Il m'étreint les mains.

– J'en ai aussi peur pour toi.

Je recule un peu, le regarde dans les yeux, comme pour m'assurer que mes élans envers Trey n'égaleront jamais ce moment.

– Jamais je ne vivrai ça avec lui, Owen. Même pas la moitié.

Il ne m'oppose pas l'expression soulagée à laquelle je m'attendais. En fait, c'est comme si je venais d'articuler des mots qu'il ne voulait pas entendre.

– J'en suis navré pour toi, soupire-t-il. Je ne voudrais pas que tu t'embarques dans une vie entière avec quelqu'un qui ne te mérite pas.

Il m'attrape par la nuque pour venir me glisser à l'oreille :

– Tu ne veux peut-être pas croire qu'il te mérite moins que moi, mais c'est pourtant ce que je dis.

En même temps, ses mains s'abaissent vers mes cuisses et il me soulève du sol. Il m'emporte à travers la pièce pour aller me déposer sur le lit puis se pose sur moi, m'enferme la tête entre ses coudes. Il m'embrasse tendrement sur le front, sur le bout du nez. Je lis dans ses prunelles plus de sincérité et de droiture que jamais.

– Personne ne te mérite autant que moi.

Ses mains se mettent à déboutonner mon jean, mais ses lèvres restent sur mon cou tandis qu'il continue de me convaincre de sa ferveur.

Je ferme les yeux pour mieux entendre sa voix, le laisse me déshabiller, parcourir la peau de mes cuisses de ses paumes tièdes.

– Personne ne te comprend comme moi, murmure-t-il contre mes lèvres.

Je sens sa présence sur moi tandis que sa langue se glisse dans ma bouche. Je gémis et la pièce se met à tourner ; je ne sais même pas me débattre contre le feu qu'il attise en moi. Il passe mon t-shirt puis mon soutien-gorge par-dessus ma tête et je ne fais rien pour l'aider, ni pour l'en empêcher. Je reste complètement impuissante à son contact.

– Personne ne fait battre ton cœur comme moi.

Il m'embrasse, marque une pause le temps d'ôter sa chemise, le temps de reprendre le contrôle de mes sens quand je m'aperçois que mes mains défont son jean et tâchent de le lui enlever afin que je sente enfin sa peau.

Il pose une paume sur mon cœur.

– Et personne d'autre ne mérite d'entrer en toi s'il ne peut d'abord en passer par là.

Ses paroles me coulent sur les oreilles comme des gouttes de pluie. Il m'embrasse doucement puis se soulève du lit. Je garde les yeux clos mais j'entends son jean tomber au sol, puis une enveloppe se déchirer. Je sens ses mains sur mes hanches alors qu'il glisse les doigts sous ma culotte pour m'en débarrasser. Ce n'est que lorsqu'il se remet sur moi que je trouve la force d'ouvrir les yeux.

– Dis-le, articule-t-il. Je veux t'entendre me dire que je te mérite.

Je pose les mains sur ses bras, le long des courbes de ses épaules, sur les bords de son cou, dans ses cheveux. Je le regarde directement dans les yeux.

– Tu me mérites, Owen.

Il m'attrape la jambe, l'enroule sur sa taille.

– Et tu me mérites, Auburn.

Il entre en moi et je ne sais pas ce qui retentit le plus de son geignement ou de mon exclamation :

– Oh My God !

Il s'enfonce profondément puis s'immobilise, me sourit, le souffle court.

– Je ne sais pas si tu as dit ça parce que tu te sens bien, ou si tu te fiches encore de mes initiales.

– Les deux, dis-je pantelante.

Nos sourires s'effacent quand il se remet à remuer. Il garde la bouche contre la mienne tout en se soulevant juste assez pour qu'on puisse se regarder. Il sort et rentre doucement, tout en continuant de m'effleurer de baisers légers. Je gémis ; plus que tout, je voudrais fermer les yeux mais il me fixe avec une telle intensité que je voudrais aussi pouvoir enregistrer chacun de ces instants.

Il se retire à nouveau, revient tout en posant la bouche sur ma joue. Il commence à trouver un rythme entre chaque baiser, sans cesser de me regarder.

– Voilà ce que j'aimerais que tu te rappelles, Auburn. Je ne veux pas que tu te rappelles ce que tu ressens quand je suis en toi, mais ce que tu ressens quand je te regarde.

Ses lèvres effleurent les miennes avec une telle délicatesse que je les sens à peine.

– Je veux que tu te rappelles comment réagit ton cœur chaque fois que je t'embrasse.

J'essaie d'enraciner dans ma mémoire toutes les sensations qui m'habitent en ce moment. Il glisse les mains sur mes cheveux, soulève un peu ma tête pour m'emplir encore d'un profond baiser.

Le temps que nous reprenions chacun notre souffle, il reprend :

– Je veux que tu te rappelles mes mains, qui ne peuvent s'arrêter de te toucher.

Il remonte lentement les lèvres le long de ma joue, jusqu'à mon oreille.

– Et je veux que tu te rappelles que tout le monde peut faire l'amour. Mais que je suis le seul qui mérite de te faire l'amour.

À ces mots, je lui entoure le cou de mes bras, et sa bouche s'écrase sur la mienne. Il rentre plus brusquement en moi, et j'ai envie de crier. J'ai envie de le supplier de ne jamais arrêter, mais, par-dessus tout, j'ai envie de ce baiser. De l'imprimer à jamais dans ma mémoire. D'imprimer le goût d'Owen sur ma langue.

Les minutes qui suivent s'écoulent dans une brume de gémissements, de baisers, de transpiration, de mains, de bouches. Il est sur moi, et puis je viens sur lui, et il revient sur moi. Quand je sens sa bouche tiède sur mes seins, je me perds complètement. Je laisse ma tête tomber, mes paupières tomber, mon cœur tomber entre les paumes de ses mains.

Je suis tellement excitée, enivrée, ravie d'avoir décidé de rester que je ne me rends même pas compte quand ça s'arrête. Je respire encore trop fort, et mon cœur bat la chamade. Je ne sais trop si l'explosion de l'orgasme avec Owen sonne la fin de ce moment, car notre redescente à deux me paraît aussi extraordinaire que la montée.

Je suis là, blottie contre lui entre ses bras, dans une position où je n'aurais jamais cru me retrouver un jour. Une position qui me paraît pourtant des plus naturelles avec lui, tout en sachant que rien ne me permettra d'y rester.

Cela me rappelle le jour où j'ai dû dire au revoir à Adam. Je savais que notre relation était plus forte que ce que les gens pouvaient imaginer, et il m'a fallu une éternité pour surmonter mon désespoir de me voir brutalement arrachée à lui.

Et voilà que la même chose m'arrive avec Owen. Je ne suis pas prête à lui dire adieu. J'ai peur de dire adieu.

Pourtant, il le faut, et c'est insupportable.

Si seulement je savais retenir mes larmes… Je ne voudrais pas qu'il m'entende pleurer. Je ne voudrais pas qu'il sache combien je suis bouleversée à l'idée de ne pouvoir recommencer à nous aimer tous les jours de notre vie. Je ne voudrais pas qu'il me demande ce qui m'arrive.

Quand il sent mes larmes tomber sur son torse, il ne fait rien pour les arrêter, préférant me serrer un peu plus fort encore contre lui, poser la joue sur ma tête, me passer doucement la main dans les cheveux.

– Je sais, ma chérie. Je sais.

Dix-huit

Owen

J'aurais dû me douter qu'elle serait partie quand je me réveillerais. J'ai senti son cœur se briser cette nuit, quand elle envisageait de me dire adieu. Pas étonnant qu'elle ait préféré partir avant.

Ce qui m'étonne, c'est la confession qu'elle a laissée sur l'oreiller à côté de moi. Je la prends mais ne le lis pas avant de m'être mis à sa place. Là, je déplie le papier.

Toute ma vie je repenserai à cette nuit, Owen. Même quand il ne faudra pas.

Mes mains retombent sur ma poitrine, je serre les poings.

Elle me manque déjà, alors qu'elle a dû partir il y a une heure. Je relis plusieurs fois sa confession. Évidemment, ça devient ma préférée mais aussi la plus douloureuse.

Je me rends dans mon atelier, sors la toile inachevée, la place sur un chevalet. Je rassemble tout le matériel dont j'ai besoin, me place devant. Puis je relis la confession en essayant d'imaginer quelle était son expression quand elle l'a rédigée. Ce qui me donne enfin l'inspiration nécessaire pour finir son portrait.

Je prends un pinceau et me mets au travail.

*

* *

J'ignore combien de temps a passé. Un jour. Deux. J'ai dû prendre trois fois le temps de manger quelque chose. En tout cas, il fait nuit.

Mais j'ai enfin terminé.

Il m'arrive rarement d'avoir l'impression de mettre un point final à une œuvre. J'ai toujours envie d'ajouter un détail, quelques coups de pinceau, une couleur. Mais arrive toujours un moment où je dois m'arrêter et prendre la toile telle qu'elle est.

J'en suis là de son portrait, sans doute le plus réaliste que j'aie jamais réalisé.

Je reconnais exactement son expression, pas très heureuse, plutôt triste, en fait. Je me plais à penser qu'elle arborera ce regard chaque fois qu'elle pensera à moi. Un regard qui révèle combien je lui manque. Même quand il ne faudrait pas.

J'installe la toile contre le mur. Je prends la confession qu'elle a laissée sur mon oreiller ce matin et je l'accroche à côté. Je sors la boîte de toutes les confessions qu'elle a déposées ici ces dernières semaines et les fixe autour du tableau.

Je recule, regarde ce qui me reste d'elle.

*

*   *

– Qu'est-ce qui s'est passé entre Auburn et toi ? demande Harrison.

Je hausse les épaules.

– Comme d'habitude ? insiste-t-il.

– Même pas.

Il hausse un sourcil.

– Eh bé ! C'est nouveau. J'aimerais bien entendre la suite de l'histoire.

Il sort une autre bière qu'il fait glisser vers moi sur le comptoir, se penche, fait sauter la capsule.

– Du moins si tu me donnes la version condensée, ajoute-t-il. Parce que je ferme dans quelques heures.

– C'est facile, dis-je en riant. Tout vient d'elle, Harrison.

Il me jette un regard interloqué.

– Tu voulais du condensé, non ? Voilà.

– Bon, dans ce cas, tu peux me servir les détails.

Je regarde l'écran de mon téléphone. Déjà vingt-deux heures trente.

– La prochaine fois, peut-être. Je suis là depuis deux heures.

Je pose un billet sur le bar, avale une dernière gorgée de bière. Il m'adresse un signe tandis que je reprends le chemin de la galerie. Le portrait que j'ai achevé hier devrait être presque sec maintenant. C'est bien le premier que j'accrocherai à proximité de mon lit.

Je sors ma clé de ma poche, la glisse dans la serrure, mais la porte est ouverte.

Pourtant je suis certain de l'avoir fermée. Comme chaque fois que je m'en vais.

Je la pousse et, d'un seul coup, tout mon monde s'écroule. Je regarde à gauche, je regarde à droite, j'entre dans la galerie, je tourne, constatant les dommages infligés à tout ce que je possède. À tout ce sur quoi j'ai travaillé.

Des lignes de peinture rouge maculent les murs, le sol, couvrant chaque tableau du rez-de-chaussée. Je me précipite sur le plus proche, tâte les taches sur la toile, déjà presque sèches. Elles ont dû être faites il y a plus d'une heure. Le coupable a dû attendre patiemment que je sorte de la galerie, ce soir.

Dès que l'image de Trey me vient à l'esprit, je suis pris de panique et me lance dans l'escalier, fonce vers mon atelier. Dès que j'en ouvre la porte, je me penche, plaque mes mains sur mes cuisses, pousse un énorme soupir de soulagement.

Ils n'y ont pas touché.

Celui qui a fait ça n'a pas touché au portrait d'Auburn. Après m'être accordé quelques secondes pour respirer, je me redresse et m'approche de la toile. Elle est intacte, certes, mais elle a pourtant changé.

Il manque quelque chose.

Je m'aperçois alors que la confession trouvée sur mon oreiller a disparu.

Dix-neuf

Auburn

– Tu attends quelqu'un ? dis-je à Emory.

On a frappé à la porte, alors je regarde mon téléphone. Vingt-deux heures passées.

– Ce n'est pas pour moi, répond-elle. Les humains ne m'aiment pas.

Je me dirige vers la porte en riant, regarde par le judas et pousse un soupir en voyant Trey.

– Tu as l'air déçue, remarque-t-elle. Ce serait pas ton copain ?

Elle se lève et se rend dans sa chambre. Une chance qu'elle ait appris à ne pas trop s'incruster.

J'ouvre, le laisse entrer sans trop savoir ce qu'il vient faire là à vingt-deux heures passées ; d'autant qu'il avait dit ne pas rentrer avant demain.

Il se rue dans le salon, m'embrasse brièvement sur la joue.

– Il faut que j'aille aux toilettes, annonce-t-il.

Un rien désarçonnée par son attitude, je le regarde ouvrir sa ceinture et se débarrasser de tout ce qu'il y a accroché : arme, menottes et clés de voiture. Il dépose l'ensemble sur le bar et je m'aperçois qu'il est en sueur.

– Vas-y, lui dis-je. Fais comme chez toi.

Sans se faire prier, il fonce, et je me sens prise d'une vague de panique.

– Attends ! je crie derrière lui.

Il s'arrête devant la porte et je me précipite pour récupérer toutes les savonnettes en coquillage. Il me regarde passer devant lui, l'air intrigué.

– Et je me lave les mains avec quoi, maintenant ? demande-t-il.

– Regarde dans le placard, il y a du savon liquide. Ça, ce n'est pas pour les invités.

Il me claque presque la porte au nez et je me retrouve un peu bête avec toutes ces savonnettes dans les mains.

Là, j'ai un grave problème.

Je prends mon téléphone. Quelques textos m'y attendent, dont un seul de ma mère. Je parcours les autres, tous signés Owen.

Appelle-moi.

Ça va ?

C'est important.

Robe de viande.

Appelle-moi, s'il te plaît.

Si tu ne réponds pas dans cinq minutes, je viens.

Je lui réponds aussitôt :

Ne viens pas, Trey est là. Je vais bien.

J'appuie sur « envoi » puis tape un autre message.

Ça va, toi ?

Il textote immédiatement :

Quelqu'un s'est introduit dans ma galerie ce soir. Il a tout cassé.

Je porte les mains à ma bouche, étouffe un cri.

Il a pris ta confession, Auburn.

Le cœur au bord des lèvres, je vérifie que Trey n'est pas revenu. Je ne voudrais pas qu'il voie ma réaction en ce moment, car il voudra savoir à qui j'écris. J'envoie vite un autre texte à Owen.

Tu as prévenu la police ?

Sa réponse arrive alors que j'entends s'ouvrir la porte de la salle de bains.

Pour leur dire quoi, Auburn ? De venir nettoyer leur bordel ?

Je lis plusieurs fois ces dernières phrases.

Leur bordel ?

J'efface tous les messages, repose mon téléphone et prends un air décontracté, mais ce que je viens de lire me trotte dans la tête. Il croit que c'est Trey ?

J'aimerais pouvoir dire qu'il se trompe, que mon beau-frère ne ferait jamais une chose pareille, mais je ne sais plus à qui me fier.

Quand il apparaît sur le seuil, j'essaie de lire dans son regard ce qu'il pourrait vouloir me cacher, mais il m'oppose une expression fermée comme un mur de briques.

– Tu es rentré plus tôt que prévu, dis-je aimablement.

Il ne me rend pas mon sourire et j'en ai le cœur retourné. Il entre, vient s'asseoir sur mon lit, ôte ses chaussures, les envoie promener devant lui.

– Qu'est-ce qui est arrivé au chat ? demande-t-il. Comment tu as dit qu'il s'appelle, déjà ? Étincelle ?

Je déglutis. Pourquoi m'interroge-t-il sur le chat d'Owen ?

– Il s'est enfui, dis-je tranquillement. Emory en a été bouleversée toute une semaine.

Sa mâchoire se crispe, il m'attrape par le bras, m'attire contre lui. Je me raidis tandis qu'il m'encercle d'un bras, m'embrasse sur la tête.

– Tu me manquais, c'est pour ça que je suis rentré plus tôt.

Il joue le gentil. Trop gentil. Je reste sur mes gardes.

– Tu sais quoi ? reprend-il.

– Quoi ?

Il promène la main dans mes cheveux.

– J'ai trouvé une maison, aujourd'hui.

Je me détache de lui, l'interroge du regard alors qu'il coince une mèche derrière mon oreille.

– Je ne savais pas que tu cherchais une autre maison.

– J'avais envie de quelque chose de plus grand. Maintenant que maman est revenue, je vais lui laisser celle-là puisqu'elle lui appartenait. Et puis ça serait bien qu'on soit un peu tranquilles. La maison que j'ai trouvée a un jardin clôturé. Elle donne sur Bishop Street, pas loin du parc. Un très bon quartier.

Je ne dis rien, parce que j'ai bien peur qu'il estime avoir trouvé cette maison pour nous. Et ça me terrifie.

– Maman est venue la visiter avec moi. Elle la trouve très bien. Elle est sûre qu'AJ s'y plaira.

Impossible d'imaginer Lydia déclarant qu'AJ pourrait aimer une chose qui ne viendrait pas d'elle.

– Ah bon ? Elle a dit ça ?

En même temps, j'essaie d'imaginer ce que pourrait être ma vie dans la même maison qu'AJ, avec un jardin, dans un beau quartier. Quelque part, je me dis que ça pourrait en valoir la peine. Jamais je n'aimerai Trey comme j'ai aimé Adam, jamais je ne me sentirai attirée par lui comme par Owen, mais ni Adam ni Owen ne peuvent me donner ce qui compte le plus dans ma vie. Seul Trey le peut. Je balbutie :

– Qu'est-ce que tu m'annonces, là ?

Il me sourit et je me rends soudain compte qu'Owen s'est sans doute trompé. Si c'était Trey qui avait détruit sa galerie, il ne me tiendrait pas ce discours. Il serait livide, parce qu'il saurait que cette confession provient de moi.

– Ce n'est pas un jeu, Auburn. J'aime AJ et j'ai besoin de ton accord pour qu'on puisse continuer ensemble.

Il vient se placer sur moi pour m'embrasser. Voilà plus de deux mois qu'on sort ensemble maintenant et je ne l'ai jamais laissé aller plus loin que le baiser. Je ne suis toujours pas prête, même si lui ne demande que ça. Or, il n'est pas d'une patience à toute épreuve.

Dans un grondement, il introduit sa langue plus profondément dans ma bouche. Je ferme les yeux, écœurée de devoir me forcer à faire comme si ça me plaisait. Mais, intérieurement, je décroche et me demande comment réagir car j'ai toujours les textos d'Owen en tête. Sans compter qu'il est peut-être en chemin pour venir ici.

Les mains de Trey se font de plus en plus insistantes, sa bouche avide se promène maintenant sur mon corps tandis qu'il déboutonne ma chemise.

J'ai envie de lui dire d'arrêter mais tout se passe si vite que je ne sais comment le contenir. À présent, il détache mon jean, glisse les doigts sous ma culotte, et là je n'en peux plus. Plantant les talons dans le matelas, je le repousse en essayant de me lever sur le lit.

Il s'écarte quelques secondes mais je ne sais que dire, alors il plaque de nouveau sa bouche sur la mienne, avec encore plus de force. Il ne m'a pas entendue dire non, ce qui doit revenir à un oui pour lui.

J'appuie la tête sur son torse.

– Trey, arrête !

Ce qu'il fait aussitôt, se cachant le visage dans l'oreiller avec un grognement étouffé. Je suis gênée.

Il a toujours une main dans mon jean et, bien que je ne sois pas en train de l'embrasser, il l'enfonce un peu davantage. Il faut que ce soit moi qui la retire. Alors il pose la paume sur le lit, à côté de moi, puis se soulève jusqu'à ce que son visage se retrouve à quelques centimètres du mien, les yeux étincelant de colère, mais ce n'est pas cela qui me fait peur.

C'est son dégoût.

– Tu peux baiser mon petit frère à quinze ans, mais pas moi maintenant que tu es adulte ?

Ses paroles me blessent au point de me faire baisser les paupières et détourner la tête.

– Je n'ai pas baisé Adam, articulé-je lentement. J'ai fait l'amour avec lui.

– Ah oui ? gronde-t-il contre mon oreille. Et c'était quoi quand Owen t'a baisée dans son lit ? C'était de l'amour, aussi ?

J'inspire une longue goulée d'air.

Tout mon corps s'est tendu mais je sais que si je tente de m'enfuir, il m'en empêchera. Je sais aussi que, si je ne m'enfuis pas, il me fera du mal.

Je n'ai jamais eu aussi peur de ma vie.

Il reste sur moi, la bouche près de mon oreille. Il ne dit plus rien, mais c'est inutile. Sa main qui rentre dans mon jean montre suffisamment ses intentions.

Un quart de seconde, je me demande si je ne devrais pas le laisser faire, me taire en attendant que ça passe. Ce serait peut-être le moyen de me faire pardonner ce qui s'est passé avec Owen. Je ne peux pas me permettre de laisser ceci s'installer entre mon fils et moi.

Mais ces idées ne me traversent qu'un court instant, car il n'est pas question qu'AJ grandisse auprès d'une mère dégonflée.

– Lâche-moi !

Il n'en fait rien. Au contraire, il se redresse un peu pour mieux me dominer d'un sourire tellement glacial que j'en ai froid dans le dos. Je ne le reconnais pas, je ne l'avais jamais vu dans cet état.

– Trey, je t'en prie !

Sa main insiste de plus belle et j'ai beau serrer les jambes, ça ne l'empêche pas de m'écarter les cuisses. J'essaie de le repousser mais, face à sa force, mes efforts sont ridicules. Sa bouche revient sur la mienne et, quand j'essaie de me détourner, il me mord la lèvre pour m'embrasser de force.

J'ai un goût de sang sur la langue.

Je me mets à sangloter alors qu'il commencer à déboutonner son jean.

Et tout s'arrête.

– Elle t'a dit d'arrêter.

Ce n'est pas ma voix, ce n'est pas celle de Trey, mais ces mots l'interrompent dans son élan. D'un coup d'œil, j'aperçois Emory dans l'encadrement de la porte, une arme pointée vers nous. Trey se retourne lentement. Quand il la voit, il roule prudemment sur le dos, les paumes levées.

– Vous vous rendez compte que vous menacez un officier de police ? énonce-t-il d'un ton calme.

Elle ricane.

– Vous vous rendez compte que j'empêche un viol ?

Il s'assied avec des gestes toujours aussi mesurés et elle le suit du canon.

– J'ignore ce que vous avez cru voir mais si vous ne me donnez pas ce pistolet, vous vous exposez aux pires emmerdes.

Tout en continuant de le viser, elle m'interroge du regard.

– D'après toi, Auburn, qui est-ce qui va avoir des ennuis ? Le flic qui voulait te prendre de force ou la coloc qui lui a tiré dans les couilles ?

Heureusement, c'était une question purement rhétorique, parce que je pleure tellement que je ne peux pas répondre. Trey se passe la paume sur la bouche, serre les dents, l'air de chercher comment se tirer du mauvais pas où il vient de se fourrer.

Emory revient vers lui.

– Vous allez quitter cet appartement. Je ne vous rendrai votre arme et vos clés qu'une fois que vous serez hors d'atteinte, au bout du couloir.

Je le sens qui me regarde mais je ne peux pas me tourner dans sa direction. Il me caresse le bras.

– Auburn, tu sais que je ne te ferais jamais de mal. Dis-lui qu'elle se trompe.

Il essaie de me prendre le menton mais la voix d'Emory l'en empêche.

– Foutez. Le. Camp ! glapit-elle.

Il lève de nouveau les mains, puis se relève lentement, reboutonne son jean, se penche pour récupérer ses chaussures.

– Laissez ça là, ordonne Emory. Allez vous-en !

Elle s'écarte un peu de l'encadrement de la porte pour le laisser passer. Je le regarde s'approcher d'elle puis se diriger vers l'entrée. Elle le suit.

– Jusqu'au bout du palier ! dit-elle.

Quelques secondes s'écoulent encore avant qu'elle n'ajoute :

– Lance-moi ses chaussures, Auburn.

Je me penche au bord du lit, attrape ses chaussures par terre, les lui apporte. Elle les dépose sur le palier, sans quitter des yeux Trey qui vient d'atteindre le fond du couloir. C'est là qu'elle place l'arme à côté des chaussures. Dès qu'elle l'a lâchée, elle recule et ferme vivement la porte, la verrouille puis attache la chaîne. Quant à moi, j'ai regagné le seuil de ma chambre pour m'assurer qu'il ne reviendra pas. Elle se tourne enfin vers moi, les yeux écarquillés.

– Je t'avais dit que j'aimais mieux l'autre mec.

Ce qui me fait pouffer de rire entre mes larmes. Alors elle vient me prendre dans ses bras et, aussi bizarre que cela paraisse, je lui suis reconnaissante comme je ne l'ai encore jamais été de ma vie.

– Merci, merci, d'avoir écouté aux portes.

– Tout le plaisir est pour moi, assure-t-elle en riant.

Ça va ? Il t'a fait mal ?

Je fais non de la tête, tout en portant une main à ma lèvre pour vérifier qu'elle ne saigne pas encore. C'est le cas mais, sans me laisser le temps de filer à la cuisine, Emory sort un mouchoir en papier. Elle s'apprête à le passer sous l'eau quand on frappe à la porte.

On regarde toutes les deux dans cette direction.

– Auburn ! lance la voix de Trey. Auburn, je suis désolé. Désolé.

Il pleure. Ou alors c'est un grand acteur.

– Il faut qu'on en parle. Je t'en prie !

Je sais qu'Owen est sur le point d'arriver, c'est obligatoire après les textos qu'il m'a envoyés. Il faut que je me débarrasse de Trey avant qu'ils ne se retrouvent face à face. Il ne manquerait plus que ça. Je me dirige vers la porte mais ne la déverrouille pas.

– On en parlera demain, dis-je. Là, je veux me reposer, Trey.

Quelques secondes s'écoulent et il répond :

– D'accord, à demain.

Vingt

Owen

Je me gare dans un parking en face de son immeuble, afin que Trey ne voie pas ma voiture. Je sors en courant, traverse comme un fou, monte chez elle et tambourine à sa porte.

– Auburn ! Auburn, laisse-moi entrer !

J'entends les loquets se détacher l'un après l'autre et chacun de ces sons me rend un peu plus anxieux. Quand, enfin, elle ouvre, quand je la vois devant moi, tout mon corps respire.

Des traces de larmes lui maculent les joues et, les deux secondes qu'il me faut pour entrer dans l'appartement et la serrer contre moi, me paraissent durer une heure.

– Ça va ?

Elle enroule ses bras autour de mon torse tandis que je referme la porte du pied. Je tire un verrou avant d'étreindre Auburn avec plus de vigueur.

– Ça va, assure-t-elle.

À entendre sa voix, ça ne va pas du tout, au contraire. Elle semble affolée. Je l'écarte un peu de moi pour la regarder.

Les cheveux en bataille.

La chemise déchirée.

La lèvre ensanglantée.

Elle hoche la tête mais tout en elle me dit que non. Elle voit la fureur dans mes yeux, alors que je me retourne et commence à rouvrir la porte.

Ce connard peut me provoquer tant qu'il veut, mais il n'aurait pas dû toucher à elle.

Elle pose les mains sur mes bras, me tire en arrière.

– Owen, arrête !

J'ai déjà rouvert, je suis sur le palier, mais elle vient se planter devant moi, plaque les paumes sur mon torse.

– Tu es en colère. Calme-toi d'abord. Je t'en prie !

Je respire un grand coup, dans l'espoir que ça me calmera, mais juste pour la rassurer. J'espère qu'elle ne croira jamais qu'il lui suffit de m'en prier pour que je fasse tout ce qu'elle me demandera. Jamais.

Elle me fait rentrer chez elle et je vais m'accouder au comptoir, posant la tête sur mes bras.

Je ferme les yeux, réfléchis à ce qu'il pourrait bien faire en ce moment, où il pourrait aller. Où elle devrait se réfugier pour lui échapper.

Comme je ne trouve de réponse valable qu'à la dernière question, je décide de la garder près de moi. Je ne la lâcherai pas d'une semelle cette nuit.

Je me redresse, me tourne vers elle.

– Prends tes affaires. On s'en va.

*
*   *

Je décide de l'emmener à l'hôtel pour cette nuit car je ne suis pas sûr qu'elle soit en sécurité chez moi. Je ne sais pas encore vraiment ce qui s'est passé entre eux et j'ignore de quoi il est capable en ce moment.

Sur le chemin de notre chambre, elle ne cesse de surveiller les alentours, alors je la prends par la main pour essayer de la rassurer un peu.

Une fois que j'ai fermé la porte derrière nous, j'ai l'impression de mieux respirer, peut-être tout simplement parce qu'elle pousse un soupir de soulagement. Je n'aime pas la voir si inquiète, d'autant que Trey a une place importante dans sa vie.

Elle ôte ses chaussures, s'assied sur le lit. J'en fais autant, lui prends la main.

– Tu peux me dire ce qui s'est passé ?

– Il s'est pointé juste après que j'ai vu tes textos. Au début, je n'aurais pas cru qu'il était capable du genre de chose dont tu m'avais parlé, mais quand il est entré dans ma chambre, j'ai compris. Il avait une façon de me regarder… Et puis il a tout de suite parlé d'Étincelle.

Je ne veux pas l'interrompre, mais j'ignore totalement de quoi elle veut parler.

– Étincelle ?

Elle m'adresse un petit sourire embarrassé.

– Je lui avais dit que Chatte-Owen était à Emory et qu'elle s'appelait Étincelle.

– D'accord, mais pourquoi t'a-t-il parlé d'elle ?

En même temps que je pose la question, la réponse jaillit dans mon esprit :

– Elle était chez moi, il a dû la voir et faire le rapprochement.

Auburn acquiesce de la tête mais ne dit plus rien. J'attends la suite, qui ne vient pas.

– Qu'est-ce qui s'est passé après ?

Elle hausse les épaules.

– Bon, tu sais…

La voyant fondre en larmes, je préfère la laisser poursuivre à son rythme.

– Il s'est mis à parler d'AJ, d'une maison qu'il voulait acheter et… et puis il m'a embrassée. Quand je lui ai demandé de s'arrêter…

Elle marque une pause, reprend son souffle.

– Il a dit un truc sur toi et moi dans ton lit, et là j'ai compris qu'il avait lu ma confession. J'ai voulu partir mais il m'a retenue. Jusqu'au moment où Emory est entrée.

J'aurais dû arriver plus vite, heureusement que sa coloc était là.

– C'est tout ce qui s'est passé, Owen. Il s'est arrêté et puis il est parti.

Je pose la main sur sa lèvre, effleure la blessure.

– Et ça ? C'est lui ?

Elle baisse la tête sans me contredire. J'ai horreur de la voir ainsi humiliée. Jamais elle ne devrait ressentir ça.

– Tu as appelé la police ? Tu veux qu'on l'appelle maintenant ?

Je me relève, m'apprête à décrocher le téléphone, mais elle intervient :

– Non, Owen ! Je ne peux pas porter plainte.

Je m'interromps dans mon mouvement, histoire de vérifier que j'ai bien compris.

– Trey t'agresse chez toi et tu ne vas pas porter plainte ?

Elle se détourne, honteuse.

– Tu sais ce qui arriverait si je portais plainte ? Lydia m'accuserait de tous les maux. Elle ne me laisserait plus jamais voir AJ.

– Regarde-moi, Auburn.

Je lui prends le visage entre les mains.

– Il t'a agressée. Lydia est peut-être une salope mais personne ne pourrait te reprocher de le dénoncer à la police.

L'air navré, elle se dégage.

– Il sait que j'ai couché avec toi, Owen. Il y a de quoi être furieux quand on découvre que quelqu'un vous a trompé.

Je n'en reviens pas.

– Tu le défends, maintenant ?

Le silence qui s'ensuit me terrasse. Je m'éloigne du lit, me dirige vers la fenêtre.

J'essaie de comprendre, mais ça ne rime à rien

– Tu n'as pas porté plainte alors qu'il a saccagé ta galerie, c'est pareil.

Je fais volte-face.

– Oui, mais c'est juste parce que j'ai bousillé ma crédibilité, Auburn. J'aurais l'air de vouloir me venger, ce serait nul. Il s'en sortirait sans mal et ça ne ferait qu'aggraver les choses pour moi. Tandis que toi, il t'a agressée, physiquement. Il n'existe pas une raison au monde qui t'empêche de le signaler à la police. Sinon, il se sentira toute latitude de recommencer.

Au lieu de répliquer, elle se lève lentement, s'approche de moi. Elle m'encercle de ses bras, se cache le visage contre mon torse. Étrangement apaisé, je l'étreins à mon tour.

– Owen, souffle-t-elle contre ma chemise, si tu avais des enfants, tu comprendrais pourquoi je prends ces décisions. En portant plainte contre lui, je ne ferai qu'empirer la situation. Je dois faire tout ce qui est en mon pouvoir pour conserver intactes mes relations avec mon fils. S'il faut pour ça que je pardonne à Trey, que je lui présente mes excuses pour ce qui s'est passé entre toi et moi… je le ferai. Je sais que tu ne comprendras jamais ça, mais je voudrais que tu l'acceptes. Tu ne sais pas ce que c'est que de consacrer sa vie à quelqu'un d'autre.

Non seulement ses paroles me blessent, mais elles m'effarent. Malgré ce qui vient de se passer, elle ne se rend pas compte à quel point cet homme est dangereux.

– Si tu aimes ton fils, Auburn… tu le tiendras aussi éloigné que possible de Trey. Tu ne peux commettre de pire erreur que lui pardonner.

Elle s'écarte de mon torse, lève les yeux vers moi.

– Je n'ai pas le choix, Owen. Je ne vois pas d'autre solution. Je ne peux rien faire d'autre.

Fermant les yeux, je reprends son visage dans mes mains, colle mon front contre le sien, et nous restons là, à nous écouter respirer. Elle croit que je ne la comprends pas parce que je n'ai jamais été dans sa situation. Elle croit que toutes les erreurs que j'ai commises par le passé n'étaient dues qu'à mon égoïsme, loin de toute forme d'altruisme.

Nous nous ressemblons plus qu'elle ne croit.

– Auburn, je comprends que tu veuilles rester près de ton fils mais, parfois, il faut savoir commencer par sacrifier une relation, pour mieux la préserver ensuite.

Elle se détache de moi, recule de quelques pas avant de se retourner.

– Parce que tu as déjà sacrifié une relation, toi ?

Je la dévisage avec toute l'intensité dont je suis capable.

– Nous, Auburn, c'est nous que j'ai dû sacrifier.

Vingt-et-un

Auburn

Assise sur le lit à côté de lui, j'essaie de digérer tout ce qu'il me dit mais c'est difficile.

– Je… Pourquoi tu ne m'as pas raconté ça dès le début ? Pourquoi tu ne m'as pas dit que Trey savait que cette drogue ne t'appartenait pas ?

– J'aurais bien voulu, soupire-t-il, mais je te connaissais à peine. En révélant son secret, je pouvais bousiller la carrière de mon père. Sans parler du fait que Trey menaçait de faire du grabuge. Je ne tenais pas du tout à ce que tu aies des ennuis à cause de mes relations avec mon père.

Si je pensais en avoir fini avec Trey ce soir, maintenant c'est définitif. Je n'aurais jamais cru qu'il puisse s'en prendre ainsi à Owen tout ça parce qu'il se sentait en concurrence avec lui. J'ai fait tout ce que j'ai pu pour ne voir que ses bons côtés, mais je commence à me demander s'il y a quoi que ce soit de bon en lui.

– Je me sens tellement idiote !

– Ne sois pas trop dure avec toi-même. J'aurais dû t'avertir plus tôt. J'allais le faire quand j'ai découvert que tu avais un fils, là j'ai compris que tu jouais gros. Ça n'a fait que compliquer la situation car il était trop tard pour que je recule, de te dire que ces pilules n'étaient pas à moi ; en même temps, je ne voyais pas comment Lydia et Trey t'auraient laissée sortir avec moi. On était bloqués.

Je m'allonge sur le lit, les mains jointes sur mon estomac, les yeux levés au plafond, sans plus savoir que faire.

– Je n'ai pas confiance en lui. Impossible maintenant que je sais tout ça. Je ne veux plus qu'il s'approche d'AJ, mais si je portais plainte contre eux, Lydia serait furieuse. Elle m'interdirait de visite auprès de mon fils et je risquerais de ne jamais le revoir.

La réalité de ma situation commence à me frapper et je porte les mains sur mes yeux. Je ne voudrais pas pleurer. Je voudrais rester calme, trouver une solution.

Owen se penche vers moi, me caresse la joue pour m'inciter à le regarder.

– Auburn, écoute. S'il faut que j'en vienne à dénoncer mon père pour traîner Trey devant les tribunaux, je le ferai. Tu mérites de récupérer AJ et, si on continue à laisser Trey nous mener à la baguette avec ses menaces, il n'arrêtera jamais. Il ne nous laissera jamais nous revoir, il fera tout ce qu'il pourra pour t'éloigner d'AJ, à moins que tu ne vives avec lui. Ces gens-là sont capables de n'importe quoi pour garder le pouvoir, on doit l'en empêcher.

Du pouce, il essuie une larme sur ma joue.

– On fera ce qu'il faut, Auburn, et on le fera ensemble. Je ne bouge plus d'ici. Et tu ne parles plus à Trey si je ne suis pas dans les parages, d'accord ?

Ses paroles m'emplissent à la fois de soulagement et d'angoisse. Ça fait du bien qu'il soit de mon côté mais je suis épouvantée à l'idée de devoir affronter Trey. Seulement, on n'a plus le choix. Ou on règle ça raisonnablement, entre adultes, ou je l'affronte au tribunal.

Et je n'arrêterai que quand j'aurai gagné.

Owen me serre dans ses bras, si longtemps que je m'endors. C'est le bruit de la douche qui me réveille, je regarde autour de moi, la chambre d'hôtel, j'essaie de me situer… Une fois que j'ai les idées plus claires, que je revis les moments les plus marquants qui se sont déroulés dans la journée, je sens curieusement le calme revenir en moi. Étonnant comme on ne se rend pas compte à quel point on peut être parfois seul et démuni, jusqu'à ce que quelqu'un vienne vous soutenir. Owen a fait tant de sacrifices pour son père, et maintenant il en fait autant pour moi… C'est exactement le genre d'homme qui devrait servir de modèle à AJ dans la vie.

Je consulte mon téléphone, m'aperçois que j'ai manqué plusieurs appels de Trey. Je ne veux pas qu'il soupçonne quoi que ce soit ni qu'il se pointe chez moi ce soir, alors je lui envoie un texto :

Il me faut un peu de temps pour faire le point, seule. On pourra en parler demain, promis.

Surtout qu'il ne me croie pas en colère contre lui. Je dois l'apaiser jusqu'à ce que, avec Owen, on puisse l'affronter ensemble.

D'accord.

Je pousse un soupir de soulagement, repose mon téléphone, me lève pour entrer dans la salle de bains mais marque une pause en apercevant Owen dans la glace du couloir. La porte est restée entrouverte, tout comme le rideau de la douche, et je le vois en train de se laver la tête. J'ai soudain mille fois plus envie d'aller l'y rejoindre plutôt que de rester seule ici.

Une sourde inquiétude monte en moi. Je me demande bien pourquoi. Rien de tout ça n'est nouveau.

J'ôte mon t-shirt, le pose sur la commode, suivi de mon jean. Un coup d'œil dans le miroir m'indique que mon mascara a coulé ; je l'essuie, recule un peu, aperçois quelques bleus sur mon corps, résultat de ma lutte contre Trey, et j'ai presque envie de changer d'avis sur ce que je vais faire maintenant.

Pourtant, je continue. Trey m'a suffisamment éloignée d'Owen, il est temps de complètement le chasser de ma tête. Je n'ai plus envie de penser à lui jusqu'à notre confrontation de demain.

Devant la porte de la salle de bains, je marque une pause, le temps d'ôter mon soutien-gorge et ma culotte. J'hésite à éteindre la lumière. La seule nuit que j'ai passée avec Owen, il faisait presque noir, je me sentais à peu près à l'aise. Tandis que là, il va me découvrir telle que je suis. Et moi non plus, je ne l'ai jamais vu.

Cette dernière pensée me donne le courage nécessaire pour continuer.

– Auburn ? lance-t-il de la douche.

Il voudrait s'assurer que c'est bien moi qui entre ; apparemment, il n'est pas tellement plus sûr de lui que moi.

– C'est moi, dis-je en fermant la porte.

Sa tête apparaît devant le rideau et le sourire qu'il affiche habituellement en me voyant s'efface quand il me découvre nue. Je me sens rougir et j'éteins la lampe. Je me croyais capable de venir ainsi, mais je ne peux pas. Aucun homme, même pas Adam, ne m'a jamais vue déshabillée en pleine lumière. J'ignorais que je manquais à ce point de confiance en moi.

J'entends son éclat de rire mais je ne vois évidemment rien.

– Deux choses, lance-t-il d'une voix ferme. D'abord tu rallumes, ensuite tu viens ici.

– Non, je viens, mais je ne rallume pas.

J'entends le rideau s'ouvrir, puis des pieds mouillés se poser sur le carrelage. D'un seul coup, un bras se glisse sur ma taille nue et la lumière revient. Il sourit de toutes ses dents en m'emportant sous la douche, tandis que j'essaie de couvrir ce que je peux de mes mains.

L'air parfaitement sûr de lui, il recule un peu, n'hésitant pas à se montrer. Il a raison d'ailleurs, tandis que moi…

Reculant la tête vers le jet d'eau, il ne cesse de me regarder en même temps qu'il rince son shampooing.

– Tu sais ce que j'aime ? demande-t-il.

Je garde les bras pliés devant moi pour me protéger.

– J'aime quand tu me laves les cheveux, continue-t-il. Je ne sais pas pourquoi. Je préfère quand c'est toi qui le fais.

– Et là, tu veux que je te les lave ?

– Non, tu vois bien, c'est déjà fait.

Il se retourne, et je ne peux m'empêcher de regarder. Impeccable.

Ce qui me rappelle à quel point moi je ne suis pas impeccable. Tout bêtement parce que j'ai eu un enfant, ce qui n'a jamais rien arrangé au corps des femmes. Mon ventre est strié de fines lignes blanches et la cicatrice de ma césarienne vient gâcher ce qui doit rester l'un des endroits les plus attirants pour le regard d'un homme.

Sans parler de mes seins. Je préfère ne pas y songer.

– C'est un peu comme quand on vous prépare un sandwich, dit Owen.

Visiblement je n'ai rien compris et ça le fait rire.

– Quand tu me laves les cheveux, explique-t-il. C'est comme pour les sandwiches. Je pourrais utiliser les mêmes ingrédients, préparer le mien exactement comme quelqu'un d'autre, je ne sais pas pourquoi il me semble bien meilleur quand ce n'est pas moi qui l'ai préparé. C'est pareil quand tu me laves les cheveux, je préfère que ce soit toi qui le fasses. Et puis ils se coiffent mieux ensuite.

Et moi qui tremble presque tellement j'ai le trac, alors qu'on discute sandwiches et shampooing.

Il me place les mains sur les épaules et me pousse gentiment sous l'eau.

– J'ai envie de laver les tiens, reprend-il en saisissant la bouteille.

Sans attendre ma réponse, il me frotte la tête, mais je ne suis pas comme lui, je ne peux pas garder les yeux ouverts quand il me frictionne les cheveux, les fait mousser ; j'aime trop ces massages, son corps serré contre le mien.

– Détends-toi, dit-il en commençant à les rincer.

Je ne me détends pas, je ne sais pas faire.

Comme s'il en était conscient, il se rapproche. Curieusement, sa proximité me réconforte. Autrement dit, je me sens plus gênée à quelques pas de lui, quand il peut me regarder.

Tandis qu'il commence à m'appliquer l'après-shampooing, je m'avise qu'il a bien raison. Ce n'est pas la première fois que quelqu'un d'autre me lave la tête, ne serait-ce qu'à l'école de coiffure, et c'est vrai que ça fait du bien, un peu comme un massage. Mais là, c'est encore mieux. Ses mains changent tout.

Ses lèvres se posent doucement sur les miennes et il m'embrasse. Ses mains passent de mes cheveux à mes bras, qu'il noue autour de son corps, et on se retrouve ensemble sous la douche. Finalement, je rouvre les yeux, je regarde tandis qu'il achève de me rincer.

– Ça fait du bien, non ? demande-t-il avec un sourire malicieux.

– Jamais plus je ne me laverai les cheveux toute seule.

Il m'embrasse sur le front.

– Et tu n'as pas encore goûté mes sandwiches.

J'éclate de rire et capte alors toute la tendresse de son regard ; je saisis que c'est ça que je veux. Le dévouement. Ça devrait être la base de toute relation. Si quelqu'un tient vraiment à vous, il n'en aura que plus de satisfaction à vous rendre heureux, plutôt qu'à chercher son propre plaisir.

– J'ai quelque chose à te dire, murmure-t-il en m'embrassant dans le cou. Et ce n'est pas juste pour que tu te sentes mieux.

Il remonte une paume de ma taille pour m'englober un sein. Me regarde dans les yeux.

– Je dis ça parce que je veux que tu me croies. Tu es tellement belle, Auburn ! Partout. Tout est beau en toi. À l'extérieur comme à l'intérieur, quand tu es sous moi, sur moi, peinte sur une toile. Trop belle.

Là-dessus, il m'embrasse la gorge et son souffle tiède vient me taquiner l'autre sein, avant qu'il ne le prenne dans sa bouche. Je pousse un petit gémissement, passe les mains derrière sa tête tout en espérant qu'on va vite se retrouver au lit, parce que je ne tiendrai plus longtemps debout.

Ses mains descendent de ma taille à mes cuisses et, bientôt, sa bouche suit la même direction.

Quand sa langue atterrit sur mon nombril, je geins de nouveau, en partie à cause de la sensation qu'il me procure, en partie parce que je voudrais qu'il change de direction. Je ne veux pas qu'il s'approche trop des endroits dont je suis le moins fière.

Et lui de s'agenouiller devant moi. Il ne m'embrasse plus, ses mains enveloppent l'arrière de mes cuisses. Je sens son souffle contre mon ventre mais, comme il ne fait rien de plus, je rouvre les yeux avec curiosité.

Il me regarde, examine ma cicatrice qu'il parcourt doucement du bout des doigts.

– Ça, souffle-t-il, c'est la plus belle chose que j'aie jamais vue sur une femme.

Les larmes me picotent les yeux mais je refuse de pleurer dans un moment pareil, tout en m'avisant que je suis en train de tomber amoureuse de cet homme.

Ses lèvres se posent sur mon ventre et il embrasse délicatement ma cicatrice. Puis il remonte, se remet debout, baisse la tête vers moi.

– On s'est vus combien de jours depuis qu'on se connaît ? demande-t-il.

Sa dispersion me fait rire, je crois que c'est ce que je préfère en lui.

– Je ne sais pas, dis-je. Quatre ? Cinq ?

– Non, en comptant aujourd'hui, ça fait sept. Alors dis-moi, Auburn, comment se peut-il que je tombe déjà amoureux de toi ?

D'un baiser il m'empêche de répondre, puis me soulève dans ses bras et m'amène directement dans le lit.

Cette fois, je ne m'abandonne pas sous ses caresses, je ne me perds pas dans ses baisers, je ne m'étourdis pas quand il entre en moi.

Je ne me sens pas perdue parce que, pour la première fois de ma vie, j'ai l'impression que quelqu'un vient vraiment de me découvrir.

*

*   *

– Je vais me garer dans le parking, annonce-t-il. Prends ma clé et passe par la porte de derrière.

Il arrête la voiture mais, à l'instant où je vais sortir, il me prend par la main, m'attire contre lui, et je ressens son baiser comme une promesse.

– J'en ai pour une seconde, assure-t-il.

Je me précipite vers la porte arrière de la galerie, introduis la clé dans la serrure et, tout aussi vite, grimpe l'escalier. Une fois en haut, je peux enfin pousser un soupir de soulagement. J'ignore pourquoi j'aurais pu croire que Trey nous attendrait là, dehors. Une seule chose me dérange : il ne m'a pas envoyé un texto depuis hier soir, quand je lui ai promis de discuter avec lui aujourd'hui. Soit il me laisse respirer, soit il se doute de quelque chose.

Chatte-Owen vient se frotter contre mes jambes. Je la prends dans mes bras et l'emporte dans la cuisine. Je la dépose sur le bar pour sortir une bouteille de vin. Après les deux journées que je viens de passer, j'ai bien besoin d'un remontant. Et Owen aussi, d'ailleurs ; je lui sers un verre quand je l'entends arriver derrière moi.

Il passe les bras autour de ma poitrine, m'attire contre lui. J'appuie la tête sur son épaule, pose une main sur son poignet.

À peine l'ai-je touché, que je rouvre les yeux en étouffant un cri, mais je suis interrompue par la voix qui murmure à mon oreille :

– Même pas cap de deviner quel homme te prend dans ses bras ?

La voix de Trey me paralyse, je sens son étreinte se resserrer, et c'est là que je perçois la différence. Déjà dans la taille, puis dans les paumes, dans cette façon qu'il a de me retenir.

– Trey, dis-je d'une voix tremblante.

– Ça va Auburn ?

Il me retourne brusquement, me plaque contre le réfrigérateur.

– Il est où ?

Presque soulagée qu'il ne le sache pas, je me prends à espérer qu'Owen va l'entendre et trouver un moyen de se protéger.

– J'en sais rien.

Un éclair de rage lui traverse les yeux et il resserre son emprise sur mes bras.

– J'ai de plus en plus de mal à supporter tes mensonges. Il est où, bordel ?

Comme je refuse de répondre, je sens sa bouche se planter brutalement sur la mienne, et j'essaie de le repousser. Alors il m'envoie un coup de poing en pleine figure.

Je sens mes jambes flageoler mais il m'empêche de tomber. Sa bouche revient sur mon oreille.

– Appelle-le !

Je me tais.

Il me serre le cou.

– Appelle-le ! répète-t-il.

Sur le point de lui répondre d'aller se faire foutre, j'entends la voix d'Owen.

– Lâchez-la.

Je rouvre prudemment les yeux. Le sourire satisfait de Trey ne m'en effraie que davantage. Il m'attire de nouveau vers lui, me place le dos contre son torse, et nous nous retrouvons tous deux face à Owen.

Celui-ci se tient à quelques pas, armé de son téléphone et de ses clés de voiture. D'un regard affolé, il m'examine comme pour vérifier si je ne suis pas blessée.

– Il t'a fait mal ?

Je secoue la tête mais la poigne de Trey m'empêche de beaucoup remuer. Owen garde son calme.

– Qu'est-ce que vous voulez, Trey ?

Celui-ci lui répond d'un ricanement avant de se pencher vers moi, en me parcourant la joue du dos de la main.

– Vous l'avez déjà souillée, dit-il.

À mon grand effroi, Owen semble brusquement dévoré par la colère et je ne sais que faire pour le calmer. Il ne manquerait plus qu'il se fasse arrêter alors qu'il est en conditionnelle. Sans doute Trey essaie-t-il de le provoquer assez pour qu'il s'attaque à un flic. Et là…

– Owen, arrête ! je crie. Il espère que tu vas le frapper.

Trey appuie sa joue sur la mienne et je vois les yeux d'Owen suivre le mouvement de sa main qui descend entre mes seins, vers mon ventre. Le temps qu'elle arrive entre mes jambes, je sens la bile m'envahir la gorge. Jamais il ne va le laisser continuer ce petit jeu.

Je l'entends foncer vers nous un centième de seconde avant de me sentir poussée de côté. J'atterris sur le carrelage et, le temps que je me retourne, Owen a déjà balancé un direct sur Trey qui s'accroche au comptoir et cherche à sortir son pistolet.

Devant moi, Owen vérifie que je n'ai rien. Je n'arrive pas à articuler un mot alors que j'ai envie de lui crier de se retourner, de fuir, de se mettre à l'abri… Il me prend le visage entre les mains.

– Auburn. Descends appeler la police.

Trey éclate de rire mais ne peut m'approcher, car Owen fait rempart de son corps.

– Appeler la police ? répète Trey en ricanant. Et d'après toi, qui ils vont croire ? Le drogué et la pute qui s'est fait mettre enceinte à quinze ans ? Ou le flic ?

Comme il ne reçoit aucune réponse, il poursuit allègrement :

– Oh, sans oublier tous les objets de contrebande qui traînent chez toi !

Je sens les muscles d'Owen se crisper.

Trey l'a piégé.

Il s'est introduit dans sa galerie non pas pour le voler mais pour y déposer des produits interdits.

Je serre les poings. Je redoute le pire.

– Qu'est-ce que vous voulez, Trey ? demande Owen d'une voix abattue.

– Je veux que tu sortes de ma vie. Depuis que je te connais, tu n'as pas arrêté de m'emmerder et il faut toujours que tu repointes le bout de ton nez. Auburn est la mère de cet enfant, et il a besoin de moi pour remplacer son père. Tant que tu lui rempliras la cervelle de tes paroles imbéciles, ça ne se produira pas.

Trey parvient à capter mon regard par-dessus l'épaule d'Owen.

– Un jour, tu me remercieras, Auburn.

Là-dessus, il se penche sur sa radio :

– Poste six, je vous amène un individu à mettre en garde à vue pour agression contre un officier de police.

– Quoi ? je crie. Trey, tu ne peux pas faire ça ! Il est en conditionnelle.

Sans me répondre, il commence à énoncer une adresse dans son micro. Owen se tourne vers moi.

– Auburn, dis-leur ce qu'il veut t'entendre dire. S'il a vraiment déposé je ne sais quoi dans la galerie, je suis bon pour un long séjour en prison. Il vaut mieux que je sois arrêté pour agression ; ce sera beaucoup moins lourd. Demain je verrai mon père et nous trouverons une solution.

Je refuse d'obtempérer. Il n'a rien fait de mal.

– Si je dis juste la vérité, tu n'auras pas d'ennuis, Owen.

Fermant les yeux, il respire un coup, comme pour retrouver son calme dans une situation loin de le favoriser, avant de conclure :

– Il est fou de rage ; il sait ce qui s'est passé entre nous et il veut sa revanche. Et puis il a raison, on ne nous croira jamais face à lui.

Mes yeux me brûlent, j'essaie de rester aussi calme que lui mais ça ne marche pas. D'autant que Trey le fait lever et l'éloigne de moi, lui met les mains derrière le dos pour lui passer les menottes. Owen ne résiste pas et je pleure trop pour pouvoir m'interposer.

Je les suis dans l'escalier, à travers la galerie, dans la rue jusqu'à la voiture de Trey. Il pousse Owen à l'arrière puis se tourne vers moi, m'ouvre la portière passager :

– Monte, Auburn. Je te ramène chez toi.

Je monte, mais seulement parce qu'il n'est pas question que je laisse Owen passer un jour de plus en prison.

Vingt-deux

Owen

Je me tiens tranquille et elle en fait autant.

Je sais qu'aucun de nous ne parle en ce moment parce que nous cherchons un moyen de nous sortir de ce piège. Il faut qu'elle puisse récupérer son fils sans en passer par Trey. Et il faut que je sorte de la situation où m'a précipité Trey sans que cela ne retombe sur Auburn et AJ.

Assise devant moi, elle tourne la tête vers son beau-frère.

– D'après toi, qu'est-ce qui va se passer maintenant ? Tu crois que je vais oublier que tu m'as agressée ? Que tu as saccagé la galerie d'Owen ? Que tu cherches à le piéger ?

Arrête, Auburn. Ne le mets pas plus en colère.

Sans rien dire, il pose sur elle un regard hargneux mais elle ne se laisse pas intimider.

– Jamais je ne t'aimerai comme j'ai aimé Adam.

À peine a-t-elle articulé ces mots, qu'il arrête la voiture et se penche vers Auburn, la saisit par le menton.

– Je ne suis pas Adam. Je suis Trey. Et je te conseille, si tu veux continuer à jouer les mères nulles avec mon neveu, de répéter exactement ce que je vais te dire.

Elle ne répond pas mais une larme lui coule sur la joue. Impossible de lui porter secours, j'ai les mains menottées dans le dos, je ne peux absolument rien faire, à part balancer des coups de pied dans le dossier de Trey.

– Fous-lui la paix !

Il ne réagit pas, ne la lâche pas, jusqu'au moment où elle cède en hochant la tête. Alors, seulement, il reprend sa place.

Elle me jette un coup d'œil en essayant de reprendre son souffle. Jamais je ne me suis senti aussi impuissant.

Repliant les genoux sur sa poitrine, elle éclate en sanglots, s'adosse à la portière et sa tête roule contre la fenêtre. Ressentant son effroi, je me rapproche autant que possible, appuie le front contre la vitre. Je capte son regard et m'efforce de la rassurer, de lui rappeler que, quoi qu'il arrive, nous sommes ensemble. Elle ne me quitte plus des yeux jusqu'au commissariat.

Trey coupe le contact.

– Bon, voilà ce qui s'est passé. Vous m'avez demandé de passer à la galerie parce que vous veniez de vous disputer. Et quand je suis arrivé, il m'a agressé. C'est là que je l'ai arrêté. Compris ?

Là-dessus, il lui prend la main.

– Owen doit retourner en prison et, si je ne me charge pas de l'y renvoyer, je ne me pardonnerai jamais si toi ou AJ deviez en souffrir. C'est à cause de lui que je fais tout ça, Auburn. Tu veux que ton fils soit en sécurité ou non ?

Elle fait oui de la tête, mais quelque chose dans son regard, une sorte de défi, me fait peur. Je ne veux pas qu'elle prenne le moindre risque pour me défendre.

– Fais ce qu'il te dit, Auburn.

Ma portière s'ouvre et je suis tiré hors de la voiture. À l'instant où je dois me retourner, je la vois qui serre un poing contre sa poitrine.

Vingt-trois

Auburn

Je n'ai pas fait ce que Trey m'a demandé. D'ailleurs, je n'ai rien fait du tout. Je n'ai rien dit. Je n'ai pas répondu à une seule question.

Chaque fois qu'on m'en posait une, je serrais les lèvres, de plus en plus fort.

Peut-être qu'Owen ne veut pas que je leur dise la vérité mais si Trey croit une seconde que je vais mentir pour lui, il se trompe lourdement.

Quand on m'a dit que je pouvais partir, Trey a proposé de me ramener chez moi. J'ai refusé et je suis passée devant lui, droite comme un i. Je suis maintenant devant le commissariat, à attendre le taxi que j'ai appelé. Trey sort et vient me rejoindre. Sa présence me donne froid dans le dos.

– Je t'accorde deux jours pour te reprendre, m'annonce-t-il. Ensuite, je reviendrai. Il faut qu'on discute.

Je ne réponds pas. J'ignore ce qui peut lui faire croire que je pourrais jamais lui pardonner ce qui vient de se passer.

– Je sais que tu es bouleversée, reprend-il, mais il faudrait que tu considères un peu mon point de vue. Owen est un criminel. J'ignore quelle emprise il a sur toi, seulement tu ne peux pas me reprocher de songer à la sécurité de ton fils, Auburn. Tu ne peux pas m'en vouloir de l'écarter de ta vie afin que tu puisses te consacrer à AJ.

Je dois faire appel à toute ma volonté pour rester immobile et silencieuse, à regarder droit devant moi, jusqu'à ce qu'il pousse un soupir et regagne le commissariat.

Quand le taxi s'arrête, je grimpe à l'intérieur. Le chauffeur me demande où je vais, alors que je sors mon téléphone de ma poche. Je tape « adresse de Callahan Gentry » et lui indique la réponse qui s'inscrit.

*

*   *

Je ne sais pas trop à quoi je m'attendais en arrivant devant la porte de Callahan Gentry, mais sûrement pas à l'homme qui m'a ouvert. Il ressemble tellement à Owen ! Les mêmes yeux, quoique plus fatigués. Sans doute parce qu'on était au milieu de la nuit, mais je sentais qu'il y avait autre chose. Cela me rappelait ce qu'Owen m'avait dit après avoir vu la vie quitter le regard de son père sur son lit d'hôpital, et je comprenais maintenant à quoi il avait fait allusion.

– Que puis-je faire pour vous ? m'a demandé l'homme.

– Pour moi, rien, mais beaucoup pour votre fils.

Sur le moment, il a paru se méfier ; et puis il a dû comprendre, parce qu'il a déclaré :

– Vous êtes la fille dont il m'a parlé ! Celle qui porte le même premier nom de famille ?

J'ai acquiescé, et il m'a fait entrer, m'a invitée à m'asseoir dans son salon. À mesure que je lui racontais ce qui s'était passé, je m'inquiétais un peu plus en me disant que mon plan pourrait bien ne pas fonctionner. Mais, à l'instant où il a accepté de m'aider, je me suis détendue.

À présent, mes mains tremblent, bien que le père d'Owen soit assis à côté de moi. Je crois que rien ne pourrait m'apaiser, parce que si les choses ne tournent pas en ma faveur et celle d'Owen, tout ne fera que s'aggraver. J'ai le cœur au bord des lèvres en attendant qu'elle arrive.

Voilà maintenant plus de vingt-quatre heures que je n'ai pas dormi, mais l'adrénaline me garde éveillée. J'ignorais si le coup de fil de maître Gentry pourrait la convaincre de venir aujourd'hui, et voilà que la secrétaire vient de nous avertir qu'elle arrivait.

Et je me retrouve face à Lydia.

Je m'attendais à la voir en colère, à l'entendre discuter chacun de nos arguments, en revanche je ne m'attendais pas à ce qu'elle soit accompagnée. Quand le regard de Trey accroche le mien, j'y lis d'abord de la curiosité. En revanche il n'y en a aucune dans l'expression de Lydia. Juste un air exaspéré dès qu'elle m'aperçoit.

Aussitôt, elle s'immobilise au milieu de la salle de réunion.

– C'était ça l'urgence ? demande-t-elle en me désignant.

Levant les yeux au ciel, elle se retourne vers Trey.

– Désolée de t'avoir entraînée dans cette histoire. Je ne savais pas que ça avait quelque chose à voir avec Auburn.

Il lui oppose une expression tendue, jette un coup d'œil vers le père d'Owen.

– De quoi s'agit-il ?

Le père d'Owen, qui a insisté pour que je l'appelle Cal à l'instant où il a découvert que je connaissais son fils, se lève et leur fait signe de venir s'asseoir en face de nous. Mais Trey préfère rester debout, tandis que Lydia prend place en face de moi. Elle semble repérer aussitôt ma blessure à la lèvre mais ne bronche pas et croise les bras sur la table qui nous sépare, les yeux fixés sur Cal.

– Il faut que je parte dans une demi-heure pour aller chercher mon petit-fils à la maternelle, annonce-t-elle. Que me voulez-vous ?

Cal me jette un bref regard. Je l'avais prévenu, mais il a sans doute pensé que j'exagérais. Il rassemble les papiers étalés devant lui, s'adosse à son siège.

– Auburn demande la garde de son fils. Voici les documents.

Lydia se met à rire, me jette un regard ironique, comme si j'avais perdu la tête, et se lève.

– Au moins, ça n'a pas été trop long, lance-t-elle. Nous n'avons plus rien à faire ici.

Comment peut-elle écarter la question d'un geste aussi négligent ? Déjà elle se dirige vers la porte et je lève la tête vers Trey qui ne m'a pas quittée des yeux. Il a compris ce que je cherchais à faire et mon assurance semble lui faire peur.

– Trey, lui dis-je alors que Lydia arrive devant lui. Dis à ta mère que ce n'est pas terminé.

Il serre les dents mais n'a pas besoin de dire quoi que ce soit. Lydia se tourne vers moi, puis vers son fils mais celui-ci ne réagit pas, trop occupé à me menacer du regard. Alors elle revient vers moi.

– Qu'est-ce qui se passe, Auburn ? Pourquoi fais-tu ça ?

Je préfère ne pas lui répondre et me contente de poser mon téléphone sur la table, puis d'appuyer sur le bouton de lecture.

– *Tu crois que je vais oublier que tu m'as agressée ? Que tu as saccagé la galerie d'Owen ? Que tu cherches à le piéger ?*

Je mets en pause et jette un coup d'œil sur le visage livide de Trey. Il ne dit rien mais c'est comme si ses pensées étaient écrites sur son front. Il essaie de revenir quelques heures en arrière, de se rappeler ce qu'il a pu nous dire, à Owen ou à moi, en nous emmenant au commissariat. Parce qu'il comprend que tout ce qu'on a pu raconter à l'intérieur du véhicule, se trouve enregistré et pourra servir de preuve.

Il ne remue pas un muscle.

– Faut-il que je passe le reste de la conversation, Trey ?

– Putain ! hurle-t-il en balançant un coup de pied dans la chaise.

Lydia frémit et nous interroge l'un après l'autre du regard, mais il fait les cent pas, les yeux fixés au sol.

Sa carrière est à présent entre mes mains et il le sait très bien.

Et le fait que Lydia se soit rassise prouve qu'elle aussi l'a compris. Elle considère mon téléphone d'un air consterné. Pourtant, je ne peux pas dire que ça me fasse plaisir. Je n'aurais jamais voulu en arriver là.

– Je vais rester à Dallas, lui dis-je. Je ne retourne pas à Portland. Vous pourrez le voir. Tant que vous ne vivrez pas sous le même toit que Trey, je vous accorderai aussi un droit de visite le week-end. Mais c'est mon fils, Lydia. Il doit vivre avec moi. Et s'il faut que je me serve de votre fils pour récupérer le mien, je n'hésiterai pas.

Cal pousse les papiers vers elle. Je me penche sur la table et, pour la première fois de ma vie, je n'ai pas peur de la femme qui me fait face.

– Si vous signez pour me laisser récupérer le droit de garde et si Trey abandonne les charges contre Owen, je ne transmettrai pas les e-mails accompagnés de cette conversation à tous les policiers du commissariat.

Avant de prendre le stylo, elle se tourne vers son fils.

– Si cela se produisait et que quelqu'un apprenait ce qu'il y a sur cet enregistrement… est-ce que ta carrière en serait affectée ? Elle dit la vérité ?

Trey s'immobilise un instant, me fusille du regard. Visiblement incapable de répondre, il se contente de hocher la tête. Lydia pousse un soupir.

À elle de décider maintenant. Soit elle me laisse devenir une vraie mère pour mon fils, soit je fais payer le sien pour ce qu'il a fait à Owen. Pour ce qu'il a failli me faire.

– Tu sais que ça s'appelle du chantage ? lance soudain Trey.

– J'ai été à bonne école.

Le silence retombe sur la salle. Pour un peu, j'entendrais Trey réfléchir. Mais, bientôt, voyant qu'il n'a aucune solution à lui offrir, Lydia se résout à prendre le stylo. Elle signe chaque page puis les repousse vers moi.

Je m'efforce de rester calme, cependant c'est d'une main tremblante que je tends les feuillets à Cal. Lydia se lève pour s'en aller mais, devant la porte, elle me regarde. Apparemment, elle est au bord des larmes ; c'est son tour, après toutes celles, infiniment plus douloureuses, qu'elle m'a fait verser.

– Je vais le chercher à la maternelle, annonce-t-elle. Tu pourras passer le prendre dans quelques heures. Ça me donnera le temps de rassembler ses affaires.

J'ai la gorge trop nouée, moi aussi, pour répondre. Dès que la porte se ferme derrière Lydia et Trey, j'éclate en sanglots.

Cal me prend dans ses bras.

– Merci, lui dis-je. Oh, merci ! Merci !

– Non, Auburn. C'est moi qui devrais vous remercier.

Il ne précise pas pourquoi, mais je ne peux m'empêcher d'espérer que, quelque part, en voyant quels sacrifices son fils a consentis pour lui autant que pour moi, il trouvera la force de se soigner.

Vingt-quatre

Owen

En entrant dans la salle de détention, j'aperçois le visage de mon père et j'en ai le cœur serré. Voilà plus de vingt-quatre heures que je n'ai pas parlé à Auburn, je n'ai pas la moindre idée de ce qui a pu lui arriver depuis ni même si elle va bien.

Je m'assieds en face de mon père, à peine intéressé par ce qu'il pourrait me dire.

– Tu sais où est Auburn ? Elle va bien ?

– Oui, très bien. Toutes les accusations contre toi ont été abandonnées. Tu es libre.

Je ne bouge pas, car je ne suis pas certain d'avoir bien compris. La porte s'ouvre et quelqu'un entre dans la salle. Le policier me fait signe de me lever, puis il m'ôte mes menottes.

– Avez-vous quelque chose à récupérer avant votre départ ? demande-t-il.

– Mon portefeuille.

– Quand vous serez prêt, faites-le moi savoir et je signerai votre autorisation de sortie.

Je regarde de nouveau mon père. Mon air effaré doit l'amuser car il sourit.

– Cette fille, c'est quelque chose !

Je lui rends son sourire. *Comment as-tu fait, Auburn ?*

Le regard de mon père brille, d'un éclat que je ne lui ai plus vu depuis le soir de l'accident. J'ignore pourquoi je suis sûr qu'elle n'y est pas pour rien. Elle-même est comme une lumière qui scintille inconsciemment dans les recoins les plus obscurs de nos âmes.

J'ai mille questions à lui poser, cependant je ne dis rien avant de me retrouver dehors avec mon père.

Et là, ça jaillit tout seul, alors que la porte n'est pas encore refermée derrière nous.

– Comment a-t-elle fait ? Où est-elle ? Pourquoi a-t-il abandonné ses accusations ?

Mon père m'adresse encore un sourire et je m'aperçois que cela me manquait énormément. Presque autant que celui de ma mère.

Il hèle un taxi, ouvre la portière arrière, lance au chauffeur l'adresse d'Auburn mais reste sur le trottoir.

– Tu devrais peut-être poser ces questions à ta petite amie.

Là, je ne sais plus trop si je dois entrer dans ce taxi et me rendre chez Auburn, ou vérifier s'il n'a pas de fièvre. Il me prend dans ses bras.

– Désolé, Owen, pour tout…

Il m'étreint un peu plus fort puis se détache, me caresse la tête comme avec un enfant.

Comme avec son fils.

Comme un père.

– Nous ne nous verrons pas pendant quelques mois, annonce-t-il. Je m'en vais pour un moment.

Je perçois dans sa voix une intonation que je ne lui connaissais pas. Qui exprime la force. Si je devais le peindre maintenant, je lui ferais les yeux verts d'Auburn.

Il recule de plusieurs pas, me regarde grimper dans le taxi. Je lui adresse un sourire derrière la vitre. *Callahan Gentry et son fils vont s'en tirer.*

*

*   *

J'ai eu presque autant de mal à dire au revoir à mon père qu'à assumer la suite : devant la porte d'Auburn, je m'apprête à la retrouver.

Je lève la main, je frappe.

Des pas.

J'inhale une goulée d'air en attendant qu'elle m'ouvre. À croire que ces deux dernières minutes ont duré deux siècles. Je m'essuie les paumes sur mon jean. Quand, enfin, la porte s'ouvre, je reste muet, paralysé.

C'est certainement la dernière personne que je m'attendais à voir sur le seuil d'Auburn, tout sourire. Il va vraiment falloir que je peigne cette scène un jour.

Je ne sais pas comment tu as fait, Auburn.

– Salut ! me lance AJ. Je te connais, toi !

– Salut, AJ. Ta maman est là ?

Il jette un coup d'œil par-dessus son épaule et ouvre la porte en grand. Avant de me laisser entrer, il me fait signe de m'approcher pour entendre un secret. Je me courbe et il chuchote :

– J'ai bien grandi maintenant. Mais j'ai parlé de la tente à personne, et elle est toujours là.

Comme je me mets à rire, j'entends les pas d'Auburn qui s'approche.

– Mon chéri, il ne faut pas ouvrir la porte sans moi, le réprimande-t-elle doucement.

Et puis nos regards se rencontrent.

Elle s'immobilise.

Je n'aurais pas cru que ça me ferait si mal de la voir. J'ai envie de la prendre tout de suite dans mes bras, de poser ma bouche sur la sienne. De l'aimer.

– AJ, va dans la chambre donner à manger à ton nouveau poisson rouge.

Elle a lancé ça d'une voix ferme et garde l'air sérieux.

– C'est déjà fait, répond-il.

– Tu peux lui en donner encore un peu, ça lui servira de goûter, d'accord ?

D'un bras, elle désigne sa chambre. Il doit connaître ce regard car il obtempère immédiatement.

Dès qu'AJ a disparu, je recule car elle se précipite vers moi, se jette dans mes bras avec une telle vigueur que je dois encore reculer pour ne pas tomber. Elle me tient la tête et m'embrasse, m'embrasse, m'embrasse, comme personne ne m'a jamais embrassé. Je sens ses larmes et son rire se mêler dans un fabuleux élan.

Je ne sais pas trop combien de temps on reste à s'embrasser ainsi sur le palier car avec elle les secondes ne durent pas assez longtemps.

Ses pieds finissent par retoucher terre et elle m'agrippe la taille et son visage se colle contre mon torse. À mon tour, je lui soutiens la tête, ainsi que j'ai l'intention de le faire désormais tous les jours de ma vie.

Elle pleure, pas parce qu'elle est triste, mais parce qu'elle ne sait pas comment exprimer ce qu'elle ressent, comme s'il n'existait pas de mots assez forts pour décrire une telle émotion.

Ainsi, nous ne disons rien car il n'existe pas de mots pour moi non plus. J'appuie ma joue sur sa tête et jette un regard dans l'appartement, regarde le tableau sur le mur du salon. Je souris au souvenir du premier soir où je suis entré chez elle et où j'ai vu cette peinture. Je savais bien qu'elle devait l'avoir quelque part mais, en le voyant ici, je n'en revenais pas. C'était irréel. J'avais envie de tout lui raconter, de lui dire en quoi j'y étais lié, en quoi j'étais lié à elle.

Mais je n'en ai rien fait et ne le ferai jamais, parce que ce n'est pas à moi de le lui dire.

C'était à Adam.

Cinq ans plus tot

Owen

Je suis assis par terre dans le couloir, devant la chambre d'hôpital de mon père. Je la regarde sortir de la chambre voisine.

– Vous allez jeter tout ça ? demande-t-elle incrédule.

Ces paroles s'adressent à la femme qu'elle vient d'entraîner dans le couloir. Je connais cette femme, elle s'appelle Lydia, mais j'ignore le nom de la jeune fille. Malgré l'intérêt que je lui porte.

Lydia se retourne. Elle jette un regard vers le contenu du carton qu'elle porte dans les bras, relève les yeux vers son interlocutrice.

– Il n'a pas touché un pinceau depuis des semaines. Il n'en a plus besoin, et ça prend de la place.

Là-dessus, elle place le carton sur le comptoir des infirmières.

– Pourriez-vous jeter ceci ? demande-t-elle à l'une d'elles.

Sans lui laisser le temps de répondre, Lydia retourne dans la chambre puis en ressort quelques secondes plus tard, armée de toiles vierges qu'elle vient déposer à côté du carton avant de repartir.

Restée seule, la jeune fille vient regarder de plus près le matériel. Elle semble triste. Comme si elle avait autant de mal à le voir partir que son propriétaire.

Je l'observe un moment, jusqu'à ce qu'elle se mette à verser des larmes. Elle les essuie, avant de demander à l'infirmière :

– Il faut vraiment les jeter ? Vous ne pourriez pas… au moins les donner à quelqu'un ?

L'infirmière semble comprendre son désarroi et lui sourit en hochant la tête. Après quoi la jeune fille retourne à son tour dans la chambre.

Je ne la connais pas, mais j'aurais sans doute eu la même réaction si quelqu'un était venu prendre les affaires de mon père pour les jeter.

Jusqu'ici, je ne me suis jamais essayé à la peinture, mais il m'arrive de dessiner parfois. Et voilà que je me lève, que je m'approche du comptoir. Je jette un regard dans le carton, plein de tubes de peinture et de pinceaux.

– Je peux… ?

Je n'ai pas le temps d'achever ma phrase que l'infirmière pousse le tout devant moi.

– Je vous en prie. Prenez-les. Je ne saurais pas quoi en faire.

Armé du matériel, je regagne la chambre de mon père, déjà pleine de fleurs et de plantes qui ne cessent d'arriver depuis deux semaines. Je devrais sans doute les donner, moi aussi, mais j'ai toujours l'espoir qu'il va vite se réveiller.

Après avoir rangé le matériel de peinture dans un coin, je reprends mon fauteuil près du lit.

Je regarde mon père.

Je le regarde des heures durant, jusqu'à mourir d'ennui ; je finis par me relever, cherchant de quoi m'occuper, jetant quelques coups d'œil sur les toiles. Le lendemain, c'est la même chose. Je partage ainsi ma journée entre mon père, les toiles et mes rares balades autour de l'hôpital.

J'ignore combien de temps je vais tenir ainsi. On dirait que je suis incapable de me laisser aller à mon chagrin, du moins pas tant que je ne pourrai pas le partager avec mon père. Évidemment, ça m'ennuie d'avoir à lui annoncer, dès qu'il se réveillera – si jamais il se réveille – tout ce qui a pu se passer cette nuit-là, alors que je n'ai qu'une envie : ne plus y penser.

– Ne regarde jamais ton téléphone en conduisant, Owen, m'avait-il dit.

– Regarde la route, avait renchéri mon frère à l'arrière.

– Mets le clignotant. Pose les mains à dix heures dix. Éteins la radio.

C'était une des premières fois que je conduisais, et chacune de leurs recommandations venait me le rappeler avec vigueur. Sauf qu'ils ont omis la seule dont j'aurais vraiment eu besoin à ce moment-là :

– Méfie-toi des automobilistes ivres.

On a été heurtés côté passager, à l'instant où je repartais alors que le feu passait au vert. Je n'étais pas responsable de l'accident mais si j'avais eu un peu plus d'expérience, j'aurais commencé par regarder à droite et à gauche, avant de m'engager dans le carrefour.

Mon frère et ma mère sont morts dans l'impact. Mon père reste dans un état critique.

Et moi, je suis anéanti.

Je passe le plus clair de mon temps ici, la nuit, le jour, et plus je reste à attendre qu'il se réveille, plus je me sens seul. La famille et les amis ont cessé de nous rendre visite. Voilà des semaines que je ne suis pas retourné au lycée, mais ça m'est égal. J'attends.

J'attends qu'il bouge. Qu'il cligne des yeux. Qu'il parle.

En général, à la fin de la journée, j'en ai tellement assez qu'il faut que j'aille faire un tour, respirer un peu. Les deux premières semaines, le coucher du soleil représentait le moment le plus difficile, sans doute parce que cela faisait un jour de plus sans aucune amélioration visible. Mais, dernièrement, je me suis mis à guetter ces débuts de soirée.

Grâce à elle.

Ça la ferait sans doute bien rire, pourtant il me semble que c'est parce qu'elle aime la personne à qui elle rend visite que je suis plein d'espoir. Elle vient le voir tous les soirs de cinq à sept. Je crois qu'il s'appelle Adam.

J'ai remarqué qu'à ce moment-là, les autres membres de la famille s'en vont. Je suppose que c'est ce que veut Adam, afin de pouvoir se retrouver seul avec elle. Parfois, je me sens un peu coupable, assis là dans le couloir, adossé au mur entre sa chambre et celle de mon père. Mais je n'ai nulle part où aller, et puis je me sens si bien quand j'entends la voix de cette jeune fille…

C'est uniquement pendant ses visites qu'il se met à rire, ou même qu'il parle, pour autant que je sache. J'ai capté assez de bribes de conversations pour savoir ce qui lui arrive, alors quand je pense qu'elle parvient à le faire rire… ça en dit beaucoup sur leur relation.

Je crois aussi que c'est sa mort proche qui me donne un peu d'espoir. Bon, ça peut sembler morbide mais je pense qu'Adam et moi avons à peu près le même âge, alors je me mets plutôt bien à sa place quand je commence à me lamenter sur mon sort. Est-ce que je préférerais me trouver sur mon lit de mort avec quelques semaines à vivre plutôt que dans ma peau ?

Parfois, quand ça ne va vraiment pas, quand je songe que je ne reverrai jamais mon frère, je me dis que je préférerais être dans la peau d'Adam.

Et puis viennent ces moments où elle lui parle, où j'entends ses paroles, et je me réjouis de ne pas être dans sa peau. Parce qu'il me reste une chance d'être un jour aimé comme il l'est. Alors je le plains, d'autant qu'elle lui porte un tel amour et qu'il va devoir y renoncer. Ce doit être dur pour lui.

Mais ça signifie également qu'il a eu la chance de la rencontrer avant de s'éteindre. Ce qui doit rendre la mort un peu plus supportable, quelque part.

Je retourne m'asseoir dans le couloir, en guettant les rires de la jeune fille mais, cette fois, rien ne vient. Je me rapproche un peu de la porte en me demandant ce qui a changé. Pourquoi ce soir ne fait pas partie des visites les plus gaies.

– Je pense aussi à nos parents qui ne comprennent rien à rien, lui dit Adam. Ils vont me priver de la seule compagnie dont j'aie vraiment envie.

Alors je saisis qu'il s'agit de leur dernière rencontre, et j'en suis tout aussi navré pour lui que pour elle, bien que je ne les connaisse pas. J'écoute encore quelques minutes jusqu'à ce qu'il demande :

– Dis-moi quelque chose sur toi, que personne d'autre ne connaît. Quelque chose que je serai le seul à savoir.

Bon, là ça ne me regarde plus. Si je devais entendre l'un de ces secrets, Adam ne serait plus le seul à le savoir. C'est pourquoi, dans ces moments-là, je m'éloigne toujours, même si j'ai une envie folle de connaître tous les secrets de cette fille.

Je pars du côté de la salle d'attente, près des ascenseurs. À peine suis-je assis, que les portes s'ouvrent sur le frère d'Adam. Je sais que c'est son frère, je sais aussi qu'il s'appelle Trey. Il ne lui rend que de courtes visites et je ne l'aime pas. Je l'ai vu plusieurs fois la croiser dans le couloir, et je déteste quand il se retourne pour la regarder s'en aller.

Il jette un coup d'œil à sa montre puis se précipite vers la chambre où Adam et elle se disent adieu. Je ne veux pas qu'il entende leurs confidences, je ne veux pas qu'il interrompe ce dernier tête-à-tête, alors je cours derrière lui, lui demande de s'arrêter. Il tourne au coin du couloir avant de se rendre compte que c'est à lui que je parle, et là, il me dévisage des pieds à la tête.

– Accordez-leur encore quelques minutes, lui dis-je.

À voir son regard, il n'apprécie guère mon intervention. Je ne voulais pas l'énerver mais on dirait que c'est le genre de type que tout énerve.

– Vous êtes qui, vous ?

Là, je le déteste carrément. D'autant qu'il a l'air furax, ce qui pourrait s'avérer ennuyeux quand on pense qu'il est nettement plus âgé que moi, nettement plus grand et plus fort, et surtout, nettement plus méchant.

– Owen Gentry. Je suis un ami de votre frère. Je… Enfin, il a encore besoin de quelques minutes avec elle.

Apparemment, il n'en a rien à fiche.

– Oui, eh bien, Owen Gentry, elle a un avion à prendre, lance-t-il agacé que je lui fasse ainsi perdre son temps.

Là-dessus, il reprend son chemin dans le couloir, entre dans la chambre. Et j'entends la jeune fille sangloter. Je trouve ça insupportable, et c'est le cœur serré que je retourne dans la salle d'attente.

De loin, je perçois un dernier « je t'aime » alors que Trey entraîne la fille par le bras dans le couloir.

Jamais je n'ai eu à ce point envie de battre quelqu'un.

– Arrête ! lui lance-t-il alors qu'elle se débat pour retourner voir Adam.

Il l'enlace par la taille, l'attire contre lui pour qu'elle ne puisse plus lui opposer de résistance.

– Désolé, mais il faut y aller.

Elle se laisse faire, mais je sais que c'est juste parce qu'elle est brisée. En voyant comment il promène les mains dans son dos, je dois m'agripper à mon fauteuil pour ne pas me ruer vers eux. Arrivé à hauteur de la salle, il m'aperçoit et m'adresse un sourire moqueur, puis un clin d'œil.

Connard.

Quand l'ascenseur arrive, il la relâche pour qu'elle entre avant lui. Elle jette un regard vers la chambre d'Adam, je la vois hésiter encore, tandis qu'il attend qu'elle pénètre dans la cabine. Elle recule, prête à repartir vers la chambre. Elle a peur, elle sait qu'elle ne reverra jamais son amour.

– Je t'en prie, implore-t-elle, laisse-moi lui dire au revoir une dernière fois.

Elle l'articule tout bas, comme si elle savait que sa voix ne la suivrait pas si elle essayait de crier.

– Tu lui as déjà dit au revoir. On s'en va.

Il n'a pas de cœur.

Il retient les portes pour la faire entrer. Elle hésite. Pourtant, à la dernière seconde, elle file dans la direction opposée. J'en ris intérieurement. Pourvu qu'elle y arrive ! Je suis sûr qu'Adam en serait le premier ravi. Qu'il ne demande qu'à la voir revenir se jeter dans ses bras, lui donner un dernier baiser et la laisser lui dire « je t'aimerai toujours, même quand je ne pourrai plus. » Une dernière fois.

Trey va tout faire pour l'arrêter. Il se retourne, sur le point de se lancer à sa poursuite quand je viens me planter devant lui et lui bloque le passage. Il m'écarte, alors je lui balance un coup de poing, ce qui est évidemment la dernière chose à faire, mais je le fais quand même, quitte à me prendre une volée. Ça en vaut la peine, parce que ça doit donner à la jeune fille le temps de regagner la chambre d'Adam et de lui dire encore au revoir.

À peine son énorme poing m'atteint-il la mâchoire, que je tombe par terre.

Merde, ça fait mal !

Il m'enjambe pour lui courir après mais je m'agrippe à sa cheville et je tire, je le vois tomber à son tour. Alertée par le bruit, une infirmière surgit à l'instant où il me frappe d'un coup de pied à l'épaule en me hurlant d'aller me faire foutre. Il se relève aussitôt et repart en courant, tandis que je me remets péniblement debout.

À l'instant où j'arrive dans la chambre de mon père, j'entends la jeune fille dire à Adam :

– Je t'aimerai toujours, même quand je ne pourrai plus.

Ça me fait sourire, malgré mes lèvres qui saignent et qui me font mal.

J'entre chez mon père et me dirige droit vers le matériel de peinture. J'attrape une toile vierge, fouille dans le carton, à la recherche de ce qu'il me faudrait.

Qui aurait pensé que ma première bagarre pour une fille le serait pour quelqu'un dont je ne connais même pas le nom ?

Je l'entends pleurer encore alors qu'elle est de nouveau entraînée dans le couloir. Je m'assieds, regarde de nouveau le carton et je commence à sortir tubes de peinture et pinceaux.

*
*   *

Il était huit heures du matin, le jour était presque levé, lorsque j'ai fini de peindre. J'ai reposé la toile pour lui laisser le temps de sécher et je me suis endormi jusqu'au soir. Je sais qu'elle ne va pas venir le voir aujourd'hui, et ça m'attriste pour eux deux, si ce n'est pour moi, égoïstement.

Je m'attarde un moment devant la porte d'Adam avant de frapper, je veux m'assurer que son frère n'est pas dans la chambre. Au bout de quelques minutes, je me lance, doucement.

– Entrez, dit-il d'une voix plus faible que d'habitude.

Au point que je dois tendre l'oreille. J'ouvre, j'entre, je fais quelques pas. Il me voit, ne me reconnaît pas, alors il essaie de se redresser un peu, à grand peine.

Je n'y crois pas, il est si jeune !

Bon, je sais qu'il a presque le même âge que moi, mais la mort lui donne un air de gamin. La mort ne devrait approcher que les vieux.

– Salut, dis-je en faisant encore un pas. Désolé de te déranger, mais… Enfin, c'est drôle. Je… voilà, j'ai fait quelque chose pour toi.

Je tiens la toile dans la main mais j'ai peur de la retourner pour la lui montrer. Pour l'instant, il n'en voit que le dos, alors il inspire un peu d'air, essaie de se redresser encore sur ses oreillers.

– Qu'est-ce que c'est ?

Je me rapproche, montre le fauteuil, demande si je peux m'y asseoir. Il fait oui de la tête. Je ne lui montre pas tout de suite la peinture, car j'ai l'impression que je devrais d'abord m'expliquer un peu ou, tout au moins, me présenter.

– Je m'appelle Owen. Mon père est dans la chambre voisine depuis plusieurs semaines.

Il me dévisage un instant puis :

– Qu'est-ce qu'il a ?

– Il est dans le coma. Accident de voiture.

Son regard s'attendrit, ce qui le rend plus sympathique que jamais. Décidément, il ne ressemble en rien à son frère.

– C'est moi qui conduisais, dis-je encore.

Je ne sais pas pourquoi j'ajoute cette précision. Peut-être pour lui montrer que, même si ce n'est pas moi qui suis en train de mourir, ma vie ne vaut guère mieux que la sienne.

– Ta bouche, murmure-t-il en levant faiblement le doigt vers mes lèvres tuméfiées. C'est toi qui t'es battu avec mon frère ?

J'en reste un instant sidéré. Comment le sait-il ?

Mon air ahuri le fait rire.

– C'est l'infirmière qui m'a raconté ça. Il paraît que tu avais essayé de l'arrêter quand il voulait empêcher Auburn de revenir me dire au revoir.

Ah, Auburn ! Voilà au moins trois semaines que je me demandais comment elle s'appelait. J'aurais eu du mal à trouver. Je ne connais personne d'autre qui s'appelle ainsi. Mais ça lui va très bien.

– Merci d'avoir fait ça pour nous, reprend-il avec de plus en plus de difficulté.

Ça m'ennuie de l'obliger à tant parler, alors que c'est si difficile pour lui.

Je tiens toujours la toile de mon côté.

– Hier soir, dis-je, après son départ, j'ai eu envie de peindre ceci pour toi. Ou pour elle. Enfin, pour vous deux. J'espère que ça ne te dérange pas…

Il hausse les épaules.

– Ça dépend de quoi tu parles.

Je me relève, me rapproche, retourne le tableau.

Sur le moment, Adam ne réagit pas. Il regarde, c'est tout. Je la lui donne, et je recule, un peu gêné. Au fond, pourquoi ça l'intéresserait ?

– C'est la première fois que je peins, dis-je comme pour m'excuser.

Il doit la trouver horrible.

Finalement, il relève les yeux vers moi, l'air en fait très intéressé.

– C'est ta première fois ? énonce-t-il d'un ton incrédule. Sérieux ?

– Oui, et peut-être la dernière.

Aussitôt, il secoue la tête.

– J'espère que non. C'est incroyable.

Il appuie sur le bouton de la télécommande pour relever un peu le dossier de son lit. Il désigne une table près du fauteuil.

– Donne-moi ce stylo.

Sans hésiter, je le lui tends ; il retourne la toile et inscrit quelque chose au dos. Puis il attrape un carnet sur sa table de nuit, en arrache une feuille, y écrit encore quelque chose puis me remet tout l'ensemble.

– Rend-moi service, propose-t-il. Tu pourrais lui envoyer ça ? De ma part ? Son adresse est en haut et l'adresse d'expédition en bas.

Je regarde le morceau de papier dans ma main, lis le nom complet.

– Auburn Mason Reed.

On avait une chance sur combien ?

Je passe le pouce sur le nom du milieu.

– On porte en partie le même nom de famille.

Adam s'est de nouveau enfoncé dans son lit, un faible sourire aux lèvres.

– Ce doit être le destin, tu sais, murmure-t-il.

– Non, attends, je suis sûr qu'elle t'est destinée, à toi.

Il doit fournir un effort énorme pour rouler sur le côté.

– J'espère qu'elle aura droit à une autre chance, Owen.

Il ne rouvre pas les yeux. Il s'endort, à moins qu'il ne lui faille une pause. Je contemple de nouveau le nom d'Auburn, en songeant à ce qu'il vient de me dire.

J'espère qu'elle aura droit à une autre chance.

Ça me fait du bien de savoir combien il l'aime, et qu'il accepte qu'elle continue de vivre une fois qu'il sera mort. On dirait presque qu'il le souhaite. Malheureusement, si c'était bien une question de destin, nous nous serions rencontrés dans d'autres circonstances, plus favorables.

Constatant qu'il garde les yeux fermés, la couverture remontée jusqu'au cou, je sors discrètement de sa chambre, en remportant la toile.

Je l'enverrai à Auburn, puisqu'il me l'a demandé. Et puis je jetterai son adresse, j'essaierai d'oublier son nom. Tout en sachant très bien que je n'y arriverai pas.

Qui sait ? Si le destin existe vraiment, s'il veut nous réunir, peut-être qu'un de ces jours elle apparaîtra à ma porte. Peut-être qu'Adam, d'une façon ou d'une autre, en sera la cause.

D'ici là, je suis au moins certain d'avoir de quoi m'occuper. Grâce à leur aide involontaire je viens peut-être de découvrir ma vocation.

Je jette un coup d'œil au dos de la toile, lis les derniers mots qu'Adam lui aura jamais écrits.

Je t'aimerai toujours, même quand je ne pourrai plus.

En retournant la toile, je passe les doigts dessus, effleure l'espace entre les deux mains et je pense à tout ce qui les sépare l'un de l'autre.

J'espère pour elle qu'Adam a raison. J'espère qu'elle aura une deuxième chance.

Parce qu'elle la mérite.

Remerciements

D'abord et avant tout, un énorme merci à Danny O'Connor pour avoir réalisé les œuvres présentées dans *Confess*. Après avoir remué ciel et terre pour trouver des peintures qui pourraient représenter Owen, j'ai compris que les tiennes dépassaient de loin tout ce que j'avais vu. Tu possèdes un talent incroyable et tes admirateurs (à commencer par moi-même) ont beaucoup de chance de pouvoir le contempler.

Comme toujours, un énorme merci à Johanna Castillo, Ariele Fredman, Judith Curr, Kaitlyn Zafonte, et à toute l'équipe d'Atria Books.

À mon agent, Jane Dystel, et à toute l'équipe Dystel et Goderich.

Aux Weblich, pour s'être toujours assurés que je dispose de toiles de Harry, de canettes de Pepsi Light, et de beaucoup d'énergie positive. Aux CoHorts, pour me rappeler quotidiennement mes objectifs. Et à mes plus fidèles sympathisantes, soumises à dix versions différentes de chaque chapitre sans jamais se plaindre : Kay Miles, Kathryn Perez, Chelle Northcutt, Madison Seidler, Karen Lawson, Marion Archer, Jennifer Stiltner,

Kristin Phillips-Delcambre, Salie-Benbow Powers, Maryse, et tant d'autres.

À Murphy, le meilleur des assistants. À Stephanie, toujours présente, en tant que patronne et amie. À ma mère, à ma sœur, à mon mari, à mes enfants et à tous ceux qui me soutiennent patiemment et sans jamais se plaindre.

À tous ceux qui tentent le coup en choisissant un de mes livres, merci de me permettre de vivre mon rêve.

Et, bien sûr, un énorme merci à deux des personnes que cette carrière a fait entrer dans ma vie : Tarryn Fisher et Vilma Gonzalez. Vous avez été mes piliers.

Composition et mise en pages
Nord Compo à Villeneuve-d'Ascq